HERMANN BAUER

Verschwörungsmelange

WIENER DERBY Ganz Florisdorf fiebert dem Derby zwischen den Bezirksfußballvereinen »Floridsdorfer Kickers« und »Eintracht Floridsdorf« am kommenden Sonntagvormittag entgegen. Das Café Heller soll extra geöffnet werden, um von dem zu erwartenden Massenansturm zu profitieren – überhaupt nicht zur Freude von Chefober Leopold, der das Spiel selber gerne sehen möchte.

Überschattet wird das »Großereignis« von der beabsichtigten Fusion der beiden traditionsreichen Wiener Fußballvereine. Vor allem die Anhänger der Eintracht können sich damit nicht abfinden und verschwören sich während einer Versammlung im Café Heller einmütig gegen die Pläne. Kampfbereit ziehen sie anschließend zum Eintracht-Platz.

Als auch Leopold nach der turbulenten Sitzung am Sportplatz eintrifft, ist die Lage längst eskaliert: Wolfgang Ehrentraut, stärkster Verfechter der Fusion, liegt erstochen hinter dem Fußballtor. Neben ihm seine Aktentasche, in der Leopold eine ganz erstaunliche Entdeckung macht …

Hermann Bauer, Jahrgang 1954, ist Lehrer für Deutsch und Englisch an einer Handelsakademie in Wien. Er liebt Kriminalromane, besucht regelmäßig »sein« Kaffeehaus und spielt Theater. Mit dem Kaffeehauskrimi »Fernwehträume« gab er 2008 sein Debüt als Romanautor. »Verschwörungsmelange« ist der dritte Fall für seinen ebenso neugierigen wie liebenswürdigen Oberkellner Leopold.

Bisherige Veröffentlichungen im Gmeiner-Verlag:
Nestroy-Jux (2012)
Philosophenpunsch (2011)
Karambolage (2009)
Fernwehträume (2008)

HERMANN BAUER

Verschwörungs-
melange

Ein Wiener Kaffeehauskrimi

Original

GMEINER

Personen und Handlung sind frei erfunden.
Ähnlichkeiten mit lebenden oder toten Personen
sind rein zufällig und nicht beabsichtigt.

Besuchen Sie uns im Internet:
www.gmeiner-verlag.de

Im Ehnried 5, 88605 Meßkirch
Telefon 07575/2095-0
info@gmeiner-verlag.de

4. Auflage 2013

Lektorat: Claudia Senghaas, Kirchardt
Korrekturen: Doreen Fröhlich, Katja Ernst
Umschlaggestaltung: U.O.R.G. Lutz Eberle, Stuttgart
unter Verwendung eines Fotos von sanja gjenero / sxc.hu
Druck: GGP Media GmbH, Pößneck
Printed in Germany
ISBN 978-3-8392-1061-1

Für Gerlinde, Josef und Bertl

1

Übel gelaunt lehnte Leopold an der Theke und ließ seinen Blick mit kleinen, leicht geröteten Augen desinteressiert durchs Café Heller schweifen. Die energische Stimme von Frau Heller weckte ihn aus seinen Träumen: »Schauen Sie nicht ins Narrenkastl*, Leopold. Die Melange hier ist für die Frau Fürthaler, haben Sie das schon wieder vergessen? Die wird sich was Schönes denken, wenn Sie so teilnahmslos dastehen und ihren Kaffee kalt werden lassen. Was ist denn los mit Ihnen?«

»Bitte sehr, bitte gleich, Frau Chefin.« Mit einem Griff, dem es ein wenig an der gewohnten Souveränität mangelte, nahm Leopold das Tablett an sich. Sein sonst sicherer Gang wirkte etwas ferngesteuert. »Wohl bekomm's, gnä' Frau«, murmelte er und stellte den Kaffee neben Frau Fürthaler ab, die ihre Ungeduld mit einem höflichen Lächeln überspielte.

›Es ist ein Schub‹, dachte Leopold. ›Jahrelang bin ich älter geworden, ohne es zu spüren. Das ist jetzt die Strafe.‹ – In Wahrheit war es nur so, dass er den Alkohol, dem er überhaupt selten zusprach, nun noch weniger vertrug als ehedem. Gestern, an seinem freien Sonntag, hatte er sich mit Theo und Erwin getroffen, zwei Freunden, die er schon lange nicht gesehen hatte. Man war in einem lauschigen Garten beim Heurigen gesessen und hatte die laue Mailuft sowie das eine oder andere Glas genossen. Wie oft würde man einen so unbeschwerten Abend denn zukünftig gemeinsam verbringen können? Schließlich

---

* Seien Sie nicht so geistesabwesend.

war man in Theos Wohnung bei Kaffee und Hochprozentigem gelandet.

Jetzt, am Morgen danach, spürte Leopold es im Kopf und in allen Gliedmaßen. Während sein Magen die Sache erstaunlich gut überstanden hatte, blieben Arme und Beine schlaff, der Schädel brummte, und die Zunge fühlte sich an wie Löschpapier. Immer wieder musste er einen neuen Anlauf nehmen, um seinen Körper in Gang zu bringen. Dabei rätselte er, ob es nur an seinem trägen Hirn lag, das sich schwer tat, die richtigen Befehle auszuteilen, oder ob ihn tatsächlich schon das Alter packte.

Frau Heller blieb unbarmherzig: »Das Cola hier bewegt sich auch nicht von allein zu dem jungen Mann am Billard«, nörgelte sie. »Mein Gott, muss man Ihnen heute alles wie einem kleinen Kind erklären, Leopold?«

›Sie hat leicht lachen‹, dachte Leopold. ›Ihr geht's ja gut. Wenn ich wenigstens so anschaffen könnt wie sie und mir nicht alles sagen lassen müsst.‹ Er schleppte sich mit dem Cola die paar Schritte bis zum zweiten Billardtisch. Dabei fiel ihm unangenehm auf, wie gut aufgelegt seine Chefin um diese Zeit schon war. Sie schien den frühsommerlichen Morgen zu genießen und erfreute sich an den Geräuschen, die von der Kaffeemaschine kamen. Ein Lächeln huschte über ihr Gesicht, als sie Leopold bei der umständlichen Verrichtung seiner Tätigkeiten beobachtete.

»Es ist ein Schub«, erklärte Leopold wie als Antwort auf ihre erheiterten Blicke. »Ich bin gewissermaßen hier im Kaffeehaus gealtert. Leider ist das bis jetzt niemandem so richtig aufgefallen, auch mir nicht. Ich hoffe nur, dass ich meinen Dienst weiterhin ordentlich versehen kann. Derzeit schaut es nicht gut aus.«

»Aber Leopold«, entgegnete Frau Heller belustigt. »Wie äußert sich denn dieser ›Schub‹, von dem Sie da sprechen? Etwa dadurch, dass Ihre Äuglein ganz klein und rot werden? Lassen Sie doch Ihre Spassettln*. Sie haben gestern ein wenig zu viel Alkohol erwischt, geben Sie's zu.«

»Das auch«, stöhnte Leopold und wischte sich den Schweiß von der Stirn. Wie anstrengend schon die kleinsten Bewegungen sein konnten. Nur gut, dass derzeit niemand Anstalten machte, eine weitere Bestellung aufzugeben.

»Wenn Sie schon glauben, dass Sie Ihr Alter und die Arbeit hier im Kaffeehaus spüren, dann sollten Sie sich an Ihrem freien Tag ausruhen und nicht die Nacht durchfeiern«, fuhr Frau Heller amüsiert fort. »Aber es sei Ihnen verziehen. Am nächsten Sonntag müssen Sie ohnehin zum Dienst erscheinen. Da sperren wir nämlich auf.«

»Am Sonntag?« Leopold spürte einen Stich, dass er gar nicht mehr gerade stehen konnte.

»Jawohl, am nächsten Sonntag. Da ist doch am Vormittag dieses wichtige Fußballspiel** unserer Mannschaft Eintracht Floridsdorf.«

»Sie meinen das Bezirksderby gegen die Floridsdorfer Kickers?«

»Genau das. Jahrelang haben wir bei Heimspielen unseres Vereins alle möglichen Lokale verdienen lassen, weil wir sonntags geschlossen haben. Aber erstens gibt es immer weniger Gasthäuser, die am Sonntag offen halten, und zweitens handelt es sich hier um ein besonderes Spiel.«

---

* dummen Scherze

** Regionale Fußballspiele werden in Wien gerne als Matinee am Sonntagvormittag ausgetragen.

»Jawohl, Frau Chefin«, sagte Leopold resignierend, während er mit der rechten Hand die Belastbarkeit seiner Rückenmuskulatur prüfte. Er wusste, dass es ein besonderes Spiel war, von dem mehr oder weniger die Existenz der Floridsdorfer Eintracht abhing, und deshalb hätte er sich die Partie liebend gern mit seinem besten Freund, dem Lehrer Thomas Korber, angeschaut. »Aber könnte nicht vielleicht der Herr Waldbauer …«, äußerte er deshalb zaghaft.

»Nichts da, Leopold. Ich erwarte einen starken Umsatz, und da brauche ich beide Ober im Haus. Wir müssen rechtzeitig aufsperren, denn viele Leute, die zum Spiel wollen, werden vorher auf einen Sprung hereinschauen, und nach dem Derby haben wir, wenn es gut geht, ohnehin alle Hände voll zu tun. Dieses eine Mal werden Sie es wohl aushalten, dann ist die Saison ohnedies vorbei.«

»Eben«, konstatierte Leopold mürrisch. »Ich wusste gar nicht, dass Sie sich so für Fußball interessieren.«

»Eine Geschäftsfrau muss sich für alles interessieren, was ihr einen neuen Markt erschließt«, erwiderte Frau Heller. Dabei stellte sie behände einige abgewaschene Gläser ins Regal. »Außerdem wäre es eine Bildungslücke, wenn man heutzutage beim Fußball nicht mitreden könnte.«

Leopold seufzte. Das konnte ja heiter werden, wenn seine Chefin plötzlich das Bedürfnis hatte, zu einem Thema wie Fußball ihre Meinung kundzutun. »Das Runde gehört ins Eckige«, hörte er sie da schon hinter der Theke dozieren. »Na, was sagt Ihnen das?«

»Bei uns im Kaffeehaus hat bis jetzt immer das Eckige, also der Würfelzucker, ins Runde, also ins Kaffeehäferl, gehört«, antwortete Leopold kopfschüttelnd.

»Seien Sie doch nicht so grantig. Wer am Vorabend sündigt, muss trotzdem am nächsten Tag wieder seinen Mann stehen«, belehrte ihn Frau Heller mit diebischer Freude. »Was meinen Sie? Der Gegner wird eine Viererkette bilden, aber wir werden wohl mit zwei Sturmspitzen dagegen ankämpfen.«

Leopold spürte wieder eine leichte Schwäche in seinen Beinen.

»Ich sage Ihnen, dieses Derby wird eine enge Partie, in der wir unsere mentale Stärke beweisen werden, denn aufgeben tut man einen Brief, Leopold.«

Jetzt reagierte auch sein bisher so tapferer Magen mit einem flauen Gefühl.

»In der zweiten Halbzeit ist das Ding dann gegessen, beziehungsweise das Bonbon gelutscht.«

»Was für ein Bonbon?«, fragte Leopold genervt.

»Das ist ein Fachausdruck, Leopold. Eine Terminologie. Das heißt so viel wie: Wir werden den Ball versenken und dann die Räume eng machen. Und beim Gegner ist die Flasche leer.«

Trotz seiner Wehwehchen war Leopold in diesem Augenblick froh, als ihn ein Gast zu sich rief. Mein Gott, würde das jetzt die ganze Woche so weitergehen? Nicht nur, dass am Sonntag zusätzliche Arbeit auf ihn wartete, musste er sich bis dahin auch die unreflektierten Fachsimpeleien seiner Chefin anhören.

»Das ist Allgemeinbildung«, rief Frau Heller ihm nach. »Man muss nur ein wenig die einschlägigen Artikel in den Zeitungen und Zeitschriften studieren. Sie sollten sich auch damit beschäftigen, Leopold, dann würden Sie nicht immerzu an Ihre abartige Kriminalistik denken.«

»Melange mit wenig Schaum, sehr heikel«, ordnete Leopold an, ohne auf diese Provokation zu reagieren.

Und siehe, es kehrte wieder Ruhe hinter der Theke ein. Frau Heller braute ihr Gebräu, und die Kaffeemaschine summte leise ihr Lied dazu. Es wurde still, und das war gut so.

Na also, dachte Leopold. Jetzt hat sie fertig.

*

Wenn Leopold an diesem Vormittag eine kleine Pause einlegen durfte und ihm dabei die Mattigkeit vom Vortag nicht allzu sehr zu schaffen machte, dachte er mit Wehmut an das sonntägige Spiel und seinen heimlichen Lieblingsverein, die Eintracht aus Floridsdorf. Die Existenz dieses Klubs hing tatsächlich an einem seidenen Faden. Denn er sollte mit dem Lokalrivalen, den Floridsdorfer Kickers, fusioniert werden.

Die Floridsdorfer Eintracht war 1913 als erster Fußballklub Floridsdorfs von dem aus Braunschweig stammenden Gemischtwarenhändler Rolf Thiel gegründet worden. So entstand auch – in Anlehnung an den deutschen Klub Eintracht Braunschweig – der Vereinsname. Der Platz befand sich auf dem sogenannten Donaufeld bei der Alten Donau, einem Nebenarm des großen Flusses, nicht weit vom Café Heller entfernt. Erst 1920 formierten sich die Floridsdorfer Kickers im Bezirksteil Jedlersdorf. Von da an entwickelte sich rasch eine sportliche Gegnerschaft zwischen beiden Klubs. Die Geschicke schwankten im Laufe der Jahre. Zunächst gelang jedem Verein je einmal der Aufstieg in die höchste Spielklasse, die freilich damals zunächst nur aus Wiener Vereinen bestand. Nach dem Zweiten Weltkrieg konnte man mit den Großen nicht mehr mithalten, und in jüngster Zeit reichte es für beide nur mehr für die zweithöchste Amateurklasse, die Wiener Landesliga. Jeder kurzfristige Aufstieg in die Regionalliga Ost hatte einen raschen Wiederabstieg zur Folge. Man lief Gefahr, langsam in der Bedeutungslosigkeit zu versinken.

Diejenigen, die etwas dagegen unternehmen wollten, waren die Floridsdorfer Kickers. Dabei kam ihnen der Zufall zu Hilfe. Bei einem ihrer Heimspiele fiel im Publikum ein leicht angetrunkener Herr auf, der, offensichtlich weil bei der gegnerischen Mannschaft zwei Ghanesen kickten, ständig aufs Spielfeld rief: »Ja, was ist denn da los? Nieder mit den Bimbos! Schlagt die Nigger!« Man wollte ihn wegen seines rüpelhaften Verhaltens schon zurechtweisen, da erkannte ihn jemand. Es war der in den 70er-Jahren aus Floridsdorf nach Kanada ausgewanderte Joe Brown (ehemals Josef Braun, wegen seiner gelegentlichen rassistischen Äußerungen auch ›der braune Sepperl‹ genannt). Er hatte dort ganz klein in einem Tischlereibetrieb angefangen und es im Laufe der Jahre zum stolzen Besitzer der Möbelkette BBF (›Brown's Best Furniture‹) gebracht. Dieser Unternehmer kam, wenn auch grölend und angeheitert, den Kickers gerade recht.

Man wies ihn also nicht zurecht, sondern zerrte ihn in die Kantine, wo er sich nach dem Spiel weiter am Alkohol labte und man ihn hochleben ließ. »A really nice Klub, den ihr da habt's. So was richtig Gemütliches, Einheimisches«, plauderte er dabei salopp in der ihm zur Gewohnheit gewordenen Mischung aus Englisch und schlampigem Deutsch. Die so rasch entstandenen Sympathien wurden prompt genutzt. Brown stellte sich als Hauptsponsor der Kickers zur Verfügung und wurde bei der nächsten Generalversammlung zum Präsidenten gewählt. Sein einfaches Motto, mit dem er auch die schwierigsten Aufgaben anpackte, lautete: »Na, des wer ma glei hob'n«. So wurde für die nächste Saison eine schlagkräftige Mannschaft zusammengestellt (mit einem Senegalesen übrigens), die den Verein in die nächsthöhere Spielklasse führen sollte. Tatsächlich war man diesem Ziel bereits sehr nahe gekommen, obwohl Brown nur selten Zeit für einen Abstecher nach Wien fand. Er konnte sich auf seine Spieler und Funktionäre verlassen: Eine Runde vor Schluss der Meisterschaft führten die Floridsdorfer Kickers die Tabelle mit einem Punkt Vorsprung auf Viktoria Landstraße an.

Jetzt galt es, weiter in die Zukunft zu schauen, nach dem zum Greifen nahen Aufstieg in die Regionalliga Ost nicht gleich wieder abzusacken, sondern sich im Gegenteil nach oben in Richtung der beiden österreichischen Profiligen zu orientieren. Dazu kam es den Kickers gelegen, dass sich bei der Floridsdorfer Eintracht eine Führungskrise anbahnte. Ihr Präsident, Alfred Sonnleitner, war amtsmüde und hatte seinen Rücktritt angekündigt, angeblich, um sich in Zukunft seinen beiden Kärntner Hotels zu widmen. Hinter vorgehaltener Hand hieß es freilich, dass es einige finanzielle Ungereimtheiten gab, die ihn zu diesem Schritt bewegten. Auch einige Sponsoren wollten abspringen. Wie auch immer, in einem solchen Verein sah Joe Brown den idealen Fusionspartner. Er verfügte dann über eine schier unendliche Zahl an Nachwuchsspielern und konnte sich einige Verstärkungen für die Kampfmannschaft günstig sichern. Als ›1. FC Floridsdorf‹ würde man auch die Politik und die Wirtschaft des gesamten Bezirkes hinter sich haben. Und schließlich plante Brown den Bau eines Stadions mit dazugehörigem Einkaufszentrum in den nördlichen Ausläufern Floridsdorfs, im Industriegebiet zwischen Stammersdorf und Gerasdorf, als endgültigen Schritt zum Großklub.

Über all diese Dinge waren von den Funktionären beider Vereine bereits positive Gespräche geführt worden, bei denen Eintracht-Obmann Wolfgang Ehrentraut als Drahtzieher fungiert hatte. Im Prinzip gab es nur mehr zwei Unsicherheiten: Die Generalversammlungen der zwei Klubs mussten dem Zusammenschluss zustimmen und die Floridsdorfer Kickers tatsächlich Meister werden. Denn für ein weiteres Jahr in der Landesliga erschienen diese Pläne selbst einem Mann wie Joe Brown zu hochtrabend. Er blieb freilich Optimist. »Des werd'n ma scho moch'n«, verkündete er jedem, der es hören wollte.

Während die Kickers euphorisch waren, herrschte bei den Eintracht-Anhängern schlechte Stimmung. Der eigene Platz sollte nur mehr für Nachwuchsspiele genutzt werden, in absehbarer Zeit einer Wohnhausanlage oder einem Schulzentrum weichen. Und ausgerechnet mit den Kickers sollte man den unseligen Bund eingehen, mit dem Erzfeind, dem Bezirksrivalen. Einen Bund, bei dem die Eintracht über kurz oder lang wohl ihre Identität verlieren würde.

Blieb überhaupt noch Hoffnung für die Fans der Eintracht? Nun, zum einen gab es die Chance, dass die Mannschaft am Sonntagvormittag die Kickers schlug und damit deren hochtrabenden Meisterschaftsplänen praktisch ein Ende bereitete. Die Eintracht hatte im Frühjahr bisher einen tollen Lauf hingelegt und war die letzten sieben Spiele ungeschlagen geblieben. Theoretisch war das Bezirksderby also ein Match, dessen Ausgang man nicht deuten konnte. Aber wie sah die Wirklichkeit aus? Die fusionswilligen Funktionäre würden die Eintracht-Spieler wohl mit sanftem Druck zur Passivität anhalten. Und würden die Spieler selbst sich durch einen Sieg die Chance vermasseln wollen, Teil eines Großklubs zu werden und mehr zu kassieren? Was wog dagegen schon die alte Rivalität! Die Buchmacher sahen die Sache nüchtern: Sie hatten die Partie gar nicht in ihr Wettprogramm aufgenommen. Also konnte man diese Möglichkeit wohl oder übel vergessen.

Die zweite Chance bestand in der Generalversammlung. Wenn tatsächlich die meisten Mitglieder so gegen einen Zusammenschluss waren, wie sie es offen aussprachen, mussten sie ja nur dagegen stimmen, um alles zu Fall zu bringen. Aber es hatte sich schon bei anderen Vereinen gezeigt, dass der Vorstand seine Wünsche und Vorstellungen in solchen Versammlungen beinahe immer durchsetzte. Man würde den Mitgliedern falsche Hoffnungen machen und andererseits versichern, dass es finanzielle Probleme gäbe, sodass ohne Fusionierung die Auflösung kurz bevorstünde. Die Fusion würde dann als Licht am Ende des Tunnels präsentiert werden, als bittere Notwendigkeit einerseits, aber auch als Schritt in eine bessere Zukunft. Wer konnte da schon widerstehen?

Nein, nein, alles lief auf den geplanten künftigen ›1. FC Floridsdorf‹ hinaus. Wehmütig wischte Leopold ein paar Gugelhupfbrösel von der Theke. Wie es aussah, würde das Derby zwischen Eintracht Floridsdorf und den Floridsdorfer Kickers das letzte Spiel einer Kampfmannschaft auf der Eintracht-Sportanlage überhaupt sein. Ausgerechnet an diesem Tag hatte es sich seine Chefin in den

Kopf gesetzt, das Kaffeehaus aufzusperren, und er musste arbeiten, anstatt sich das Match anschauen zu können.

Aber womöglich war es besser so. Vielleicht war es besser für Leopold, den Untergang seiner Lieblingsmannschaft nicht persönlich mitverfolgen zu müssen.

*

Gelbes Sakko, weißes Hemd, violette Krawatte. Ein Anflug von Schnurrbart. Eine Sonnenbrille und ein leichter, modischer Hut. In diesem Outfit, das ein Selbstbewusstsein und eine Lebensfreude ausstrahlte, welche er nur selten besaß, betrat Thomas Korber am frühen Nachmittag das Café Heller.

»Hallo, Leopold«, rief er beiläufig über die Theke, während er sich eine Zigarette anzündete.

»Hallo, Thomas! Na, wie schaust du denn heute aus?«

»Gefalle ich dir etwa nicht?« Lässig zog Korber eine Augenbraue in die Höhe.

»Ein bisschen gar bunt, würde ich sagen.«

»Es ist ja auch der schönste Frühling, Leopold, beinahe schon Sommer. Da spürst du das Leben an jeder Ecke und möchtest einfach ein Teil sein von dieser Pracht, diesen Farben. Das hält einen jung. Sei mir nicht böse, aber du wirkst dagegen in deiner Kellnermontur richtig alt.«

Alt! Schon wieder dieses hässliche Wort! Leopold spürte ein Stechen in der Seite. »Erstens bin ich Ober, lieber Freund«, protestierte er, »und zweitens ist das keine Montur, sondern ein gediegener, dunkler Anzug mit Mascherl*. Und aus ›Altausseh‹** bin ich noch lange nicht.«

---

* Fliege

** Altaussee ist ein beliebter Ferienort im steirischen Salzkammergut.

»War doch nicht so gemeint, Leopold. Das Leben ist einfach wunderbar um diese Jahreszeit. Wir sollten dabei unsere inneren Gefühle auch nach außen hin zeigen, verstehst du? Ich habe jedenfalls beschlossen, die nächsten Tage so richtig zu genießen, den Puls, der überall schlägt, in mir aufzunehmen und mich durch nichts davon abhalten zu lassen. So, und jetzt bring mir bitte einen großen Braunen.« Korbers Blick wanderte zum rechten Seitenfenster, wo eine nicht mehr ganz junge, aber rassige Dame mit roter Hose und einem grün-violett-bunten T-Shirt saß. Die prallen Farben zogen ihn sofort an. Aber auch andere pralle Dinge waren deutlich zu sehen. Die Dame trug nämlich keinen BH. Die knusprigen Brustwarzen leuchteten bis zu ihm nach vorn. Der Sommer war wirklich nicht mehr weit.

Leopold machte sich freilich Sorgen, wenn er solcherart das gesteigerte Interesse seines Freundes an einer Frau wahrnahm. Egal, welche Stimmungslage er vortäuschte, Thomas Korber war grundsätzlich auf das andere Geschlecht aus. Leider waren seine Bemühungen selten von Erfolg gekrönt. Seine Versuchungen führten ihn nie zu einer, die wirklich zu ihm passte. Deshalb hieß es jetzt für Leopold, verstärkt aufzupassen. »Es muss ja noch einen Grund geben, warum du so aufgemascherlt* daherkommst«, sagte er.

»Wenn du so willst, ja. Es ist doch jetzt die Woche bis zum Bezirksderby, und ich habe beschlossen, unsere Eintracht feierlich zu Grabe zu tragen. Ich werde mir übrigens meine Karte schon im Vorverkauf sichern. Soll ich dir eine mitnehmen?«

---

* aufgetakelt

Leopold zuckte nur hilflos und entschuldigend die Achseln. »Geht leider nicht«, entschuldigte er sich.

»Und warum?«

Leopold deutete mit dem Kopf nach hinten in Richtung der kleinen Küche, wo Frau Heller gerade ein Paar Würstel ins heiße Wasser legte: »Wir sperren am Sonntag auf, eben wegen dem Derby. Gerade jetzt kommt sie auf so eine Idee, wo es den Klub praktisch ohnehin nicht mehr gibt. Es ist zum Wahnsinnigwerden.«

Frau Heller drehte sich in diesem Augenblick um, sah Korber und grüßte ihn enthusiastisch: »Sie kommen doch am Sonntag auch nach dem Match, Herr Professor? Sie müssen den Sieg mit uns feiern. Was glauben Sie, mit welcher Taktik wir den Gegner in die Knie zwingen werden?«

»Mit gar keiner«, polterte Leopold an seiner Stelle. »Verlieren werden wir dieses Spiel, weil es eine ausgemachte Sache ist.« Schon verschwand er mit einem Getränk in die hinteren Bereiche des Lokals.

Korber wollte etwas Höfliches sagen, aber er blickte stattdessen wieder zum rechten Seitenfenster. Die Dame mit dem bunten T-Shirt lächelte ihn an. Er lächelte zurück.

»Sie sind doch Professor Korber vom Gymnasium vorne?«, fragte sie, und als er nickte: »Wollen Sie sich nicht einen Augenblick zu mir setzen?«

Korber nahm Platz. Schon interessierte ihn das Bezirksderby nicht mehr so brennend. Er saß gegenüber der rassigen Dame, ohne ein Hehl daraus zu machen, dass sie ihm gefiel.

»Hoffentlich habe ich Sie nicht von Ihrem Gespräch abgehalten«, sagte sie.

»Ach, es geht nur um Fußball«, beschwichtigte Korber sie. »Das Thema wird uns wohl in nächster Zeit öfter beschäftigen. Da versäume ich nicht viel.«

»Na, dann ist es ja gut. Übrigens heiße ich Manuela, Manuela Stary. Mein Sohn Reinhard hat mir viel von Ihnen erzählt, dass Sie so ein toller Lehrer sind.«

Korber ließ kurz eine Liste mit den Namen all seiner Schüler in Gedanken vor sich ablaufen. »Verzeihen Sie, aber ich glaube, ich habe keinen Schüler namens Stary«, behauptete er dann.

»Das weiß ich. Aber Reinhard hat schon so viel Gutes über Sie gehört. Es spricht sich eben herum, wenn ein Lehrer seine Schüler motiviert und fachlich gute Kenntnisse hat. Darum habe ich auch eine Bitte an Sie.«

»Ach so?« Korber horchte auf.

»Reinhard hat das letzte Semester in Englisch total verpatzt. Er hat bald eine entscheidende Prüfung. Wenn er die nicht schafft, muss er im Herbst zur Wiederholungsprüfung antreten. Sie wissen, was das heißt: den Großteil des Sommers über zu lernen, immer mit der Ungewissheit, ob er das Jahr wiederholen muss. Deshalb möchte ich Sie fragen, ob Sie ihm nicht bei der Vorbereitung auf die Prüfung helfen könnten. Geld spielt dabei keine Rolle.«

»Ausgeschlossen«, stieß Korber irritiert hervor. »Ich meine, das ist sehr schwierig. Im Prinzip dürfen wir Schüler unserer Anstalt nur im Rahmen eines allgemeinen Förderkonzeptes …«

»So ein Förderkonzept interessiert mich nicht, Herr Professor«, unterbrach Manuela Stary ihn. »Dafür ist es jetzt doch schon ein bisschen spät, meinen Sie nicht auch? Ich würde mir halt wünschen, dass Sie Reinhard wieder auf Trab bringen, das in ihm wachrufen, was er kurzfristig vergessen hat. Er ist nicht dumm, glauben Sie mir. Mein Gott, Sie kennen doch die Probleme, die Buben in seinem Alter haben. Er ist 14 und steckt mitten in der Pubertät. Außerdem spielt er bei der Eintracht Fußball, das nimmt ihm zusätzlich viel Zeit weg. Bitte! Es wäre nur für ein paar Stunden.«

»Wir haben einige Schüler, die ihre Sache als Nachhilfelehrer ganz ausgezeichnet machen.«

»Das interessiert mich, ehrlich gesagt, auch nicht. Reinhard hat sich eben Sie in den Kopf gesetzt. Ich glaube, ich brauche Ihnen nicht zu erklären, wie pädagogisch wichtig es ist, dass ein Schüler in so einer Ausnahmesituation von einem Lehrer unterrichtet wird, den er persönlich schätzt. Darum bitte ich Sie noch einmal: Sagen Sie ja.«

Korber zögerte einige Augenblicke. »Sie haben hier im Kaffeehaus auf mich gewartet?«, fragte er. »Sie haben gewusst, dass ich komme?«

»Natürlich«, kam die Antwort. »Es ist ja kein Geheimnis, dass Sie hier nach der Schule gern Ihren Kaffee trinken. Das ist ja nichts Schlimmes.«

Korber überlegte kurz, dann schüttelte er höflich, aber bestimmt den Kopf. »Seien Sie mir nicht böse, aber ich denke, ich kann Ihr Angebot nicht annehmen«, sagte er.

»Warum denn nicht?«, protestierte Manuela Stary. »Es sind doch nur ein paar Male, die Sie sich für meinen Reinhard diese und nächste Woche Zeit nehmen müssten. Wir wohnen auch gar nicht weit von hier, gleich vorn in der Bertlgasse. Sie kommen einfach zu uns, und ich koche Ihnen ein gutes Essen.«

Das klang für einen Junggesellen wie Korber natürlich verlockend.

»Auch von der Zeit her haben wir keine Präferenzen«,

lockte Frau Stary weiter. »Nur am Abend hat der Bub dreimal in der Woche Training bei der Eintracht.«

»Wäre es nicht besser – ich meine pädagogisch besser«, erwiderte Korber mit einem leicht ironischen Unterton in der Stimme, »Reinhard würde in den nächsten beiden Wochen auf das Training verzichten?«

»Das geht nicht«, widersprach Manuela Stary sofort. »Er hat einen sehr strengen Trainer, der würde ihn dann sofort aus der Mannschaft stellen. Für Reinhard wäre das ein psychologischer Tiefschlag im falschen Augenblick. Außerdem ist mein Mann so dahinter, dass der Bub Fußball spielt. Nein, nein, das Training muss schon sein, aber das ist ja kein Hindernis.«

Da hatte er es wieder einmal. Wenn es hart auf hart ging, war den Eltern der Sport wichtiger als die schulische Ausbildung. Wie oft hatte Korber das schon miterlebt.

»Nun?«, kam der fragende Blick.

»Ich weiß nicht …«

»Ich mache Ihnen einen Vorschlag: Sie kommen morgen einfach auf eine Probestunde vorbei, sagen wir um 15 Uhr. Geht sich das aus?«

»Und … welcher Stoff wäre durchzunehmen?«

»Ach, vierte Klasse Gymnasium, die übliche Grammatik und ein paar Geschichten aus dem Buch. Nichts, wofür man sich besonders vorbereiten müsste, Herr Professor.«

Korber schaute in die großen, dunkelblauen Augen der Manuela Stary, die der Frau zusammen mit ihrem Teint und den schwarzen Haaren ein attraktives südländisches Aussehen gaben. Dazu kamen die unter dem engen, bunten T-Shirt kaum verborgenen Formen der weiblichen Brust. »Also gut«, stieß er hervor. »Ich glaube, das ist wirklich eine Ausnahmesituation. Und Sie werden die Sache doch nicht an die große Glocke hängen?«

Sie tätschelte kurz seine Hand und sagte: »Aber nein! Das ist nett, dass Sie es sich überlegt haben. Sie werden es sicher nicht bereuen!« Sie reichte ihm eine Visitenkarte mit ihrer Adresse.

»Also dann … bis morgen um drei, Frau Stary.«

»Sie können ruhig Manuela zu mir sagen.«

»Gut. Ich heiße Thomas … Thomas Korber …, Manuela«, presste er heraus, während er die Visitenkarte einsteckte.

»Bis morgen, Thomas. Darf ich deinen Kaffee bezahlen?«

»Das ist aber wirklich nicht notwendig«, wollte Korber abwinken, aber Leopold war schon zur Stelle und nahm den ihm dargereichten Schein dankend in Empfang.

Als Manuela Stary gegangen war, rückte Korber seine Krawatte zurecht und begab sich wieder nach vorn zur Theke, wo Leopold ihn bereits erwartete und kopfschüttelnd stöhnte: »Ich habe es kommen sehen. Aber dir ist anscheinend nicht zu helfen.«

»Es handelt sich doch nur um eine Gefälligkeit, die ich der Dame, das heißt, ihrem Sohn, erweise«, verteidigte Korber sich.

»Ist aber meines Wissens nach nicht erlaubt, den eigenen Schülern Privatunterricht zu erteilen.«

»Leopold, die Sache ist nur für eine ganz kurze Zeit anberaumt, ein Himmelfahrtskommando sozusagen. Außerdem unterrichte ich den Buben gar nicht. Ich kenne ihn nicht einmal.«

»Wahrscheinlich wirst du ihn auch nicht wirklich kennenlernen«, spöttelte Leopold. »Da schon eher seine Frau Mama. Und wenn du Pech hast, in Folge den Herrn Papa in einem ungünstigen Moment. Das wird dann aber keine sehr angenehme Begegnung.«

»Du traust mir also nicht über den Weg«, stellte Korber ein wenig pikiert fest.

»Wie kann man jemandem trauen, der einem versprochen hat, ein Jahr lang keine Frau anzuschauen und sich bei der erstbesten Gelegenheit wieder an eine heranmacht?«, fragte Leopold.

»Du siehst alles viel zu eng, lieber Freund. Weißt du was? Du kommst mir schon vor wie eine von diesen alten Keppelweibern, die nur mehr zu Hause sitzen, und deren einzige Freude es ist, andere Leute auszurichten. In letzter Zeit wirkst du wirklich ein bisschen muffig und alt. Sogar an meiner Kleidung hast du etwas auszusetzen. Dabei ist draußen der herrlichste Tag, und es soll so schön bleiben. Denk einmal daran. Lass die Sonne auch in dein Herz hinein, Leopold. Schließlich wird es bald Sommer.«

Die letzten Worte sang Korber mehr, als er sie sprach. Während er zur Tür tänzelte, summte er das Lied ›Fang das Licht‹, das er mit der Stimme von Karel Gott im Ohr hatte. Schwungvoll ging er hinaus ins Freie. Leopold aber blieb mit einem gequälten Gesichtsausdruck hinter der Theke zurück.

*

›Ich bin alt. Ich muss mich schonen. Ich will nach Hause‹, dachte Leopold, während er ungeduldig auf seine Ablöse Waldemar ›Waldi‹ Waldbauer wartete. Da kam ein ganz seltener Gast zur Tür herein: Paul Wittmann, einer von denen, die Leopold nicht oft sah, weil ihnen, wie sie ihm selbst gegenüber anmerkten, das Kaffeehaus zu teuer war. Sie bevorzugten die Kantine am Sportplatz der Eintracht. Dass das Angebot dort klein und das Ambiente einfach, um nicht zu sagen puritanisch war, störte sie nicht. Dass der Kaffee, der dort ausgeschenkt wurde, seinen Namen nicht verdiente, merkten sie nicht. Dass die Freundlichkeit des Ehepaares, das die Wirtschaft führte, sich in Grenzen hielt, nahmen sie in Kauf. Die Preise waren billiger als anderswo, und das zählte.

Leopold machte es im Grunde nichts aus, dass gewisse Menschen einen Teil ihrer Freizeit gern in trostlosen und kahlen Räumen verbrachten, wo sie sich einseitig ernährten, nur weil sie dadurch ein paar Cent sparten. Er fragte sich aber, was so ein Kostverächter wollte, wenn er plötzlich im Kaffeehaus vor ihm stand.

»Ein großes Bier, bitte«, bestellte Wittmann freundlich, aber gebieterisch. Sein gewelltes schwarzes, leicht angegrautes Haar ging fast bis zu seinen Schultern herab, das lässig aufgeknöpfte weiße Hemd legte einen Teil seiner stark behaarten Brust frei. An seiner Halskette hatte er ein respektables Kreuz hängen. »Na, seid ihr seit dem letzten Jahr schon wieder teurer geworden?«, ätzte er, während ihm Leopold das Bier einschenkte.

»Hättest ja nicht herzukommen brauchen«, grantelte Leopold. »Kannst ruhig in deine Baracke gehen, das macht mir gar nichts aus.« Wo nur ›Waldi‹ Waldbauer blieb?

»Jetzt hab dich doch nicht so, Leopold. Ein kleiner Scherz, verstehst du? Ich müsste ja wirklich nicht kommen. Aber wir brauchen jemanden, der uns hilft, und da haben wir an euch gedacht. Immerhin geht es um unsere Eintracht, unsere gemeinsame Eintracht.«

»Ach so?« Leopold wurde hellhörig.

»Donnerstag nächste Woche ist doch die alles entscheidende Generalversammlung, wo über die Zukunft unseres Klubs entschieden wird. Willst du mit den Kotzbrocken von den Kickers in einem Verein beisammen sein? Nein? Na also. Dann müssen wir dafür sorgen, dass unter den Mitgliedern der Eintracht wieder die nötige Eintracht herrscht, gemäß unserem alten Wahlspruch: ›Einträchtig – übermächtig‹. Wir müssen Überzeugungsarbeit leisten und neue Perspektiven aufzeigen, damit alle geschlossen gegen eine Fusionierung sind. Dazu möchten wir morgen eine Besprechung abhalten. Am Sportplatz wäre das natürlich zu auffällig. Deshalb möchten wir zu euch ins Kaffeehaus kommen.«

»Wenn wir euch nicht zu teuer sind.«

»Leopold, da geht es um keine Preise, da geht's um die nackte Existenz. Der Vorstand versucht schon, mit allen möglichen Lockmitteln neue Mitglieder an Land zu ziehen, die für die Fusion stimmen. Das versuchen wir natürlich auch. Wir nennen uns ›Freunde der Eintracht‹.«

»Ist das nicht ein etwas einfallsloser Name?«

»Vielleicht, aber egal. Es brennt der Hut. Was glaubst du, was es plötzlich für ein Theater gibt, wenn jemand Mitglied werden möchte, der von uns geworben wurde. Früher waren sie froh, wenn sie ihr Geld bekommen haben. Man hat seinen Betrag für ein Jahr hingelegt und war sofort dabei, ohne Wenn und Aber. Jetzt heißt es zunächst einmal, man solle die weitere Entwicklung abwarten, zum Mitgliedwerden sei im Herbst noch Zeit genug. Und wenn man sich dadurch nicht abschütteln lässt, schicken sie einen einmal zum Einzahlen auf die Bank, und dann heißt es, es müssen noch alle Daten in den Computer und lauter solcher Quatsch. Die wollen nur verhindern, dass wir neue Stimmberechtigte zur Versammlung bringen. Falsche Bande!«

»Und was wollt ihr machen? Ich meine, du gibst ja selbst zu, dass alles ein abgekartetes Spiel ist, dass es kaum ein Gegenmittel gibt.«

Wittmann seufzte. »Du denkst viel zu negativ, Leopold. Ich glaube schon, dass wir die Fusion verhindern können. Dann müssen wir versuchen, Sonnleitner zum Bleiben zu überreden und den einen oder anderen Sponsor für uns zu gewinnen. Leicht wird es nicht, aber was bleibt uns schon anderes übrig? Mein Gott, seit dieser Joe Brown wieder in Wien ist, geht er auf unserem Platz ein und aus, als ob es schon sein eigener wäre. Da redet er dann in seinem Kauderwelsch, dass einem ganz übel wird, tut recht freundlich, hat aber nur eines im Sinn: uns seinen Kickers einzuverleiben. Und der Ehrentraut, dieses schleimige Arschgesicht, macht ihm noch den Hof. Der trägt meiner Meinung nach ja die Hauptschuld, dass es so weit gekommen ist. Hat den Sonnleitner weggeekelt und glaubt, er kann jetzt den großen Chef spielen. Wenn es den nicht mehr gäbe, täten wir uns schon leichter.«

Leopold wusste, was man sich von Ehrentrauts undurchsichtigen Machenschaften erzählte, und dass er bei allem, was er tat, danach trachtete, etwas für sich auf die Seite zu schlagen. »Wie viele Leute werdet ihr denn sein?«, fragte er Wittmann.

»Vielleicht zehn? Fünfzehn? Zwanzig? Oder gar mehr?« Wittmann lächelte, als ob er einen kommenden Triumph ahnte. »Wir wollen doch sehen, wie viele wahre

›Freunde der Eintracht‹ wir auf die Beine stellen können«, verkündete er kampfesmutig.

»Am besten ist es, ich setze euch nach hinten zu den Kartenspielern«, überlegte Leopold. »Allerdings ist es eine Platzfrage. Wir haben morgen mindestens eine Tarockpartie …«

»Die Tarockpartie ist mir wurscht«, hörte er da Frau Heller lautstark hinter sich. Offensichtlich hatte sie die letzten Teile des Gesprächs mitbekommen, während sie durch ihre kleine Küche gehuscht war. »Ich habe Ihnen ja gesagt, Leopold, wie wichtig es ist, sich jetzt dem Fußball zu öffnen. Wenn eine taktische Besprechung bei uns vorgesehen ist, wird sich dem alles unterordnen müssen.«

Und schon war sie in ein intensives Gespräch mit Paul Wittmann vertieft: Wann die Besprechung anzusetzen sei; ob die Herrschaften auch zu speisen gedachten; ob sie unter sich zu bleiben wünschten; ob Tische und Sessel versammlungsmäßig zusammenzustellen waren; ob eine Fußballhymne zu Beginn alle in die richtige Stimmung bringen würde, und so weiter und so fort. Leopold war froh, als seine Ablöse ›Waldi‹ Waldbauer endlich eintraf. Nicht, dass ihn dieses Treffen nicht interessierte – weit gefehlt! Natürlich hoffte er, dass die letzten Enthusiasten, die ›Freunde der Eintracht‹, einen Ruck in die gesamte Angelegenheit bringen und die Fusion im letzten Augenblick verhindern würden. Aber die fußballerischen Ambitionen seiner Chefin waren nun einmal nicht das geeignete Mittel, seine eigene Missstimmung zu bekämpfen.

Als er dann draußen im Freien stand, wo alles um ihn herum lachte und lebte, überlegte er wieder einmal, ob es nur der Alkohol vom Vortag war, der seinen Körper hemmte und ihn ins Grübeln kommen ließ. Sein Freund

Korber hatte recht: Der Sommer war im Anflug. Weshalb gerade jetzt missmutig sein und ans Alter denken?

Wie ein Blitzschlag kam ihm dann die Erleuchtung: Fröhliche Menschen waren fröhlich, so einfach war alles. Sie betrugen sich heiter und ausgeglichen. Sie würden nie auf den Gedanken kommen, einen Mord zu begehen.

Und das war es, was Leopold in Wahrheit fehlte. Schon lange war in seiner näheren Umgebung kein kapitales Verbrechen mehr geschehen. Wo waren die eifersüchtigen Eheleute, die geldgierigen Verwandten, die Unterdrücker und die Unterdrückten, die Aggressiven und die Depressiven, die Betrogenen und die Betrüger? Wo waren sie geblieben? Hatte das bisschen Sonne, das jetzt vom Himmel strahlte und Wärme spendete, sie etwa alle geläutert?

Leopold schüttelte den Kopf. Nein, natürlich nicht. Das wahre Verbrechen war nicht einmal durch das schönste Wetter aufzuhalten. Irgendwann, wahrscheinlich schon demnächst, würde irgendwo wieder etwas passieren. Man musste nur Geduld haben und darauf warten. Dass er körperlich angeschlagen war, zeigte Leopold nur, wie sehr er sich danach sehnte, vor seinen Augen wieder einmal einen Toten liegen zu haben. Er wusste ja schon gar nicht mehr, wie eine Leiche aussah. Ein Mord musste her, und zwar rasch, dann würde es auch mit ihm schnell wieder bergauf gehen.

2

Am selben Abend tummelten sich etwa 14, 15 Burschen der U-15-Mannschaft auf dem Trainingsplatz des FC Eintracht Floridsdorf. Von links und rechts wurden abwechselnd Flanken zum Elfmeterpunkt gezirkelt, wo ein Spieler nach dem anderen versuchen musste, den Ball volley am Tormann vorbei ins Netz zu schießen. Dazu kamen lautstarke Anweisungen mit der heiseren Stimme des Jugendtrainers Robert Moser: »Mit links schießen – los, trau dich doch – Versager – sofort noch einmal – schärfer, die Flanke – mehr Bewegung, ihr Nichtsnutze.«

Einem der Burschen schien es zu reichen. Nachdem er den Ball um einige Meter neben das Tor gesetzt hatte, trabte er lustlos in Richtung Kabine.

»Zurück!«, schrie Moser.

Der Bursche tat, als hörte er nicht.

»Komm sofort zurück!«, schrie Moser erneut und begleitete sein Gebrüll mit dem schrillen Ton seiner Trillerpfeife.

Der Bursche drehte sich um. Er sah Moser wie einen gereizten Stier auf sich zugerannt kommen und blieb stehen. Moser pfauchte ihn an: »Was soll das? Willst du mich verarschen?«

Der Bub stemmte beide Hände in seine Hüften, versuchte, lässig dazustehen. »Wie lange soll das Training denn heute noch dauern?«, fragte er. »Wir hören doch sonst nicht so spät auf. Die Nächsten warten schon auf den Platz.«

Er war mit seinen 14 Jahren schon größer als der stämmige Moser. Aber Moser wirkte bedrohlich wie ein Vulkan, der vor dem Ausbruch stand. Seine Augen funkelten. Er machte kein Hehl daraus, dass es ihn nicht stören würde, die Beherrschung ganz zu verlieren und dem frechen Burschen eine kleine Abreibung zu verpassen. »Wann ist ein Spiel zu Ende?«, wollte er wissen.

»Was … was meinen Sie?«

Moser packte sein Gegenüber am Leiberl. »Ist die Frage so schwer? Wann ein Fußballspiel zu Ende ist, will ich wissen!«

»Wenn der Schiedsrichter abpfeift«, sagte der Bursche jetzt kleinlaut.

»Eben. Das habt ihr ja gestern wieder einmal total vergessen und in der letzten Minute ein Tor kassiert. So, und jetzt merk dir eins, Bürscherl, und alle anderen hier ebenso: Das Training ist erst dann zu Ende, wenn ich, euer Trainer Robert Moser, sage, dass es zu Ende ist. Verstanden?«

Der Bursche nickte mit zu Boden gesenkten Augen. Moser ließ ihn wieder los.

»Ob ihr verstanden habt«, brüllte er über den ganzen Platz.

Betretenes Schweigen.

»Ich glaube, die meisten von euch wissen immer noch nicht, worum es geht«, legte Moser jetzt los. »Die Anweisungen eures Trainers sind zu befolgen – zu befol-gen – und nicht zu ignorieren wie gestern oder gerade eben erst. Und Fußball ist ein Bewegungssport – Be-wegungs-sport –, bei dem man nicht herumsteht und dumm glotzt. Damit ihr euch das ein für alle Mal merkt, werdet ihr ein paar Runden um den Platz laufen, ihr Lahmärsche. Los, alles aufstellen am Seitenrand bei der Mittellinie.«

Lustlos trabten die jugendlichen Fußballer dorthin. Ebenso lustlos liefen sie los, erst langsam, dann auf

Geheiß ihres Trainers immer schneller. Moser zog derweil im Inneren des Spielfelds seine Kreise und brüllte: »Los, los, keine Müdigkeit vorschützen!«

In der Zwischenzeit hatte die U-19-Mannschaft mit dem Training begonnen. Einige machten sich den Spaß und schoben einander die Bälle so zu, dass sie millimetergenau an Mosers Beinen vorbeiliefen. Er achtete nicht darauf. Es war ihm egal. Die größeren Spieler würden seine Kommandos und sein Imponiergehabe höchstens belächeln. Aber dieser pubertäre Haufen, den er da dirigierte, musste ihm gehorchen, sonst konnten sie was erleben.

Schon fiel der erste Läufer hinter die anderen zurück. »Schneller, sonst mache ich dir Beine«, ätzte Moser. »Du rauchst wohl schon heimlich, was?«

»Ich kann nicht mehr«, kam die Antwort mehr gekeucht als gesprochen. »Bitte lassen Sie mich aufhören, Trainer.«

Das war Musik in Mosers Ohren. Bitten mussten sie, betteln und flehen. Ihre Knochen sollten sie spüren. Wenn sie abends ins Bett fielen und sich nicht mehr rühren konnten, war das wenigstens gesund. Sie waren zu jung für Zigaretten, Alkohol und Mädchen. Ihre Eltern würden ihm dankbar sein. »Noch eine Runde«, rief Moser übers Feld. »Aber anständiges Tempo, verstanden. Dann könnt ihr von mir aus in die Kabine und euch duschen.«

Ein letztes Mal kam Bewegung in den müden Haufen, ein letztes Mal gaben die Beine, was sie hatten. Jeder Einzelne wusste, dass mit Moser nicht gut Kirschen essen war. Er konnte einen bei den Eltern oder in der Schule verpfeifen, wenn er auf was draufkam. Er konnte einen vor versammelter Mannschaft fertigmachen. Er konnte sich, was am allerschlimmsten war, vor einem aufbauen, sodass man nicht wusste, ob er zuschlagen würde oder nicht. Man roch dann seinen Schweiß, seinen fauligen Atem und sein billiges Rasierwasser. Und man musste seine körperliche Nähe ertragen, oft minutenlang, und es ekelte einen. Es war für diese jungen, unreifen Knaben, die manchmal gar nicht wussten, was sie mit sich anfangen sollten, also besser, zu tun, was er sagte.

»So, und jetzt alle unter die Dusche, nicht so wie gestern, wo ihr unserem Verein geholfen habt, Wasser zu sparen«, kommandierte Moser. »Aber gestern habt ihr ja auch bewiesen, dass man beim Spazierengehen nicht ins Schwitzen kommt. Nach dem Duschen Mannschaftsbesprechung, verstanden?«

»Das geht sich nicht mehr aus, Herr Trainer«, keuchte der bei der Laufübung zuletzt angekommene Spieler. »Ich muss zu meiner Tante. Ich versäume sonst den Bus.« Er wartete erschöpft auf eine neue Zurechtweisung durch Moser, aber der schwieg überraschenderweise und fuchtelte nur gebieterisch mit den Händen herum.

Schnell verschwanden sie, einer nach dem anderen, im Duschraum und kühlten mit dem Wasser nicht nur ihren Körper, sondern auch ihre Gemüter ab. Dabei ließen sie ihrem Ärger über das durchgedrehte Verhalten ihres Trainers freien Lauf: »Dieser alte Fettsack!«

»Hast du gesehen, wie er dem Alex eine verpassen wollte?

»Bei dem macht das Spielen keine Freude mehr.«

»Wenn das so weitergeht, kann er beim nächsten Spiel auf mich pfeifen.«

»Aber wir kommen doch jetzt wahrscheinlich mit den anderen von den Kickers in eine Mannschaft. Da sollten wir uns schon anstrengen.«

»Streng dich doch an, wenn du unbedingt willst.«

»He, vielleicht bekommen wir dann einen anderen Trainer. Wäre doch cool, oder?«

»Das glaubst du doch selber nicht.«

»Der Moser will uns nur fertigmachen, so viel steht fest. Eine Sauerei ist das.« Plötzlich, mitten während des Volksgemurmels, stand er unter ihnen. »Alle mal herhören«, brüllte er, während einige hastig aus dem Brausestrahl stiegen und ein Handtuch vor ihre Schamteile hielten. »Alle herkommen und einen Kreis bilden. Da es manche von euch schon sehr eilig haben und wegmüssen, machen wir die Mannschaftsbesprechung eben gleich jetzt hier.«

»He«, maulte Alex, der Moser schon vorhin in Rage gebracht hatte, weil er das Training abbrechen wollte. »Können wir nicht einmal fünf Minuten unsere Ruhe haben? Wir haben schließlich auch unser Privat- und Intimleben.«

Einige glucksten, kicherten. Moser ließ sich aber zu keinem Wutausbruch mehr hinreißen. Stattdessen suchte sein Blick die Wehrlosen, die sich ihres Körpers schämten und nicht wussten, was sie mit ihren Händen machen sollten. »Keine Angst, niemand will euch etwas wegnehmen«, lachte er derb. »Also steht nicht so verkrampft da und sagt mir lieber, welche Taktik für das gestrige Spiel ausgegeben war. Welche Taktik war das, Pölzl?«

»Den Ball im Mittelfeld halten … mit Rückversicherung spielen … früh attackieren …«, murmelte der Angesprochene kleinlaut. Man sah, dass ihn fröstelte.

»Tu nicht so, als ob du frieren würdest. Draußen ist es warm, herinnen ist es warm, und das Wasser ist auch warm. Also: früh attackieren, Ball halten. Richtig. Aber Ball halten heißt nicht, den Ball hin- und herschieben und stehen bleiben. Oder dribbeln, bis alle gedeckt sind. Wer von euch ist in den freien Raum gesprintet? Wer hat es einmal mit einem satten Schuss probiert? Niemand.« Moser schnappte kurz nach Luft. Es gefiel ihm, wie ehrfürchtig sie vor ihm standen mit ihren nassen Körpern. Seine Augen suchten jetzt Stary, den kleinen Reinhard Stary. Als sie ihn gefunden hatten, fuhr der Trainer fort: »Dennoch hätten wir gewinnen können. Ein Elfmeter, ein Geschenk des Schiedsrichters, wie wir alle zugeben müssen, und wir haben 1:0 geführt, bis zur letzten Minute. Warum haben wir das Spiel trotzdem nicht gewonnen, Stary?«

»Ich war nicht allein schuld«, platzte es aus Reinhard heraus. »Der Charly hat den Ball unnötig verloren. Irgendwie ist er dann zu mir gekommen, aber da waren auch schon die beiden gegnerischen Spieler da.«

Moser machte ein paar Schritte auf Reinhard zu. Es sah so aus, als habe er vor, ihm die Luft zum Atmen zu nehmen. »Und da hast du nichts Besseres zu tun, als einen Querpass in den Strafraum zu machen, mitten vor unser Tor? Direkt aufgelegt hast du dem Stürmer den Ball. Er brauchte nur mehr ›Danke‹ zu sagen.«

»Was hätte ich machen sollen?«, kam der hilflose Versuch einer Rechtfertigung.

»Vielleicht ins Out schießen? Oder nach vor? Der Schiedsrichter hat bereits auf die Uhr geschaut, er hätte sofort abgepfiffen. Aber das, was du produziert hast, war so ziemlich das Idiotischste, was mir in meiner Trainerlaufbahn untergekommen ist. Als wenn es Absicht gewesen wäre. Hast du es etwa absichtlich getan? Los, sag schon! War es Absicht?«

Nun nahm Moser seine gefürchtete Stellung ein. Jeden Augenblick konnte der Schlag kommen. In seiner Angst ließ Reinhard das Handtuch fallen und hielt sich die Hände zum Schutz vors Gesicht. Wieder gluckten, kicherten einige. Moser genoss seinen Triumph.

Da stand plötzlich ein gepflegter, dunkelblonder Mann hinter Reinhard und legte die Hand auf seine Schulter. »Lass es gut sein, Robert«, sagte Wolfgang Ehrentraut.

*

Sie standen jetzt beide draußen vor dem Kabinentrakt und rauchten.

»Es gefällt mir nicht, wie du mit den Jungs umspringst«, äußerte sich Ehrentraut.

»Das lass nur einmal meine Sorge sein«, gab Moser zurück.

»Ich frage mich schön langsam wirklich, weshalb ich dich zum Nachwuchsleiter des neuen Vereins küren soll.«

»Weil wir Freunde sind, Kameraden? Weil wir jahrelang in derselben Mannschaft gespielt haben?«

In der Tat hatten Moser und Ehrentraut zusammen mit Helmut Sturm, dem jetzigen Trainer der Kampfmannschaft, als Spieler jahrelang das Rückgrat der Floridsdorfer Eintracht gebildet. Die ›Drei Musketiere‹ waren sie gewesen, hatten einander auf dem Platz blind verstanden: Moser als bulliger ›Abräumer‹, Ehrentraut als eleganter Drahtzieher im Mittelfeld, Sturm als konsequenter Vollstrecker. Auch privat waren sie dicke Freunde gewesen. Sie hatten manche Nacht gemeinsam durchgefeiert, dieselben Mädchen vernascht und einander geholfen, wenn einer von ihnen in Schwierigkeiten war. Später hatten sich ihre Wege getrennt und wieder gekreuzt, bis sie schließlich, einer nach dem anderen, wieder bei der Eintracht gelandet waren und ihre jetzigen Positionen eingenommen hatten. Moser und

Ehrentraut wollten dem Verein nach der Fusion erhalten bleiben, nur Sturm zog es weg in die 2. Bundesliga.

Waren sie immer noch Freunde? Ehrentraut wusste es nicht. Die Jahre hatten einiges an ihnen verändert, die Gemeinsamkeiten waren verloren gegangen. Aber einander beizustehen wie weiland Athos, Porthos und Aramis, den anderen nicht im Stich zu lassen, dieser edle Gedanke spukte nach wie vor in ihren Hinterköpfen herum.

»Deine Jungs sind momentan schlecht drauf«, sagte Ehrentraut, während er kurz seine Fingernägel betrachtete, ob sie auch sauber waren. »Keine Lust am Spiel, keine Freude. Das ist nicht nur mir aufgefallen. Deine U-14-Mannschaft hat einen eklatanten Leistungsabfall und steht von allen unseren Nachwuchsteams am schlechtesten da. Soll ich noch mehr sagen?«

»Die Kerle spuren einfach nicht, sie sind in einem ungünstigen Alter.«

»Komm, hör auf. Das, was ich gerade gesehen habe, hat mir gereicht. Ich würde mich nicht wundern, wenn bald die ersten Beschwerden von den Eltern kommen.«

»Und du?«, lachte Moser plötzlich grimmig. »Du hast nichts getan, worüber sich Eltern oder sonst wer beschweren könnten?«

»Ach!« Ehrentraut machte eine wegwerfende Handbewegung. »Ich weiß schon, was du meinst. Das war ein Spaß, ein einmaliger Spaß. Darüber regt sich doch niemand auf. Im Gegenteil, das war cool.«

»Wenn du meinst. Aber ich möchte diesen Job als Nachwuchsleiter, hörst du?«

Sie sahen einander fest in die Augen.

»Morgen kommt Brown und schaut sich alles hier ein wenig genauer an«, erwähnte Ehrentraut. »Da kannst du ja versuchen, dich beliebt bei ihm zu machen. Was allerdings meine Fürsprache betrifft …«

»Ich möchte diesen Job«, wiederholte Moser. »Und denk einmal daran, was aus uns wird, wenn wir beginnen, plötzlich gegeneinander zu arbeiten.«

Ehrentraut blies kleine Wölkchen in den Himmel, dann drehte er sich um und marschierte langsam in Richtung des Hauptspielfeldes, wo jetzt auch die Kampfmannschaft ihr Training aufgenommen hatte.

»Harry Leitner ist wieder in Wien«, rief Moser ihm nach. »Nicht, dass ich vergessen hätte, es dir zu sagen.«

*

Wolfgang Ehrentraut lenkte seine Schritte zu seinem Lieblingsplatz schräg hinter dem Tor unterhalb der Matchuhr. Schon als Kind, bei seinen ersten Besuchen der Eintracht-Spiele, hatte es ihn immer hierher gezogen, das heißt, damals war er ganz unten am Spielfeldrand gestanden, weil ihm dort niemand die Sicht verstellen hatte können. Nach und nach war er weiter nach oben gewandert, bis an den Rand der Böschung. Und mit der Zeit hatte er dann begonnen, sich einzureden, dass dieser Ort ihm gehörte, ihm ganz allein, dieser Fleck, auf den von morgens bis abends die Sonne schien, und von dem aus man das Spielfeld wie von einem Feldherrnhügel überblicken konnte. Wenn ein Heimmatch gut besucht war und sich auch hier die Leute drängten, war es ihm, als wolle man ihn vertreiben, und die Eifersucht packte ihn. Aber jetzt, unter der Woche, konnte er sich ungestört hierher zurückziehen, um seinen Gedanken nachzugehen.

Er schaute den Spielern der Kampfmannschaft zu, die unten munter und locker mit ihrem Training begonnen hatten. Wie lange würde das so weitergehen? Zwei, drei Wochen vielleicht. Dann war Schluss, endgültig Schluss. Er würde sich einen neuen Fleck auf einem anderen Fußballplatz suchen müssen. Nur mehr der Nachwuchs würde eine Zeitlang hier trainieren und spielen, bis auch das vorbei war. Der Platz würde verwildern, und eines Tages würden die Bagger und Planierraupen kommen und den finalen Schlussstrich ziehen.

Niemand sollte sagen, dass ihm, Wolfgang Ehrentraut, das nicht in der Seele weh tat, ihm, der mit diesem Verein von Kindheit an mit nur wenigen Unterbrechungen immer verbunden gewesen war, als Spieler, als Trainer und jetzt als Obmann. Aber durfte man deswegen einer neuen Entwicklung im Weg stehen, die für alle, vor allem für ihn, das Beste war? Nein, Gefühlsduseleien waren hier fehl am Platz.

Floridsdorf würde das erste Mal seit der unseligen Abwanderung der ›Admira‹* aus dem Bezirksteil Jedlesee in die Südstadt im Jahr 1967 einen Großklub haben, der in ein bis zwei Jahren den Aufstieg zumindest in die 2. Bundesliga schaffen konnte. Ein neues, supermodernes Stadion würde entstehen. Er selbst würde die Geschicke dieses Vereines, des ›1. FC Floridsdorf‹, lenken. Joe Brown würde zwar Präsident sein und mit seinen Millionen alles möglich machen, auch im Mittelpunkt der Medienberichte zu stehen. Aber wie oft würde es ihn nach Wien verschlagen? Er hatte seine Firma BBF in Kanada, seine Familie und ein Haus samt Riesengrundstück. Es

* Achtfacher österreichischer Fußballmeister und vierfacher Pokalsieger.

musste hier vor Ort jemanden geben, auf den er sich verlassen konnte, und dieser Jemand würde er sein. Ehrentraut würde, ausgestattet mit dem hübschen Titel ›Manager‹, alle Fäden ziehen und weit mehr verdienen als bei seinem jetzigen Job als Prokurist einer Werkzeugfirma. Das war praktisch fix. Und es war gut so.

Er blickte gegen die tiefer werdende Abendsonne auf das Spielfeld. Es überkam ihn jetzt öfter so etwas wie Wehmut, eine Schwäche, die er bekämpfen musste. Was war sie denn anderes als eine Selbstverliebtheit der Seele, die letztendlich Schuld daran trug, wenn alles auf der Stelle trat?

Mitten in seine Gedanken hinein läutete sein Handy. Es war seine Frau.

»Hallo, Betty?«

»Hallo! Ich wollte dir nur sagen, dass ich heute Abend nicht zu Hause bin und morgen ziemlich sicher auch nicht. Solltest du Heimweh nach unserer Wohnung bekommen; es sind ein paar Sachen im Kühlschrank. Du wirst also nicht verhungern.«

»Wo gehst du denn hin?«

»Das geht dich nichts an.«

»Betty, ich denke, wir müssen einmal miteinander über alles reden.« Seine Stimme klang belegt und unsicher. Sie hatte ihre Weichheit und den melodischen Klang verloren.

»Ich möchte aber nicht mit dir darüber reden.«

»Dann tu mir bitte einen Gefallen. Joe Brown hat uns für Mittwoch Abend zum Essen eingeladen. Bitte nimm dir diesen Abend für mich frei. Es ist ungeheuer wichtig für mich. Er steht so auf intakte Familien.«

»Welchen Grund hätte ich, ausgerechnet jetzt diesem Brown eine intakte Familie vorzugaukeln?«

»Tu es mir zuliebe. Bitte!«

»Ich denke, du willst bloß gewisse Dinge verdrängen, weil sie dir nicht in deinen Kram passen. Ich werde diese Woche die Scheidung einreichen, und das ist mein Ernst, egal, ob du einwilligst oder nicht.«

Abwartend, möglichst unschuldig klingend fragte er: »Warum?«

»Wolfgang, ich will dir das jetzt nicht wieder alles am Telefon auseinandersetzen. Du hast dich verändert, du kümmerst dich nicht mehr um mich. Du hast dich still und heimlich in eine kleine Wohnung eingemietet, von der ich erst unlängst erfahren habe. Du bleibst oft nächtelang fort. Ich weiß nicht mehr, wann du kommst und gehst. Genügt dir das?«

»Ich habe dir schon gesagt, ich habe jetzt viel zu tun. Es geht um meine berufliche Zukunft. Es ist eine schwierige Zeit für mich. Ich wollte dich mit all dem nicht belasten.«

»Und wann sehe ich wieder einmal Geld für unseren Unterhalt von dir?«

Geld! Als er das Wort hörte, spürte Ehrentraut sofort ein unangenehmes Kribbeln auf seiner Haut. Geld war etwas, das nicht lange bei ihm blieb. Geld bereitete ihm Sorgen. »Ich denke, ich habe dir doch vorige Woche …«

Sie unterbrach ihn sofort. »Gar nichts hast du. Nicht einmal mehr darauf kann ich mich noch verlassen. Mein Sparbuch muss ich angreifen, wenn ich etwas brauche. Nein, nein, ich will die Scheidung, und damit basta. Wenn du vernünftig bist, stimmst du zu.«

Er erinnerte sich daran, wie sie früher sein Geld mit vollen Händen ausgegeben hatte. Eine Scheidung würde teuer werden. Betty würde alles nehmen, was sie kriegen konnte. »Welcher Mann steckt denn dahinter?«, fragte er.

»Offensichtlich muss immer ein anderer dahinterstecken, sonst glaubt ihr Männer es nicht. Aber ich kann dich beruhigen: Es gibt keinen anderen. Noch nicht. Es hat also keinen Sinn, wenn du ständig diesen Detektiv, oder was für ein Kerl das auch immer ist, hinter mir herrennen lässt.«

»Hör mal, wegen Mittwoch …«

»Du wirst am Mittwoch mit deinem Herrn Brown allein essen gehen müssen. Und versuche nicht immer abzulenken. Du hast dich verändert, Wolfgang. Du bist nicht mehr der, der du warst. Ich bedeute dir nichts mehr, auch wenn du es nicht zugibst. Und mir ist es völlig egal, wer oder was bei dir dahintersteckt. Ich mache jetzt einfach Schluss, ob es dir recht ist oder nicht.«

Damit stand es 1:0 für Bettina Ehrentraut. Sie hatte eiskalt eingenetzt und beendete das Gespräch sofort nach diesem Treffer, nahm ihrem Gatten damit jede Chance auf den Ausgleich.

Wolfgang Ehrentraut steckte gedankenverloren sein Handy ein. Eine Scheidung war das Letzte, was er in seiner jetzigen Situation brauchen konnte. Aber was sollte er tun?

Als er so dastand und sich einiges in seinem Kopf bewegte, fiel ihm das große Loch in dem Maschendrahtzaun auf, der den Platz nach draußen zu einem Fußweg hin begrenzte, welcher von der Straße abzweigte und zu einer Tennisanlage führte. Das Loch war so groß, dass ein ausgewachsener Mann in gebückter Haltung leicht ein und aus gehen konnte. Wer das wohl wieder getan haben mochte? Handelte es sich um eine der angekündigten ›Aktionen‹ aufgebrachter Eintracht-Anhänger? Ehrentraut schüttelte verärgert den Kopf. Bis zum Spiel am Sonntag musste das repariert werden, sonst gab's womöglich Schwierigkeiten mit Gratisblitzern.

Er ging zurück in Richtung Kantine, um das Gespräch mit seiner Frau bei einer Flasche Bier zu verdauen. Das Loch im Zaun hatte er schon nach einigen Schritten wieder vergessen.

*

Ehrentraut nahm sich nicht die Zeit, das Bier in ein Glas zu schenken, sondern trank hastig aus der Flasche. Bertl Posch, der Kantinenwirt, spielte mit dem Messer, mit dem er gerade vorhin ein paar Scheiben Brot heruntergeschnitten hatte, und sah ihm neugierig dabei zu.

»Probleme?«, fragte er.

»Nein, nur Durst.«

Ehrentraut machte einen zweiten großen Schluck, sodass die Flasche zu mehr als der Hälfte leer war.

»Was ist eigentlich bei der Sache herausgekommen?«, wollte Posch wissen. Dabei behielt er das Messer in seiner Hand, als ob er sich nicht davon trennen könne.

»Bei welcher Sache?«

»Bei der Sache mit der Kantine am Kickers-Sportplatz.«

Ehrentraut erinnerte sich vage. Posch hatte sich um die Kantine beworben und gebeten, dass er bei Brown ein gutes Wort für ihn einlegte.

»Die wird wohl dem Moravec bleiben«, sagte Ehrentraut ausweichend.

Posch verbesserte ihn ganz ruhig und mit dem Anflug von einem Lächeln auf seinem Gesicht: »Du weißt, ich meine die zweite Kantine in der Kurve, die jetzt zusätzlich für Spiele der Kampfmannschaft gebaut wird. Glaubst du, dass die auch der Moravec bekommen wird?«

»Ich weiß es nicht. Ich habe mit Brown geredet, aber eine Entscheidung wird erst in den nächsten Tagen fallen.«

»Und wenn ich dir sage, dass die Entscheidung bereits gefallen ist? Dass Moravec den Zuschlag bekommen hat, ohne dass viel herumverhandelt wurde?« Posch spielte weiter mit dem Messer, jetzt um eine Spur ungeduldiger, hektischer. Er lächelte noch immer, aber seine Augen starrten erbarmungslos in Ehrentrauts Gesicht.

Ehrentraut kannte Posch zur Genüge. Sein Oberkörper war stark und muskulös. Er konnte unangenehm werden, wenn er die Beherrschung verlor. An der zweiten Kantine, die ihm auch einen Platz im wahrscheinlich neu entstehenden Stadion sichern würde, lag dem Posch Bertl viel, das wusste er. Und zwischen Posch und Moravec bestand eine jahrzehntelange Feindschaft, seit die Eintracht einmal mit zwei Heimspielen auf den Kickers-Platz hatte ausweichen müssen und Moravec damals die gesamten Einnahmen aus dem Kantinenbetrieb abkassiert hatte.

Aber durfte man wegen solcher Kleinigkeiten und Eifersüchteleien die Fusion aufs Spiel setzen? Moravec hatte mehr Einfluss auf die eigenen Anhänger als viele glaubten. Also hatte Ehrentraut Brown gegenüber gar nicht viel vom Posch Bertl gesagt, und man hatte sich rasch darauf geeinigt, Moravec, dem Pächter der einen Kantine, auch die andere zu überlassen. Wenn es ums

Ganze ging, war es einfach wichtig, dass die Details stimmten.

»Nicht einmal gesagt hast du es mir«, fuhr Posch, nach wie vor lächelnd, fort. »Und jetzt stehst du da, trinkst dein Bier und tust so, als ob nichts wäre. Ist das kameradschaftlich? Ich frage dich, ist das kameradschaftlich?« Er wurde um eine Spur lauter.

»Bertl, schau, ich …«

Posch machte mit seinem Finger eine kreisende Bewegung ins Lokal hinein. »Schau hin. Schau dir die paar Unverbesserlichen an, die an einem normalen Trainingstag hereinkommen. Von denen kann ich nicht leben. Du darfst dir ausrechnen, was die Kantine abwerfen wird, wenn die Kampfmannschaft einmal nicht mehr da ist. Meine Mutter liegt seit Anfang des Jahres in einem Pflegeheim, das kostet zusätzlich. Aber gut, ist ja nicht dein Geld.«

Geld! Schon wieder dieses Wort, das ein Kribbeln auf seiner Haut verursachte. Ehrentraut wollte etwas sagen, aber Posch schnitt ihm das Wort ab: »Ich will gar nicht hören, was du dir jetzt in aller Eile für Ausreden zusammengebastelt hast. Ich hab zu tun. Aber wir sprechen uns noch, darauf kannst du dich verlassen.«

Das Lächeln war jetzt aus seinem Gesicht gewichen. Das Messer hielt er weiterhin fest und beinahe drohend in der Hand.

*

Nachdenklich schritt Ehrentraut über den Kies zwischen Kantine und Kabinentrakt, wo sich auch die Büroräume der Eintracht Floridsdorf befanden. Es war eine kurze Sitzung mit Arthur Eberl, dem Kassier und zweiten Obmann, sowie Alfred Sonnleitner anberaumt, um eventuelle Unklarheiten vor dem morgigen Treffen mit Joe Brown und einigen Kickers-Funktionären zu bereinigen. Aber die Weichen waren bereits vor geraumer Zeit gestellt worden, es lief alles nach Plan. Ihn ärgerte nur, dass er sich beinahe von dem ungehobelten Bertl Posch einschüchtern hätte lassen. Der hatte doch wirklich geglaubt, er würde sich für ihn der neuen Kantine wegen einsetzen. Doch wo gehobelt wird, fallen bekanntlich Späne. Da konnte man wirklich nichts machen.

Alfred Sonnleitner kam, wie immer ein wenig schusselig und hektisch, mit einer großen braunen Tasche in der rechten Hand, die so aussah, als hätte er sie aus der Gründerzeit des Vereins herübergerettet. Sein glattes, schwarzes Haar war mit viel Brillantine stark nach hinten gekämmt. Er wirkte ein wenig wie ein Rezeptionist aus einem seiner Hotels.

»Können wir anfangen?«, fragte er Ehrentraut ein wenig außer Atem.

»Arthur fehlt.«

»Auch gut! Dann bleibt mir wenigstens Zeit, dich an etwas zu erinnern. Du schuldest mir 3.500 Euro.«

Auch das noch. Hatte sich heute denn alles gegen Ehrentraut verschworen? »Einen kleinen Aufschub wirst du mir doch geben«, sagte er mit belegter Stimme.

Sonnleitner bemühte sich um ein verkrampftes Lächeln. »Höchstens bis zur Generalversammlung nächste Woche. Da muss ich das Geld haben, denn dann trete ich ja offiziell zurück und übersiedle nach Kärnten.«

»Ich kann es dir auf dein Konto überweisen.«

Sonnleitner schüttelte den Kopf. »Nein, nein, kommt

gar nicht infrage. Ich habe es dir bar gegeben, und ich möchte es auch bar wieder zurückhaben. Bis nächsten Donnerstag. Spätestens.«

»Alfred, ich brauche einen Aufschub. Zu Hause gibt's Probleme, und ich habe für eine Wohnung einen Kredit aufgenommen. Ich bin im Augenblick schlecht bei Kasse.«

»Hast du beim Wetten verloren, oder stimmen etwa die anderen Dinge, die man sich über dich erzählt?«, krächzte Sonnleitner. Mit seiner Heiterkeit schien es vorbei zu sein. »Hör einmal zu«, fuhr er fort, so ruhig er konnte. »Weißt du, warum ich den Verein verlasse? Da gibt es einige Gründe, aber einer davon bist du. Glaubst du, ich bin blind und taub oder schon senil? Du hast Geld aus der Kasse genommen, Wolfgang. Einige Male.«

»Wie hätte ich denn das tun sollen?«, fragte Ehrentraut unschuldig.

»Eben das werde ich bei der Generalversammlung aufdecken, wenn ich bis dahin meine 3.500 Euro nicht habe. Dann kannst du dir deinen neuen Job, auf den du so große Stücke setzt, in die Haare schmieren. Und Bekanntschaft mit der Polizei wirst du vermutlich auch machen. Versteh mich bitte nicht falsch. Ich weiß, dass du dich viel für den Verein eingesetzt hast, wenn ich die letzten Tage und Wochen vergesse. Ich will dir deine Zukunft nicht verderben. Aber mein Geld will ich zurückhaben, und zwar schnell.«

Ehrentraut schwieg nachdenklich. Er dachte daran, dass er schon schwierigere Situationen in den Griff bekommen hatte. Doch die Lage war ernst, sehr ernst sogar.

»Ah, da kommt ja Arthur. Jetzt kann es losgehen«, posaunte Sonnleitner in die beginnende Dunkelheit.

Die Spieler der Kampfmannschaft hatten soeben ihr Training beendet. Sie lachten und scherzten auf ihrem Weg in die Kabine. Sturm, der Trainer, ging an Ehrentraut vorüber. Die beiden sahen einander kurz in die Augen, grüßten sich aber nicht.

3

Reinhard Stary war, wie Thomas Korber gehofft hatte, durchaus kein unintelligentes oder sprachunbegabtes Kind. Anfangs wirkte er ein wenig still und gehemmt, doch bald konnte Korber ihm im Verlauf dieser Probestunde einiges an Wissen entlocken, das sich in die hinteren Regionen seines Gehirns verschoben hatte. Er kannte das von vielen seiner Schüler: Sie konnten mit dem, was sie wussten, oft nur erschreckend wenig anfangen. Sie waren zu wenig bei der Sache. Ihre Gedanken kreisten um Dinge aus der realen oder virtuellen Welt, die mit der Schule ganz und gar nichts zu tun hatten. Man musste sie dann dazu bringen, ihre Traumwelt zu verlassen und sich wieder an die bekannten Dinge zu erinnern. Das war oft schon der Schlüssel zum Erfolg.

»Nun?«, erkundigte sich Manuela Stary nach der Stunde neugierig. Sie war, im Gegensatz zum Vortag, in eine keusche, dunkelblaue Bluse gehüllt.

»Ich denke, der junge Mann wird das schon schaffen. Auf jeden Fall werde ich ihm weiter dabei helfen«, sagte Korber.

»Das freut mich«, lächelte Manuela. »So, jetzt hast du dir aber ein gutes Essen verdient, wie ich es dir versprochen habe.«

Korber wollte abwehren, aber der gute Geruch aus der Küche signalisierte ihm, dass schon längst alles vollbracht war und die stolze Köchin jetzt nach jemandem Ausschau hielt, der ihr Werk lobte. »Kaiserschmarren«, erwiderte sie auf Korbers fragenden Blick. »Das ist Reinhards Lieblingsessen, und du magst es hoffentlich auch.«

Und ob! Noch dazu, wo Manuela Stary wirklich gezaubert hatte, sodass jeder Bissen auf der Zunge zerging. »Köstlich«, urteilte Korber. »Kommt dein Mann gar nicht zum Essen?«, wollte er dann, ein wenig unsicher und neugierig zugleich, wissen.

Manuela schüttelte den Kopf. »Er kommt später. Er arbeitet noch, und danach muss er ja immer auf einen Sprung auf dem Fußballplatz vorbeischauen, was es bei der Eintracht Neues gibt«, seufzte sie.

»Darf Papa überhaupt wissen, dass Herr Korber mir jetzt Nachhilfe gibt?«, fragte Reinhard.

»Nein, natürlich nicht«, lächelte Manuela ein bisschen verkrampft. »Mein Mann Klaus ist in dieser Hinsicht sehr streng. Wenn mein Sohn Nachhilfe braucht, ist er nicht reif fürs Gymnasium, sagt er. Also schweigen wir lieber und halten deine Existenz geheim, sonst nimmt er Reinhard womöglich von der Schule. Imstande dazu wäre er.«

»Aber Fußballspielen muss der Bub unter allen Umständen«, kritisierte Korber.

»Ja. Das bildet sich Klaus eben ein. Er ist, was diese Sache betrifft, leider ein Fanatiker. Aber bis jetzt hat es Reinhard ja auch gut getan.«

»Morgen gehe ich aber nicht zum Training. Es stimmt, es ist besser, wenn ich mich jetzt auf die Schule konzentriere«, protestierte Reinhard mit einem Mal.

»Da werden wir erst sehen, was Papa dazu sagt.«

»Es ist mir egal, was er sagt. Ich gehe nicht. Die können mich alle mal«, wiederholte Reinhard und lief plötzlich mit hochrotem Kopf aus dem Zimmer.

»Was hat er denn?«, fragte Korber.

Manuela Stary zuckte mit den Achseln. »Genau weiß

ich es nicht. Er traut sich nicht, es mir zu sagen. Aber er hat zur Zeit eine Stinkwut auf seinen Trainer, so viel habe ich mitbekommen. Leider hat Reinhard am Sonntag den Ausgleichstreffer verschuldet, in der letzten Minute. In solchen Fällen kann Robert Moser – sein Trainer – sehr vulgär sein, manchmal sogar richtig gemein. Er ist ein ordinärer Prolet, wenn du mich fragst. Ich kann ihn überhaupt nicht leiden.«

Manuela Stary begann, den Tisch abzuräumen. Einen Augenblick lang überlegte Korber, ob er ihr helfen sollte, aber sie war flink und geschickt, und ehe er sich's versah, hielt er wieder nach ihren – diesmal allerdings gut versteckten – Reizen Ausschau.

»Das Dumme ist nur, dass Moser und Klaus sich so gut verstehen«, redete sie weiter. »Beide schreien sie gern herum und spielen den starken Mann. Junge Menschen wie Reinhard sind für sie verweichlichte und weltfremde Träumer. Und von der Schule hält Klaus, wie gesagt, auch nichts. Es wird dem Buben wohl nichts anderes übrig bleiben, als weiter zum Training zu gehen und zu spielen.«

Die ganze Zeit über hatte sie, das Gesicht von Korber abgewandt, versucht, ein wenig Ordnung in die geräumige Küche zu bringen. Jetzt drehte sie sich um und sah ihm prüfend in die Augen. »Warum sind Männer ab einem gewissen Alter eigentlich nicht mehr romantisch?«, fragte sie.

»Ich weiß nicht«, kam es ein wenig unsicher von Korber.

»Du bist doch Lehrer. Sind wenigstens Lehrer romantisch?«

»Ich … ich weiß es nicht«, versuchte Korber ein Lächeln.

»Du unterrichtest auch Deutsch, hast du gesagt. Weißt du, was ich schon immer einmal wollte? Dass mir jemand ein Gedicht aufsagt. Ein schönes, romantisches Gedicht«, sagte Manuela Stary. Dabei setzte sie sich wieder zu Korber an den Tisch und rückte ganz nahe zu ihm.

Korber fühlte eine leichte Röte in sich aufsteigen. Sollte er … ?

»Du musst doch eine Menge Gedichte kennen«, bohrte Manuela weiter. »Bei uns in der Schule mussten wir ständig Gedichte vorlesen oder auswendig vortragen. Ist das heute denn nicht mehr so?«

Korber wurde immer verlegener. »Nun ja, die Kinder von heute wissen mit Gedichten nicht mehr viel anzufangen«, antwortete er ausweichend. »Es ist oft dankbarer, mit Songtexten zu arbeiten.«

»Ach was, Songtexte.« Wieder war ihre Hand kurz auf seiner, wie schon im Kaffeehaus. »Ich möchte jetzt ein romantisches Gedicht hören, und zwar von dir.«

Schon als Kind hatte Korber dazu herhalten müssen, bei allen möglichen Anlässen oder Gelegenheiten etwas aufzusagen, oder – und das war ihm jetzt, wo er daran zurückdachte, besonders peinlich – zu singen. Seine helle, noch nicht gebrochene Stimme hatte damals auf die Eltern, die Großeltern oder die Freunde vom Papa besonders einschmeichelnd gewirkt. Es war automatisch aus ihm herausgesprudelt, als sei es die natürlichste Sache der Welt. Aber hatte er es wirklich gern getan, oder hatte er nur eine leichte Form der Dressur über sich ergehen lassen? Er wusste es nicht. Er wusste nur, dass man Kinder gern zur Schau stellte, und dass er das als unnötige Manipulation empfand.

Er ließ seine Schüler selten Gedichte aufsagen. Er hatte auch immer Verständnis für diejenigen unter ihnen gezeigt, bei denen ein solches Ansinnen den größten Widerspruchsgeist hervorrief. Jetzt blickte Korber in Manuela Starys unnachgiebige Augen. So leicht würde er bei ihr nicht davonkommen.

»Es ist schwer«, gab er ihr leise zu verstehen. »So spontan, auf Befehl.«

»Bitte versuch es, mir zuliebe.«

Korber stützte sich mit seinem rechten Ellenbogen am Tisch ab und hielt seine Hand gegen die Stirn, wie es die großen Denker zu tun pflegen, wenn sie auf einen Einfall warten. Leicht verschämt hielt er den Blick nach unten. Dann begann er:

»Schläft ein Lied in allen Dingen,
die da träumen, fort und fort,
und die Welt hebt an zu singen,
triffst du nur das Zauberwort.«*

Die paar Zeilen hatten ihre Wirkung auf Manuela Stary nicht verfehlt. Als er seine Hand wegnahm und ihr wieder ins Gesicht sah, merkte er, dass sie andächtig lauschte. »Schon aus?«, fragte sie irritiert.

»Ja.«

»Goethe?«

»Nein, Joseph von Eichendorff. Ein Romantiker.«

»Ich dachte Goethe. Die meisten schönen Gedichte sind von Goethe.«

»Hat dir dieses denn nicht gefallen?«

---

* Joseph von Eichendorff: Wünschelrute. Zitiert nach: Reiners, Ludwig: Der ewige Brunnen. C.H.Beck, München 2000, S. 916.

»Doch, doch. Aber es war ein wenig kurz.«

Wieder einmal jemand, der den Maßstab in erster Linie bei der Quantität, nicht bei der Qualität ansetzte? »Es ist zwar kurz, aber es kann uns doch einiges sagen«, versuchte Korber zu erklären. »Es sagt uns, dass die ganze Welt voll von wunderbaren, poetischen Dingen ist, man muss nur das Schöne an ihnen erkennen und freilegen. Das ist sozusagen der Job des Dichters. Er kann für alles die richtigen Worte finden und es wachküssen, wie dereinst der Prinz das Dornröschen.«

»Mit dem Zauberwort«, lächelte Manuela Stary und öffnete dabei ihre Lippen so, als ob sie auch geküsst werden wollte. »Ich finde, es ist eine herrliche Idee. Aber ich mag an Gedichten vor allem den Reim und den Rhythmus, wenn es so richtig beschwingt klingt und einen wie auf einer Wolke schweben lässt. Und da muss es schon etwas länger dauern, damit man richtig in Stimmung kommt. Wie viel?«, fragte sie plötzlich.

»Was?«

»Ich meine, wie viel Geld bekommst du? Für die Stunde?«

Korber winkte ab. »Heute nichts. Es war ja nur eine Probestunde.«

»Und hast du dir schon etwas mit Reinhard ausgemacht?«

»An sich haben wir für morgen wieder eine Stunde vereinbart«, sagte Korber, erleichtert, dass die Sache mit dem Gedicht ausgestanden war.

»In Ordnung. Komm bitte wieder um die gleiche Zeit, denn ich bin mir beinahe sicher, dass er doch zum Training gehen wird, obwohl er derzeit streikt.« Sie verabschiedeten sich. Korber war bereits im Gehen begriffen, da spürte er nochmals Manuela Starys Hand auf seiner Schulter. »Und bring mir bitte ein Zauberwort mit, ein schönes Gedicht«, hörte er sie sagen. »Aber wenn es geht, ein bisschen länger als das heutige. Und romantisch muss es sein. Das tut mir gut, ich spüre es.«

Noch ein Gedicht! Korber fiel die Ankündigung ein, die Heinz Erhard seinen trefflichen Gedichtvorträgen immer vorangeschickt hatte. Und er sollte jetzt auch ...? Ein längeres romantisches Gedicht? Was verstand Manuela Stary unter ›romantisch‹? Etwa gar ein Liebesgedicht?

Als er die Wohnung der Starys verließ, sah Thomas Korber wieder einmal größere Probleme auf sich zukommen. Warum hatte er sich bloß auf die Sache mit der Nachhilfe eingelassen?

*

Normalerweise erklang im Café Heller keine Musik. Zugegeben, bei der einen oder anderen Veranstaltung – einem Hausball etwa – kam man nicht um sie herum. Und in früheren Jahren, als im Radio noch ›Musik zum Träumen‹ zu hören gewesen war, hatte man die verbliebenen Gäste knapp vor der Mitternacht mit sanften Tönen aus dem Lautsprecher auf ein friedliches Nachhausegehen eingestimmt. Sonst aber war Musik etwas, das an diesem Ort, wo viele Menschen ihre Ruhe suchten, nur störte.

Musik dröhnte einem sonst ohnehin überall und aus allen Ecken entgegen. Die Leute benötigten Musik, um sich am Morgen zu waschen, um Auto zu fahren, zu arbeiten, zu lernen, einander zu lieben und einzuschlafen. Sie ließen sich sogar von Musik berieseln, wenn sie eigentlich nur miteinander reden wollten, von sogenannter ›Hintergrundmusik‹. Der ganze Tag, von früh bis spät, wurde von Musik untermalt, und es war immer weniger wichtig von welcher. Die Auswahl traf in den meisten Fällen ein Computer.

Warum war das bloß so? Vielleicht, weil die Menschen Angst vor der Stille hatten. Wenn es ruhig war, mussten sie innehalten und einmal tief in sich hineinhören. Dazu waren sie immer weniger in der Lage. Sie brauchten Geräusche, Berieselung, irgendetwas Künstliches, das sie davor bewahrte, die Leere in ihrem Inneren zu erforschen.

Hier, im Heller, hielt man es mit den alten Traditionen. Die meisten Leute kamen, um zu plaudern oder zu spielen, und zwar ohne irgendein Gedudel im Hintergrund. Das Kaffeehaus machte sich seine Geräusche selbst: die gedämpften Stimmen, das Umrühren der Löffel in den Kaffeetassen, das Rascheln beim Umblättern der Zeitungen, das Knarren der Schritte auf dem Parkettboden, das Klacken beim Aufeinanderprallen der Billardkugeln. Und oft, wenn gerade nicht viel zu tun war, lauschten Leopold und Frau Heller andächtig dieser Melange aus Ruhe und Bewegung.

Darum wunderte es Leopold, dass Herr Heller schon den ganzen Dienstagnachmittag an seiner Stereoanlage herumbastelte, die ansonsten ihr Dasein nur mehr in einem Nebenraum hinter der Küche fristete. Was sollte das denn werden?

Auch einige Gäste beäugten diese Entwicklung misstrauisch. »Sagen Sie, Leopold, gibt es heute etwa eine Veranstaltung, von der wir nichts wissen?«, erkundigte sich ein Stammgast. »Können wir unsere Zeitung gar nicht zu Ende lesen?«

Leopold, der Schlimmes ahnte, antwortete ausweichend: »Ich weiß von nichts.« Schließlich hörte er es, zuerst undeutlich und leise, dann aber laut und klar, beinahe zu einer Klangwolke anschwellend aus den Lautsprechern: ›You'll never walk alone‹, diesen Uralthit, der, soviel er wusste, in der Zwischenzeit zu einer Art Credo aller bekennenden Fußballanhänger geworden war.* Er sah seine ärgsten Befürchtungen übertroffen, noch dazu, wo Frau Heller zu diesen Klängen freudig aus der Küche hüpfte.

»Frau Chefin, ist das denn wirklich notwendig?«, fragte er und hatte Mühe, den Musiklärm zu übertönen.

»Es ist notwendig, Leopold.«

»Wenn Sie mich fragen, ist das ein Verstoß gegen die guten Sitten. Es ist gewissermaßen ein Sakrileg, dass in unserem Kaffeehaus so gut wie nie Musik erklingt. Und jetzt bringen Sie es doch tatsächlich übers Herz …«

Jäh unterbrach ihn Frau Heller: »Erstens, Leopold, hat Sie niemand gefragt, und was in diesem Lokal gute Sitte ist und was nicht, bestimme seit jeher ich. Zweitens handelt es sich bei diesem Lied um eine Hymne, die die Fußballfans auf der ganzen Welt in eine Art Taumel versetzt, wenn Sie verstehen, was ich meine. Und drittens möchte ich mir durch Ihre fortwährende schlechte Laune nicht den ganzen Tag verderben lassen.«

»Mir haben Sie ihn jedenfalls schon verdorben.«

»Weil Sie keinen Sinn fürs Geschäft haben. Ich habe gesagt, heute Abend ist eine Fußballsitzung, und der

* ›You'll never walk alone‹ (1945). Text: Oscar Hammerstein, Musik: Richard Rogers.

hat sich alles unterzuordnen. Ich weiß, wovon ich rede, glauben Sie mir. Sehen Sie nicht, welche große, einmalige Chance da auf uns zukommt, Leopold? Sehen Sie nicht, welches Potenzial an neuen Kunden draußen auf uns wartet? Der Fußball ist die Zukunft, und wenn wir es geschickt anstellen, werden die Fans in Massen zu uns strömen.«

Leopold sah sich kurz um. Von Taumel keine Rede, höchstens vom Hinaustaumeln. Bei den ersten Tönen des Liedes hatten die meisten Gäste nämlich fluchtartig das Lokal verlassen. Man konnte den verbliebenen Rest an den Fingern einer Hand abzählen. »Bei der Hymne sind jetzt fast alle gegangen, und nicht ein Einziger ist hereingeströmt«, bemerkte er trocken.

Frau Heller schüttelte über so viel Unverstand den Kopf. »Noch einmal: Wir investieren hier in die Zukunft, Leopold, in eine ungewisse, aber hoffentlich rosige Zukunft. Wir müssen umdenken. Unsere Stammgäste werden weniger, wenn einer stirbt, kommt leider nicht so schnell einer nach. So ist das eben. Also müssen wir neue Märkte für uns erschließen. Und unsere Gäste heute Abend werden wir mit der Hymne empfangen, aus, basta. Aber was rede ich, Sie haben einen Grant und wollen mir ohnedies nicht zuhören. Wahrscheinlich wollen Sie mir jetzt auch noch weismachen, es wird gleich wieder ein Verbrechen passieren.«

Leopold wagte es jetzt, mit erhobenem Zeigefinger auf Frau Heller zuzugehen. »Mit solchen Dingen scherzt man nicht, Frau Chefin. Denn, wenn Sie meine ehrliche Meinung hören wollen: Eine solche Versammlung, die ja praktisch einer Verschwörung gleichkommt, birgt eher den Keim einer Gewalttat in sich, als dass sie zum zukünftigen Gedeih unseres Kaffeehauses beizutragen vermag. Noch dazu, wo es dabei um eine heikle Angelegenheit geht: das Überleben eines Traditionsvereines, gepaart mit sportlicher Rivalität, Missgunst und Neid. Da ist viel Platz für Aggressionen, und Ihre ›Hymne‹ wird die Leute nur noch narrischer machen.«

Frau Heller schüttelte nur abermals den Kopf und verschwand mit den letzten Takten ihres neuen Lieblingsliedes etwas indigniert in der Küche. Leopold wurde anlässlich eines weiteren Lautstärketests der Anlage durch Herrn Heller nun auch von den letzten übriggebliebenen Gästen zum Zahlen gebeten. »Bitte uns ab morgen wieder zu beehren, da läuft wieder alles normal«, bemerkte er entschuldigend. »Das ist halt der neue weibliche Führungsstil, da kann man nichts machen.«

Und dann war etwas passiert, was sonst nur sehr selten geschah: Das Café Heller war leer, mitten am Tag. Das Spielfeld war gewaltsam geräumt worden, die Teilnehmer an der Besprechung konnten einmarschieren.

*

Gegen 19 Uhr trafen die ersten Anhänger der Eintracht ein, und es wurden rasch mehr. ›You'll never walk alone‹ dröhnte jetzt wiederholt aus den Lautsprechern, diesmal mit anerkennendem Beifall akklamiert. Jeder Gast wurde vom Ehepaar Heller persönlich begrüßt. Und Leopold bekam rasch jede Menge zu tun.

Der hintere Teil des Lokals, der sonst für die Kartenspieler gedacht war, von denen sich heute aber nicht einmal die eine angesagte Tarockpartie blicken ließ, war in eine stimmige Fußballecke umgewandelt worden. In der strategischen Mitte der u-förmig angeordneten Tische saß der offensichtliche Kopf der Verschwörung, ein langjähriges Vereinsmitglied namens Lukas Hamm, der nun Anstalten machte, die Sitzung zu eröffnen.

»Liebe Freunde«, begann er. »Ich glaube, jeder von euch weiß, warum wir heute Abend hier zusammengekommen sind. Jahre –, ja, jahrzehntelang hat es die Floridsdorfer Eintracht zuwege gebracht, im fairen sportlichen Wettkampf mit den ihr zur Verfügung stehenden bescheidenen finanziellen Mitteln ihren Mann zu stehen. Und das soll jetzt auf einmal alles anders werden? Unser Verein soll mitsamt seiner Sportstätte ausgelöscht werden auf immer und ewig? Sodass man dereinst nur noch in den Annalen wird nachlesen können, wer die Eintracht aus Floridsdorf war? Und warum? Nur, weil ein vielfacher Millionär aus Kanada und einige mit Geld leicht zu überzeugende Funktionäre es sich in den Kopf gesetzt haben? Nein, sage ich, und abermals nein!«

Erstmals brandete tosender Applaus auf. Danach schilderte Hamm ausführlich, was er um die aktuellen Fusionspläne wusste und kam schließlich zu den vorgesehenen Gegenmaßnahmen:

»Die Entscheidung darüber, was mit unserer Eintracht in Zukunft geschehen wird, fällt bei der Generalversammlung nächste Woche. Da erst wird sich herausstellen, welche Richtung die Dinge wirklich nehmen. Darum glaubt niemandem, der euch sagt, man könne nichts mehr machen, es sei alles schon vorherbestimmt. Im Gegenteil: Jeder von uns hat es in der Hand, die Fusion zu Fall zu bringen, durch seine Stimme. Und wir müssen weitere Mitglieder werben, die sich innerhalb dieser Woche einschreiben lassen und dann bei der Generalversammlung stimmberechtigt sind. Wir wissen, dass uns der Vereinsvorstand derzeit diesbezüglich alle möglichen Schikanen in den Weg legt. Deshalb freut es mich, euch mitzuteilen, dass ich Herrn Doktor Stamberger als Anwalt gewinnen konnte, der darauf achten wird, dass jedes neue Mitglied zügig aufgenommen werden kann.«

Ein kleiner, unscheinbarer Mann in einem grauen Anzug mit roter Krawatte stand auf und verneigte sich. Wieder tosender Applaus. Hamm fuhr fort: »Wir brauchen also keine Angst zu haben, dass uns irgendjemand übervorteilt. Das sollte uns Mut machen. Viele werden aber jetzt fragen: Tun wir der Eintracht etwas Gutes, wenn wir so um ihre Existenz kämpfen? Hat sie die Kraft, allein und finanziell unabhängig weiterzuleben, oder steht ihr Ende unmittelbar bevor?«

Aufgeregtes Gemurmel. Das war offensichtlich ein Punkt, über den völlige Unklarheit herrschte.

»Ich möchte unseren Elektrohändler, Herrn Payer, und Herrn Malota, Besitzer von Floridsdorfs traditionsreichem Schuhgeschäft, stellvertretend für jene Betriebe nennen, die sich bereit erklärt haben, der Floridsdorfer Eintracht im nächsten Jahr als Sponsor unter die Arme zu greifen«, sagte Hamm. Wieder frenetischer Beifall. »Allerdings«, wandte er nun ein, »haben sie ihre Unterstützung davon abhängig gemacht, dass sich Herr Sonnleitner die Sache überlegt und zumindest für ein weiteres Jahr Präsident bleibt. Wir müssen ihn also davon abbringen, den Verein zu verlassen, und zwar rasch.«

»Der kann nicht mit dem Ehrentraut«, kam ein Zwischenruf.

»Solange der Ehrentraut da ist, könnt ihr den Sonnleitner vergessen«, hörte man.

»Der Ehrentraut hat Geld vom Sonnleitner in die eigene Tasche gesteckt.«

»Woher willst du das wissen?«

»Das weiß doch jeder.«

»Also müssen wir den Ehrentraut abservieren.«

»Jawohl, weg mit ihm.«

»Das wird nicht so leicht sein«, meldete sich Lukas Hamm wieder zu Wort. »Selbst wenn Ehrentraut Vereinsgelder veruntreut haben sollte, was einige von uns glauben, sind unser Verein und der Sportplatz längst Geschichte, bis es zu einer eventuellen Verurteilung kommt.«

»Weg mit ihm«, rief wieder jemand laut.

»Wir sollten ihn öffentlich zur Rede stellen.«

»Nein, weg mit ihm.«

»Er ist der Totengräber der Eintracht.«

»Am liebsten würde ich dem schleimigen Affen eine Lektion erteilen, die er so schnell nicht wieder vergisst!« Jörg Wotruba, der neben Paul Wittmann saß, war es, der sich mit vor Alkohol und Aufregung heiserer Stimme nicht mehr beherrschen konnte.

Die Stimmung schien zu kippen. Ehrentraut stand allem im Weg, der vermaledeite, geschniegelte Ehrgeizling Ehrentraut. Die einen schwiegen resignierend, die anderen machten ihrem Ärger laut Luft. Aber wie man den ungeliebten Wolfgang Ehrentraut loswerden sollte, wusste anscheinend keiner.

In all dieser Aufregung betrat, zunächst von der Menge unbemerkt, ein nicht allzu großer, hagerer Mann das Kaffeehaus, der beim Gehen den linken Fuß leicht nachzog. Er blieb an der Theke stehen, bestellte sich ein Bier und einen großen Weinbrand und zündete sich eine Zigarette an. Er war nicht ungepflegt, sah aber verlebt aus. Das

Gesicht hatte eine ungesund rötliche Färbung und war von kleinen Narben und Falten durchzogen. Das ließ ihn älter erscheinen, als er wahrscheinlich tatsächlich war. Die kleinen Augen saßen hinter einem schmalen Schlitz in ihren Höhlen. Der Gesichtsausdruck hatte etwas Abwesendes und Hellwaches zugleich. Er wirkte wie ein Löwe, der träge in der Sonne liegt und ungefährlich, beinahe tollpatschig aussieht, in Wirklichkeit aber auf seine Beute lauert.

Irgendjemand erkannte ihn. Es wurde ruhig, die hitzige Debatte war jäh unterbrochen. Alle Augen waren plötzlich nach vorne gerichtet.

Wotruba, der sich schon zuerst kein Blatt vor den Mund genommen hatte, war der Erste, der etwas sagte. »He, D'Artagnan, was willst du denn hier?«, rief er. »Kommst du für deine Freunde spionieren?«

Der Angesprochene kippte nur stumm den Weinbrand hinunter und trank sein Bier.

»Bist du taub, Harry?«, versuchte es Wotruba erneut.

»Nein«, kam es jetzt von der Theke. »Aber diesen französischen Scheißnamen könnt ihr euch behalten.«

»Was willst du hier?«, rief fordernd ein anderer.

»Was man eben in einem Kaffeehaus so will, in Ruhe ein Bier trinken. Ist das so abwegig? Am Platz tut der Kanadier auf wichtig und macht alle verrückt, da habe ich Kopfweh bekommen.« Wortlos deutete er auf sein leeres Stamperlglas.

Während Leopold nachschenkte, fiel es ihm siedend heiß nein. Das war Harry Leitner, ehemals pfeilschnelle Sturmspitze der Floridsdorfer Eintracht. Den Spitznamen ›D'Artagnan‹ hatte er bekommen, weil er als junger, aufstrebender Spieler mit den drei ›Musketieren‹

Ehrentraut, Moser und Sturm blendend harmoniert hatte und schließlich nach einigen anfänglichen Scharmützeln auch privat von ihnen als Freund aufgenommen worden war. Dann war die dumme Sache mit dem Bein gekommen, ein komplizierter Bruch nach einem schlimmen Foul. Harry hatte dem Fußball ade sagen müssen und war auf einmal weggewesen. Jetzt, etwa 15 Jahre später, hätte ihn Leopold kaum mehr erkannt. Die Zeit und wohl auch der Alkohol hatten ein böses Spiel mit ihm getrieben.

Die Teilnehmer des außerordentlichen Treffens wussten inzwischen nicht, wie es weitergehen sollte. »Der erzählt doch jedes Wort brühwarm seinen Freunden«, hörte man, worauf Leitner nur verständnislos den Kopf schüttelte und vor sich hin brummte: »Ich habe keine Freunde.« Doch niemand schien ihm zu trauen.

Da nutzte Herr Heller die Gunst der Stunde. Er nahm sich ein Herz, marschierte mutig nach hinten, stellte sich in den freien Raum zwischen den Tischen und ergriff das Wort: »Herrschaften, lassen wir uns nicht von Kleinigkeiten beirren. Es geht um die Zukunft unseres Vereins Eintracht Floridsdorf. Schon der Name ›Eintracht‹ mahnt uns, dass wir einträchtig zusammenstehen müssen. Ich höre immer wieder, wie schwer es sein wird, Herrn Sonnleitner auch nur für ein Jahr zum Bleiben zu überreden. Aber wenn wir zusammenhalten und ein Team bilden, das Konzepte entwirft, die gegenwärtige Situation analysiert und evaluiert, wenn einige von uns sich bereit erklären, dieses eine Jahr den Weg mitzugehen und Verantwortung zu übernehmen, dann wird, ja, darf Herr Sonnleitner uns nicht so rasch im Stich lassen. Ich selbst erkläre mich bereit, Teil dieses Teams zu sein. Und ich möchte nicht hinter den zahlreichen wackeren neuen Sponsoren zurückstehen und mich mit einem Betrag von …«, jetzt geriet Herr Heller leicht ins Schwitzen und blickte kurz nach vorne zu seiner Gattin, die ihm aufmunternde Blicke zuwarf, »… von 25.000 Euro einbringen. Ich glaube, es ist nur fair, wenn dann in Zukunft sämtliche Veranstaltungen des Klubs wie Weihnachts- und Meisterschaftsfeiern und Ähnliches hier bei uns im Lokal stattfinden werden.«

Herr Heller schöpfte tief Luft und wischte sich dann den Schweiß von der Stirn. Jetzt gab es kein Zurück mehr. Orkanartiger Jubel brach aus, Bravorufe dröhnten von überall her. Frau Heller weinte hinter der Theke vor Rührung. Sogar Harry Leitner zerdrückte ein paar Tränen in seinen Augenschlitzen. Nur Leopold ging die Gefühlsduselei auf die Nerven. Er schenkte bei Leitner Weinbrand nach und genehmigte sich dann selbst einen größeren Schluck. Den brauchte er auch, denn Frau Heller drehte noch einmal ›You'll never walk alone‹ auf höchste Lautstärke.

Die ›Freunde der Eintracht‹ sangen aus vollen Kehlen mit, applaudierten, skandierten ›Einträchtig – übermächtig‹ sowie ›Hört hört, schaut schaut, wir brauchen keinen Ehrentraut‹. In der Folge wurde nicht viel analysiert oder evaluiert, sondern gebechert, was das Zeug hielt, sodass Leopold mit den Bestellungen kaum nachkam.

Dann begann der Alkohol seinen Tribut zu fordern. Die Stimmung bekam erneut einen Knick. Die gerade noch himmelhoch Jauchzenden wurden wieder misstrauisch und unsicher. »So leicht werden sie es uns nicht machen«, hieß es, und: »So ein Ami setzt sich letzten Endes doch durch.«

»Glaubt ihr nicht, dass die schon alles bis ins Detail geplant haben?«

»Wenn wir am Sonntag die Kickers schlagen, können sie sich ihre Pläne in die Haare schmieren.«

»Das kannst du vergessen!«, rief Jörg Wotruba. »Heute ist doch unser Freund Brown auf dem Platz. Ich wette, er hat da gleich eine Besprechung mit unseren Eintracht-Spielern gemacht und ihnen gesagt, wie hoch sie verlieren müssen. Dieses Schwein!«

»Wir sitzen da, und drüben am Sportplatz machen sie sich inzwischen in Ruhe alles aus«, hörte man.

»Du warst doch schon dort, Harry«, rief einer zur Theke. »Ist dir was Besonderes aufgefallen?«

Harry Leitner dachte kurz nach, dann formulierte er mit schwerer Zunge: »Ich halte ihn nicht aus, diesen Kanadier. Jeden hat er angeredet, ob er nicht schnell Mitglied werden möchte. Und am Freitag gibt's ein Schautraining mit Freibier.«

Jetzt gingen alle Stimmen durcheinander: »Diese elende Ratte. Alle will er bestechen, alle.«

»Wir müssen das verhindern.«

»Wie willst du das machen?«

»Ganz einfach, wir gehen auf den Platz und überzeugen uns selbst davon, wie die Dinge stehen.«

»Jawohl, gehen wir.«

»Die sollen uns kennenlernen.«

Und so entschloss man sich rasch, dem Eintracht-Platz einen Besuch abzustatten. Die Gläser wurden hastig ausgetrunken, einige halbvoll stehen gelassen. »Zahlen, Leopold«, kam es beinahe gleichzeitig aus allen Mündern. Schließlich verließen die ›Freunde der Eintracht‹ das Café Heller grimmig und aufgebracht und verschwanden singend, skandierend und schreiend in die Nacht hinaus. Etwas hintennach, aber dennoch in ihrem Schlepptau, hinkte Harry Leitner. Man konnte jetzt gut sehen, dass das eine Bein kürzer war als das andere.

*

Nur der Rauch, die Zigarettenstummel auf dem Fußboden und die Flecken auf den eilig über die zusammengestellten Tische gebreiteten Tischtüchern erinnerten daran, was sich vor wenigen Minuten hier abgespielt hatte. Auf einem Garderobeständer hing eine vergessene Kappe. Die Leuchtstoffröhre über dem zweiten Billardtisch summte leise. Im Café Heller war es seltsam ruhig geworden.

»Glauben Sie wirklich, dass die hinüber auf den Platz gegangen sind, Leopold?«, wollte Frau Heller wissen.

»Da können Sie Gift darauf nehmen«, antwortete Leopold, während er ein Tablett voll schmutziger Gläser abstellte.

»Aber die sind doch gar nicht mehr in der Lage, irgendetwas auszurichten«, bemerkte Frau Heller kopfschüttelnd.

»Das wollen sie auch nicht. Irgendein gescheiter Mensch hat einmal ein Buch geschrieben, in dem er behauptet, dass so ein Haufen, wie er gerade eben bei uns hinausgewankt ist, erst durch die Entladung zu einer richtigen Masse wird.* Die wollen sich nur ein bisschen abreagieren und ihren Frust loswerden. Da bin ich immerhin froh, dass diese Entladung nicht bei uns stattfindet. Ich sage Ihnen ja die ganze Zeit,

* Leopold bezieht sich hier auf Elias Canettis kulturphilosophisches Standardwerk ›Masse und Macht‹.

Frau Chefin: Wo viele Menschen zusammenkommen, ist die Gewalt nicht weit weg. Und mit Ihrer Hymne haben Sie alle zusätzlich aufgestachelt. Ich befürchte das Schlimmste.«

»Ach, Leopold, Sie vermuten einfach hinter allem und jedem ein Verbrechen, da kann man gar nicht normal mit Ihnen reden.«

»Sie werden sehen, dass ich recht hab.«

»Darüber möchte ich nicht mit Ihnen streiten. Macht Ihnen etwa schon wieder Ihr Alter zu schaffen, dass Sie so grantig sind?«

»Es geht. Nur bei der Hymne habe ich Kreislaufprobleme bekommen.«

Frau Heller ignorierte diese Bemerkung, überlegte einen Augenblick, warf einen Blick in das leere Lokal und sagte dann: »Wissen Sie was, Leopold? Ich glaube, wir sperren jetzt zu. Auf die paar Herumtreiber, die vielleicht noch auftauchen, können wir verzichten. Es war ein anstrengender Tag.«

Leopold schaute sie kurz ungläubig an.

»Ja, ja, Sie haben schon richtig gehört«, kam es wie zur Bestätigung von Frau Heller. »Sie können nach Hause gehen. Mein Mann und ich möchten allein sein.« Dabei sah sie Herrn Heller mit großen Augen an wie einen Helden.

»Ja, mein Liebling«, turtelte der wie in seinen besten Tagen und nahm sie fest in seinen Arm.

»Na, dann will ich nicht länger stören«, stellte Leopold fest. Während er sich umzog, überlegte er, wie er seinen weiteren Abend zu gestalten gedachte. Es fiel ihm ein, dass Thomas Korber nicht zu der Versammlung gekommen war, obwohl er ihn darauf aufmerksam gemacht hatte. Natürlich war er neugierig, was ihn davon abgehalten haben könnte. Etwa gar der neue Nachhilfeschüler mit Mutter? Wichtiger war jedoch, ob sich am Platz der Floridsdorfer Eintracht Entscheidendes getan hatte. Die Theorie von der Entladung der Masse hatte etwas für sich.

4

Als Leopold das Rad, das er von seinem steirischen Freund Daniel erstanden hatte*, vor dem Sportplatz der Eintracht Floridsdorf abstellte, taumelten ihm aus dem Eingang einige Überreste der Versammlung im Heller entgegen, immer noch ›einträchtig – übermächtig‹ skandierend, jetzt aber nicht mehr so feurig wie ehedem. Der ganze Haufen machte einen reichlich ramponierten Eindruck. Man hatte offenbar eine weitere kräftige Ladung zu sich genommen.

»Hallo, Leopold! Du hier?«, grölte ihm Paul Wittmann entgegen. »Hast wohl Appetit auf ein gepflegtes Kantinenbier bekommen. Aber beeil dich. Die Posch Gretl ist schon beim Zusperren.«

»Ist ja auch rundgegangen«, krächzte einer seiner Kollegen, der sich nur mehr mit Mühe auf den Beinen halten konnte. »Sogar rausgeworfen hat sie einige, weil sie den Brown und den Ehrentraut beleidigt haben.«

»Dem Wotruba und seinem Freund Schimek haben sie sogar ein Platzverbot erteilt«, erklärte Wittmann. »Die haben denen einmal so richtig schön die Meinung gesagt. Da war einiges los, wie du dir vorstellen kannst. Hast was versäumt.«

Leopold konnte es sich vorstellen. Die Entladung hatte also stattgefunden.

Er betrat die Kantine.

»Ach du mein Schreck«, tönte ihm gleich die wohlbekannte, aber gar nicht freundliche Stimme der Posch Gretl entgegen. »Das gibt's ja nicht. Der Leopold aus dem

* Siehe letzter Leopold-Krimi ›Karambolage‹

Café Heller, der sich immer so abschätzig über unsere Ware äußert. Kommt jahrelang nicht daher und taucht dann plötzlich zur Sperrstunde auf, wenn man am liebsten schon seine Ruhe hätte. Wenn du noch etwas trinken willst, muss es aber schnell gehen.«

»Einen Spritzer weiß, bitte«, sagte Leopold. Tatsächlich waren bereits die letzten Gäste dabei zu gehen. Mit steinerner Miene schenkte Gretl Posch ihm sein Glas ein. Ihre bereits ziemlich grauen Haare zeigten den Ansatz einer Dauerwelle, doch standen sie zerzaust in alle Richtungen. Leopold nahm einen Schluck. Na ja, ein edler Tropfen war's keiner, aber so übel nun auch wieder nicht und gut zu trinken gegen den Durst. »Ihr sperrt schon zu?«, fragte er.

»Was heißt ›schon‹? Willst du mich beleidigen?« Gretl Posch geriet leicht in Rage. »Es ist bald 11 Uhr, und normalerweise machen wir um 10 Schluss. Aber zuerst waren die Spieler da, dann die ganzen Funktionäre, und schließlich deine Freunde.«

Deine Freunde! Wie vorwurfsvoll das klang! »Die haben sich ziemlich aufgeführt, nicht wahr?«, erkundigte sich Leopold.

»Aufgeführt ist gar kein Ausdruck. Sternhagelvoll sind sie gekommen und noch sternhagelvoller wieder gegangen. Dazwischen haben sie mit den Funktionären von uns und von den Kickers angedreht, sogar mit dem Brown. Zwei haben schließlich vom Ehrentraut ein Platzverbot bekommen. Jetzt muss er sie bei der Generalversammlung nicht hereinlassen, wenn er nicht will. Und von eurer ›geheimen Versammlung‹ wissen mittlerweile auch alle.«

So ähnlich hatte sich Leopold das vorgestellt. »Eine richtige Versammlung war es eigentlich nicht«, schwächte er ab. »Die Leute wollten sich nur einmal treffen und ungestört miteinander reden.«

»Was dabei herausgekommen ist, haben wir ja gesehen. Dabei brauchst du nicht zu glauben, dass der Bertl und ich für die Fusion sind. Für uns heißt das, dass wir in der nächsten Saison nur mehr exklusive Gäste betreuen werden. Das Geschäft wird den Bach hinuntergehen, und irgendwann in der nahen Zukunft wird es ganz aus sein. Aber was kann man dagegen ausrichten, frage ich dich? Der Ehrentraut und sein Freund Brown haben die Zügel fest in der Hand.« Gretl Posch schnaufte leicht, wie immer, wenn sie ungeduldig und schlechter Laune war. Sie wartete darauf, dass Leopold austrank und sie endlich gehen konnte. Inzwischen machte sie ihre letzten Handgriffe. Plötzlich stieß sie einen unterdrückten Schrei aus.

»Was gibt's?«, fragte Leopold.

»Das ist ja eine schöne Bescherung«, hörte er Gretl weiter schnaufen. »Jetzt steht noch immer der Koffer vom Ehrentraut da. Das heißt, dass er sich nach wie vor irgendwo auf dem Platz herumtreibt.«

»Und?«, wollte Leopold wissen.

»Bitte ärgere mich nicht, mir reicht's langsam. Nach dem Wirbel vorhin hat der Ehrentraut gesagt, er muss etwas erledigen, ob er seinen Aktenkoffer kurz bei mir hinter der Theke stehen lassen kann, er kommt gleich wieder. Und jetzt ist er immer noch nicht da. Dabei ist außer mir und dir kein Mensch mehr auf dem Platz. Das heißt, ich kann nicht einfach nach Hause gehen, sondern muss auf Ehrentraut warten. Wo kann er bloß stecken?«

»Kann er sich den Koffer nicht morgen holen?«

»Weiß ich, was drinnen ist? Vielleicht sind es wichtige Unterlagen, die er morgen in seiner Firma braucht. Außerdem muss ich die Eingangstür zum Platz zusperren.« Gretl Posch schnaufte immer heftiger.

»Ich würde ja nach ihm schauen, während du hier fertig aufräumst, wenn ich nur eine Ahnung hätte, wo er sein könnte«, schlug Leopold vor.

»Drüben im Sekretariat und bei den Kabinen brennt kein Licht mehr, das kannst du vergessen«, überlegte Gretl. »Am ehesten ist er auf der Böschung gleich hinter dem Tor auf dieser Seite. Das war schon immer sein Lieblingsplatz. Dort geht er hin, wenn er nachdenkt, oder wenn er ein Problem hat. Aber um diese Zeit …« Seufzend blickte sie auf die Uhr.

Leopold zauberte eine kleine Taschenlampe aus dem leichten, beigefarbenen Blouson hervor, das er anhatte. Er winkte der nervösen Gretl damit zu und leuchtete ihr kurz ins Auge. »Ich geh nachschauen«, meinte er spitzbübisch.

»Lass die Faxen und beeil dich«, schnaufte Gretl Posch.

Draußen war es ein wenig kühler geworden. Die Böschung lag gleich hinter der Kantine, und Leopold kannte sie von seinen früheren Besuchen auf dem Eintracht-Sportplatz. Das war gut, denn die Taschenlampe nutzte auf der freien, offenen Fläche zunächst nicht viel. Das Auge musste sich erst an die Finsternis gewöhnen.

Er hörte das sanfte Rauschen der Blätter der Pappelbäume, die in einer Reihe oberhalb von ihm standen, sonst nichts. Ganz wohl war ihm nicht in seiner Haut. Es war so merkwürdig still, und der Gedanke, hier irgendwo plötzlich auf Ehrentraut zu stoßen, kam ihm von Minute zu Minute absurder vor. »Herr Ehrentraut, sind Sie da?«, rief er in die Dunkelheit, aber wie erwartet erhielt er keine Antwort.

Trotzdem ging er, angetrieben von seiner Neugierde, langsam und bedächtig weiter. Der Lichtkegel der Taschenlampe suchte nach etwas Unbestimmtem, Unerwartetem, nach etwas, das ihm die Gewissheit gab, nicht umsonst hier herausgekommen zu sein.

Dann war es doch der Fuß, der auf etwas stieß. Leopold hielt kurz inne, ehe er hinunterleuchtete. Offenbar hatte Ehrentraut wirklich seinen Lieblingsplatz aufgesucht. Jetzt aber lag er da, tot, die Augen weit aufgerissen, um ihn eine Lache von Blut. Die einzige Fusion, die er in diesem Zustand noch eingehen konnte, war die Verbindung mit der Ewigkeit.

Leopold sah sich die ganze Situation kurz einmal an. Das Blut kam von links hinten am Rücken. Dort befanden sich zwei Einstiche, und einer davon hatte das Herz wohl ziemlich genau getroffen. Das Messer, mit dem diese Tat begangen worden war, konnte er allerdings nicht ausfindig machen.

Gern hätte er den Leichnam genauer untersucht, aber viel konnte er nicht machen, ohne dessen Lage entscheidend zu verändern, und das würde Schwierigkeiten mit sich bringen, vor allem mit dem unleidlichen Inspektor Bollek, der meist als Erster am Tatort auftauchte, und auf den er gar nicht gut zu sprechen war. Nein, nein, es war besser, sich vorderhand ein wenig in Geduld zu üben und auf seine Chance zu warten. Sein Freund und ehemaliger Schulkollege Oberinspektor Juricek, der Leiter der Mordkommission, würde seine treuen Dienste sicher wieder in Anspruch nehmen.

Also ging Leopold, die neue Situation überdenkend, zurück zur Kantine. Gretl Posch musste einsehen, dass sie noch nicht nach Hause fahren konnte.

*

»Was ist?«, begrüßte Gretl Posch Leopold, erwartungsvoll und ungeduldig schnaufend.

»Nix ist. Dableiben müssen wir.«

»Hast du ihn denn nicht gefunden?«

»Doch, aber in einem sehr schlechten Zustand. Genau genommen in gar keinem Zustand mehr. Er ist tot«, sagte Leopold, als ob es die natürlichste Sache der Welt wäre. Er war noch nie sehr gut darin gewesen, jemand anderem eine tragische Nachricht schonungsvoll mitzuteilen.

Gretl Posch griff sich auch gleich vor Schreck an den Hals. »Um Gottes willen, wie ist denn das passiert?«, fragte sie schockiert.

»Erstochen. Von hinten. Trotzdem hat er die Augen ganz weit aufgerissen. Vielleicht hat er seinen Mörder gesehen, aber das nützt uns jetzt auch nichts mehr«, erzählte Leopold trocken.

Die Posch Gretl brach in Tränen aus. Offenbar hatte sie das blanke Entsetzen gepackt. »Das … Das ist ja furchtbar«, stammelte sie.

»Na ja, in erster Linie einmal unangenehm, weil wir die Polizei rufen müssen und hier gleich eine Menge los sein wird«, führte Leopold an.

»Aber was weißt denn du«, platzte es aus Gretl heraus. »Jetzt werden alle meinen Mann für den Mörder halten. Und das Schlimmste ist, ich bin mir gar nicht sicher, ob er es nicht auch getan hat.«

Jetzt begann die Sache für Leopold interessant zu werden. »Warum denn?«, erkundigte er sich scheinheilig.

»Er hat gestern Abend mit Ehrentraut eine Auseinandersetzung gehabt. Es ist um die zweite Kantine gegangen, die jetzt provisorisch auf dem Kickers-Platz eingerichtet und dann im neuen Stadion voll ausgebaut wird. Ehrentraut hat uns versprochen, dass er sich diesbezüglich für uns einsetzen wird, hier ist ja bald nichts mehr los. Gemacht hat er natürlich nichts, ganz im Gegenteil: Still und heimlich hat er mit Joe Brown abgesegnet, dass diese Kantine auch an den Moravec geht. Jetzt sitzt der Moravec überall und wir nirgends. Wie der Bertl da draufgekommen ist, hat er eine Stinkwut bekommen.« Sie schnäuzte sich in ein Taschentuch. »Ich weiß nicht, wie das weitergehen soll, Leopold«, sagte sie dann. »Ein, zwei Jahre werden wir hier dahinvegetieren, dann ist es ganz aus. Wir sind zu alt, um danach irgendwo anders Fuß zu fassen. Dabei brauchen wir das Geld dringend, weil Bertls Mutter in einem Pflegeheim liegt. Da hat der Bertl gesagt: ›Ich bring diesen arroganten Kerl mit meinen eigenen Händen um.‹«

»Das heißt noch lange nicht, dass er ihn wirklich töten wollte«, versuchte Leopold, Gretl zu beruhigen. »Man sagt so etwas leider oft in seiner ersten Wut.«

»Ich weiß nicht, ich habe einfach ein ungutes Gefühl. Und was das Schlimmste ist: Vorhin beim Zusammenräumen ist mir aufgefallen, dass eins von den großen Schneidemessern fehlt. Ich bilde mir ein, dass es zuerst noch da war.«

»War der Bertl heute Abend auch in der Kantine?«, fragte Leopold.

»Ja, sicher! Er hat gewartet, bis der ärgste Wirbel vorüber war und die beiden Unruhestifter draußen waren. Dann hat's ihm aber gereicht. ›Glaubt's ihr, für einen Bettel spiele ich bis in die Nacht den Hinausschmeißer?‹, hat er gesagt. Dann ist er gefahren, und ich bin halt geblieben, weil nach wie vor viele Leute da waren. Und schließlich hat der Ehrentraut seinen Aktenkoffer deponiert und ist verschwunden.«

Leopold schüttelte den Kopf. »Wenn der Bertl vorher weggefahren ist, kann er nicht der Täter sein«, stellte er fest.

»Hast du eine Ahnung. Bei der Matchuhr hinten ist ein mannsgroßes Loch im Drahtzaun, das irgendwelche Vandalen am Wochenende gemacht haben. Der Riediger, unser Platzwart, hat's jedenfalls nicht repariert, nur ein bisschen zugedeckt.«

»Du meinst also, Ehrentraut hätte sich mit Bertl bei der Matchuhr treffen können, ohne dass es jemandem aufgefallen wäre«, schloss Leopold messerscharf. »Sagen wir, sie wollten über diese neue Kantine reden, aber unter sich, ohne das Beisein Browns. Bertl ist nur zum Schein weggefahren und steigt durch das Loch im Zaun wieder ein. Sie fangen an zu debattieren. Ehrentraut kommt mit einer fadenscheinigen Lösung, um Bertl zu besänftigen, der ist aber bereits geladen. Das Messer hat er bei sich, und als ihm Ehrentraut den Rücken zukehrt, sticht er zu.«

»Vielleicht.« Gretl Posch hatte sich einen doppelten Schnaps eingeschenkt und kippte ihn, ohne mit der Wimper zu zucken, in einem Zug hinunter.

»Wir müssen hineinschauen«, verkündete Leopold, und man merkte ihm dabei eine gewisse Vorfreude an.

»Was müssen wir?« Gretl verstand gar nichts.

»Hineinschauen. In den Koffer.« Leopold zeigte

unbarmherzig mit der rechten Hand auf das Objekt seiner Begierde.

Gretl Posch verstand noch immer nichts.

»Es könnten Beweismittel drin sein, die deinen Mann, den Bertl, entlasten«, erklärte Leopold.

»Ja, aber dürfen wir denn das? Sollten wir nicht lieber gleich die Polizei rufen?«

Mein Gott, wie man nur so begriffsstutzig sein konnte! »Auf die paar Minuten kommt's jetzt auch nicht mehr an«, sagte Leopold. »Wir sollten uns doch vergewissern, ob jemand anders auch einen Grund gehabt haben könnte, Ehrentraut zu töten. Dann kennen wir uns wenigstens aus. Dann sind wir gewappnet, wenn sie uns ins Verhör nehmen. Wir müssen es eben so machen, dass es keiner merkt, verstehst du?«

Gretl Posch begann jetzt wieder stärker zu schnaufen und kippte noch einen Schnaps hinunter. Leopold nahm zwei dünne, durchsichtige Wegwerfhandschuhe aus seiner Blousontasche und zog sie über seine Hände. »Das ist nur wegen der Fingerabdrücke«, meinte er beschwichtigend. »Die sind recht praktisch. Hab ich von der netten Dame in der Feinkostabteilung im Supermarkt geschenkt bekommen. Im Kaffeehaus hab ich noch einige in meiner Lade.«

»Wenn wir nur nichts Verbotenes machen.« Gretl wischte sich mit der Hand über die Stirn. Ihre Nervosität stieg ins Unermessliche. »Außerdem hat der Koffer ein Zahlenschloss«, stöhnte sie. »Wie willst du das so schnell aufkriegen?«

»Nur ruhig Blut, das haben wir gleich.«

Natürlich wusste Leopold, dass die Sache nicht so einfach war. Das Schloss hatte vier Stellen, also gab es insgesamt 10.000 Möglichkeiten. Wenn er für eine Kombination etwa drei Sekunden rechnete, waren das zwanzig Kombinationen in der Minute und immerhin 1.200 in der Stunde, ohne Verschnaufpause. Bis er alle Varianten durchgespielt hatte, würde es mehr als acht Stunden dauern. Und die Zeit hatte er nicht, vor allem, wenn er daran dachte, was er sich dann wieder von seinem Intimfeind Bollek anhören konnte. Aber die Chancen, den Code schnell zu knacken, standen auch nicht sehr günstig.

»Weißt du, wie alt Ehrentraut war, Gretl?«, fragte er.

»Keine Ahnung, aber ich schätze, um die 50. Er hat sicher jünger als sein tatsächliches Alter ausgesehen, weil er sich immer so fesch hergerichtet hat. Wieso?«

Leopold ignorierte Gretl Poschs stupide Fragen. »Welcher Monat? Welcher Tag?«, bohrte er weiter.

»Wie soll ich denn das wissen?«

»Vielleicht hat er ihn einmal bei euch im Verein gefeiert. Wäre ja möglich.«

»Warte mal, ich denke, das war nach Weihnachten. Ende Jänner oder Anfang Februar.«

Leopold drehte herum, aber alles, worauf Gretl Poschs Angaben hindeuteten, war eine Fehlanzeige. Zu dumm! Er durfte sich nicht mehr viel länger mit dem Zahlenschloss aufhalten, die Zeit rannte ihm davon. Im Geist sah er James Bond vor sich, wie er, Sekundenbruchteile, bevor die Atombombe explodierte, den Mechanismus entschärfte. So ein Geniestreich musste ihm jetzt auch gelingen.

»Wie lange dauert das denn noch?«, hörte er die nervöse Gretl hinter sich.

Viele Möglichkeiten blieben ihm nicht mehr. Einer Eingebung folgend, ließ er die 19 vorne stehen und begann dann, fieberhaft zu drehen. Wenn es sich um eine Jahreszahl handelte, war das der schnellste Weg zum Erfolg.

Gretl Posch goss sich vor Aufregung erneut einen hinter die Binde. Da machte es ›klack‹, und der Koffer war offen. Leopold lächelte verschmitzt. 1913, das Gründungsjahr der Eintracht Floridsdorf. Da hätte er gleich draufkommen können. »Na bitte«, sagte er triumphierend.

Allerdings sah der Inhalt zunächst einmal nicht sehr vielversprechend aus. Viele Papiere, die Ehrentraut wohl für das Treffen mit Joe Brown und seinen Leuten benötigt hatte. Die eine oder andere Akte aus seiner Firma. Nichts, was auf die Schnelle besehen verdächtig wirkte.

Leopold wühlte behutsam, aber er wühlte. Jetzt war er schon beinahe am Boden des Aktenkoffers angelangt. Da fiel ihm ein größeres, unverschlossenes Kuvert im Format A4 auf. Es enthielt etwas, das dicker war als Papier. Es fühlte sich an wie Fotos, stark vergrößerte Fotos. Rasch zog Leopold sie heraus.

Donnerwetter! Da hielt er aber etwas Heißes in der Hand: Nacktfotos, die die Geschlechtsorgane und Hinterteile von halbwüchsigen Burschen zeigten. Es sah so aus, als wären mit dem Computer Teile aus den ursprünglichen Fotos ausgeschnitten und dann in dieser stattlichen Größe kopiert worden. Aber wie kamen die Bilder in Ehrentrauts Koffer? Wo stammten sie her? Hatten sie etwas mit seiner Ermordung zu tun?

Schon war Gretl Posch bei Leopold. »Na, was haben wir denn da?«, schnaufte sie. »Ich hab schon immer gewusst, dass der Ehrentraut ein Schweinderl ist, aber das schlägt dem Fass ja wohl den Boden aus. Hat er doch glatt unsere Jungs abfotografiert, damit er zu Hause,eh schon wissen, was zum Anschauen hat. Das ist ja … das ist ja die reinste Pornografie, ist ja das.«

»Glaubst du wirklich, dass Ehrentraut die Fotos selbst gemacht hat?«, wollte Leopold wissen.

»Aber sicher doch! Da schau her. Man sieht es zwar nur klein und verschwommen, aber das sind unsere Duschkabinen hier auf dem Platz. Saukerl, gemeiner.«

»Du glaubst also, diese Fotos sind da entstanden?«

»Natürlich!« Gretl Posch war kaum mehr zu beruhigen. »Ich glaube, ich weiß auch schon, wie er's gemacht hat. Bei seinem Geburtstag war's, und der war doch erst im …«

»Jänner oder Februar«, zeigte sich Leopold auf dem Laufenden.

»Genau! Da ist er mit ein paar Bierflaschen nach hinten in den Duschraum gegangen. Er hat den Burschen was zu trinken gegeben, dann hat er sie fotografiert. Die haben geglaubt, es ist alles nur Spaß. Wenn die gewusst hätten, dass er sich hinterher an ihnen aufgeilt! Eine Schweinerei, das Ganze. Na, jedenfalls hat der Ehrentraut jetzt seine gerechte Strafe und mein Bertl ist aus dem Schneider. Ich werde das gleich alles der Polizei erzählen.«

»Gar nichts wirst du«, murmelte Leopold, während er weiterhin im Koffer kramte.

»Warum nicht?«

»Weil die Polizei nicht wissen darf, dass wir sozusagen eine kleine Voruntersuchung gemacht haben.«

»Aber was soll ich denn tun?«

Die dumme Fragerei ging Leopold ordentlich auf die Nerven. »Wie ich schon gesagt habe, gar nichts«, erklärte er Gretl jetzt laut und deutlich wie einem kleinen Kind. »Du wartest, bis sie dich fragen. Dann erzählst du ihnen wahrheitsgetreu, wie der heutige Abend abgelaufen ist.

Keine unnötigen Verweise auf Bertl. Vom Koffer weißt du nur, dass Ehrentraut ihn bei dir deponiert hat. Alles andere ergibt sich von selber.«

»Ist das aber kompliziert«, stöhnte Gretl.

Leopold bereute bereits, diese Frau ins Vertrauen gezogen zu haben. Während er versuchte, die Dinge im Koffer wieder in ihre ursprüngliche Ordnung zu bringen, flatterte ihm aus irgendeiner Ecke ein Zettel entgegen, der offenbar von einem Notizblock abgerissen worden war. Darauf stand, hastig hingeschrieben, eine Handynummer, aber dazu kein Name, nichts. ›Auch gut‹, dachte er und steckte das Blatt ohne viel nachzudenken, sozusagen aus alter Gewohnheit, ein. Dann machte er den Koffer zu und stellte ihn auf seinen vorigen Platz.

Es war ein schönes Stück Zeit vergangen. Jetzt musste Leopold die Polizei, genauer gesagt seinen alten Freund Oberinspektor Juricek, anrufen, ob er wollte oder nicht. Während er die Nummer wählte, rief er Gretl Posch noch einmal mahnend zu: »Kein Wort von unserer Aktion mit dem Koffer!«

*

Der rotgesichtige, spärlich behaarte und leicht cholerische Inspektor Bollek wirkte bereits ein wenig müde, aber angriffslustig wie immer, als er die Kantine betrat. »Sieh an, der Herr Chefober. Der Mann mit dem Dingsda in seinem Namen, dem ›W‹«, grüßte er mürrisch.

»Das ›Dingsda‹ ist eine Initiale, darauf lege ich größten Wert«, sagte Leopold.

»Weiß ich. Machen wir's kurz. Sie haben wieder einmal die Leiche gefunden?«

»Ja natürlich, sonst hätte ich ja nicht angerufen.«

»Lassen Sie Ihre dummen Scherze. Wann und wo war das?«

»Also gefunden habe ich den Herrn Ehrentraut dort, wo er vermutlich jetzt noch liegt und sich Ihre Leute gerade an ihm zu schaffen machen, nämlich hinter dem herüberen Tor unter der Matchuhr. Und wann? Mein Gott, es war dunkel, und ich habe nicht gleich auf die Uhr geschaut. Aber es wird ungefähr halb zwölf gewesen sein.«

»23.30 Uhr, meinen Sie. Aha! Wahrscheinlich haben Sie wieder an dem Toten rumgefummelt, alle Spuren verwischt und vergessen, wie spät es ist. Und sonst? Wissen Sie vielleicht schon, wer der Täter ist?«

»Nein, woher sollte ich?«, fragte Leopold mit gespielter Unschuld.

»Hätte ja sein können«, bemerkte Bollek, und sein Gesicht verzog sich dabei zu einem fratzenartigen Grinsen. »Da hätten Sie uns allen eine Menge Arbeit erspart. Woher kommt es eigentlich, dass Sie immer dort sind, wo sich eine Leiche befindet? Was suchen Sie überhaupt hier? Ihr Kaffeehaus ist doch ganz woanders?«

»Wir haben heute früher Schluss gemacht, und da habe ich noch auf ein Getränk vorbeigeschaut. Das ist ja nicht verboten, oder?«

»Nein, nein, keineswegs. Aber warum sind Sie dann plötzlich in der Dunkelheit hinter das Tor marschiert? Um frische Luft zu schnappen? Oder weil Ihnen gerade danach war, Ihr Wasser in der freien Natur zu lassen? Antworten Sie! Da stimmt doch etwas nicht, da ist doch was faul.«

Leopold hatte sich bis jetzt zurückgehalten, weil es ihm lästig war, sich ständig an dem Herzinfarktkandidaten Bollek aufzureiben. Aber jetzt platzte es aus ihm heraus: »Hören Sie zu, muss ich mich für jeden meiner Schritte bei Ihnen rechtfertigen? Da drüben liegt eine Leiche, und es ist ein Mord geschehen. Wie wär's, wenn Sie einmal Fragen stellen würden, die zur Aufklärung des Falles beitragen können, anstatt mich vor anderen Leuten so schikanös zu behandeln?«

Damit meinte er Gretl Posch, die der Befragung bisher mit weit geöffneten Augen gefolgt war und glaubte, sich jetzt einmischen zu müssen. »Der Herr Leopold hat nachgeschaut, wo der Herr Ehrentraut so lange bleibt«, gab sie gehorsam zu Protokoll. »Ich wollte endlich nach Hause fahren und alles zusperren, aber Herr Ehrentraut war noch irgendwo hier auf dem Platz. Wissen Sie, er hat nämlich seinen Koffer hier …«

»Ja?«, fragte Bollek und schielte neugierig in die von Gretl Posch angedeutete Richtung.

»Seinen Koffer hat er bei mir gelassen, und dann ist er ihn nicht mehr holen gekommen, und das hat uns irgendwie misstrauisch gemacht«, erklärte sie.

»Beweisstück Nummer 1«, stellte Bollek zufrieden fest. Schon wollte er eine eingehendere Untersuchung desselben vornehmen, als Frau Inspektor Dichtl die Kantine betrat.

»Hallo, Bollek«, rief sie. »Sie mögen mit Herrn Leopold Hofer gleich zum Chef kommen. Er wartet bei der Leiche auf Sie beide. Um die Kantinenwirtin hier kümmere ich mich.«

»Er ist schon da?«, fragte Bollek ungläubig. »Da hätten wir ihn ja kommen sehen müssen.«

»Ich weiß auch nicht«, verkündete Frau Dichtl achselzuckend. Oberinspektor Richard Juricek hatte die Angewohnheit, stets ein wenig später am Tatort zu erscheinen, dann, wenn er bereits auf erste konkrete Ergebnisse hoffen konnte. Vorher überließ er das Feld gern der Spurensicherung und seinen beiden Ermittlungshelfern, das war bekannt. Diese fragten sich jedoch jetzt, wie er, ohne den normalen Eingang zu benützen und von ihnen bemerkt zu werden, den Sportplatz betreten hatte.

Juriceks große, mächtige Gestalt mit dem breitkrempigen Sombrero war schon von Weitem gegen das gleißende Licht der Scheinwerfer der Spurensicherung zu erkennen. Leopold tauchte als Erster bei ihm auf, und die beiden Freunde begrüßten einander herzlich.

»Sag, Leopold«, meinte Juricek dann, »liegt der Tote genauso, wie du ihn gefunden hast?«

»Ja, natürlich. Ich bilde es mir zumindest ein. Es war ja ganz dunkel, und ich habe nur eine kleine Taschenlampe dabeigehabt.«

»Du hast also nichts verändert an der Leiche? Nichts weggenommen? Nichts eingesteckt, was im unmittelbaren Umkreis gelegen ist? Geld, Visitenkarten, Kinokarten, Kontoauszüge, Mobiltelefon?«

»Aber Richard, du kennst mich doch.«

»Eben.« Juricek nickte wissend und atmete dabei tief durch. »Wir haben nämlich so gut wie nichts bei dem Toten gefunden, keine Brieftasche, kein Handy, nichts, was man sonst in seinen Taschen eingesteckt hat. Nur ein paar Schlüssel und seinen Führerschein.«

»Und da ziehst du gleich in Erwägung, dass ich mich nach Lust und Laune bedient habe? Fängst du auch schon an wie dein netter Gehilfe Bollek?« Leopold zeigte Juricek seine ganze Enttäuschung über diesen Verdacht. »Ich habe jedenfalls alles so liegen und stehen gelassen, wie es war«, bemerkte er knapp und schroff.

»Ich erwäge vorderhand gar nichts«, winkte Juricek ab. »Wahrscheinlich haben wir es eben mit einem sehr gründlichen Täter zu tun. Aber vielleicht hat er uns dadurch ein paar Spuren hinterlassen. Wo ist denn Bollek?«

Bollek, der mit der schrägen, naturbelassenen Stehplatztribüne in der Dunkelheit nur schlecht zurechtkam und von Leopold nach einigen Schritten mehr oder minder links liegen gelassen worden war, hatte sich nun ebenfalls bis zum Tatort durchgekämpft. »Hier bin ich«, stöhnte er. »Das ist ja ein Ding. Dass so eine Stehplatzrampe überhaupt noch erlaubt ist. Ich habe vorne in der Kantine auf Sie gewartet, Chef. Wie sind Sie denn hereingekommen?«

Juricek deutete in die Dunkelheit hinter sich. »Durch das mannsgroße Loch im Drahtzaun«, sagte er. »Ich habe zufällig gehört, dass gestern deswegen eine Anzeige bei uns gemacht worden ist. Derzeit sprich sich im Bezirk ja alles schnell herum, was die Eintracht Floridsdorf betrifft. Also habe ich gleich einmal die Gelegenheit wahrgenommen und mir die Sache angesehen. Ich muss sagen, ich bin nicht enttäuscht worden. Man kommt ganz leicht durch und auf den Platz.« Er lächelte schelmisch.

»Das heißt …«

»Das heißt, der Täter könnte es auch benutzt haben, richtig, Bollek. Eine Möglichkeit, hierher zu gelangen, ohne vorne beim Haupteingang und der Kantine aufzufallen. Eine Möglichkeit, heimlich wiederzukommen, nachdem man scheinbar schon weggefahren ist. Wir müssen das alles in unsere Überlegungen miteinbeziehen. Ehrentraut ist jedenfalls durch zwei Stiche in den Rücken mit einem größeren Messer umgebracht worden. Ein Stich hat genau ins Herz getroffen.«

»Aus der Kantine ist heute ein solches Messer gestohlen worden«, berichtete Leopold. »Zumindest behauptet das Frau Posch, die das Lokal mit ihrem Mann gepachtet hat.«

»Offenbar war ja heute Abend dort einiges los«, meinte Juricek. »Sagen Sie, Bollek, haben Sie diesbezüglich schon etwas herausgefunden?«

»Wie? Nein, leider, nicht viel bisher«, antwortete Bollek. Er schien auf diese Frage nicht ganz vorbereitet. »Ich stehe mit meinen Ermittlungen gewissermaßen erst am Anfang.«

»Der Herr Inspektor hat es für wichtiger befunden, sich in ein paar nebulose Verdächtigungen gegen mich zu verzetteln«, stichelte Leopold genüsslich.

»Wundert's dich?«, grinste Juricek. »Er tut das, was ich an seiner Stelle auch tun würde: Er traut dir nicht über den Weg. Aber einen kleinen Lagebericht hätten Sie schon für mich parat haben können, Bollek.«

»Vielleicht kann ich aushelfen«, sagte Leopold. Er wirkte weiterhin kühl und ein wenig sauer. »Ich bin zwar selbst erst später gekommen, aber es sieht so aus, als habe es ein größeres Remmidemmi gegeben. Einige Vereinsmitglieder, die die Fusion der Eintracht mit den Kickers mit allen Mitteln verhindern wollen und sich deshalb bei uns im Heller getroffen haben, sind dann von unserem Lokal hierher marschiert und auf einige Funktionäre gestoßen, die diese Verbindung jetzt möglichst schnell absegnen wollen. Stier trifft sozusagen auf rotes Tuch. Du kannst dir denken, dass sich da einiges abgespielt hat, Beschimpfungen, Platzverweise und so, vielleicht auch kleinere Handgreiflichkeiten. Alle waren ziemlich geladen, und Ehrentraut war mittendrin. Genaueres wirst du von Gretl Posch erfahren.«

»Und du glaubst, Ehrentrauts Tod hat mit diesen Aggressionen zu tun?«

»Ich glaube gar nichts«, wehrte Leopold ab.

»Schön. Wir werden uns auf jeden Fall von dieser Frau die Namen aller Beteiligten geben lassen, an die sie sich erinnern kann«, wies Juricek an.

»Soll ich das erledigen?«, meldete sich Bollek zu Wort, der eine Gelegenheit suchte, sich bei seinem Chef wieder beliebt zu machen. »Drüben in der Kantine ist auch noch ein Aktenkoffer, den Ehrentraut dort vor seinem Tod deponiert hat. Den müsste man sich ebenfalls genauer ansehen. Er ist mit einem Zahlenschloss versperrt, soviel ich gesehen habe.«

»Nein, ich werde mich gleich selbst darum kümmern«, beschloss Juricek. Dann nahm er Leopold auf die Seite und begann mit ihm ein vertrauliches Gespräch. »Na, bist du etwa angefressen?«, fragte er.

»Wie man's nimmt. Vertrauen zu mir hat ja keiner mehr von euch.«

»Wer sagt denn das? Du kennst unseren Bollek und weißt, dass er gern übers Ziel hinausschießt. Und mir hast du's ja auch nicht immer gerade leicht gemacht. Also zieh nicht gleich ein Schnoferl*, wenn man dir einmal etwas sagt, wir zweifeln ja nicht an deiner Spürnase, sondern nur manchmal an deiner Loyalität uns gegenüber. Nicht zu Unrecht, wie ich meine, nicht zu Unrecht. Trotzdem, wenn es dir gelingt, deine Eigenmächtigkeiten im Zaum zu halten«, dabei machte er eine leichte drohende Bewegung mit seinem rechten Zeigefinger in Leopolds Richtung, »könntest du mir zusammen mit deinem Freund Thomas Korber in diesem Fall natürlich sehr behilflich sein.«

---

* Spiel nicht gleich den Beleidigten

»Wir könnten uns ein wenig auf dem Platz umhören«, bot Leopold sich an, und seine Augen begannen zu funkeln.

»Genau. Der allgemeine Tratsch könnte wichtig sein, die Dinge, die man uns von der Polizei nicht auf die Nase bindet. Gerüchte, die vielen kleinen Animositäten und Eifersüchteleien, die es aufgrund der bevorstehenden Fusion jetzt gibt. Vielleicht ist da irgendwo etwas dran, dem man nachgehen kann. Ehrentraut scheint ja in letzter Zeit nicht gerade beliebt gewesen zu sein. Aber du weißt …« Erneut ging Juriceks Finger kurz nach oben. Ob er hoffte, Leopold damit für längere Zeit in seiner Unternehmungslust einbremsen zu können?

Beide gingen schweigend ein paar Schritte vom Tatort weg in die Nacht. »Wie geht es dir eigentlich sonst?«, erkundigte sich Juricek dann.

»Danke der Nachfrage, eigentlich ganz gut. Warum?« Leopold konnte sich nicht erinnern, dass sein Freund einmal ernsthaft nach seinem Befinden gefragt hätte.

»Fühlst du dich nicht auch manchmal müde und abgespannt? Gibt es nicht Tage, an denen du am liebsten im Bett geblieben wärst? Ich frage dich, weil wir dieselbe Schulbank gedrückt haben, Leopold, weil wir derselbe Jahrgang sind. Manchmal meine ich, ich spüre schubweise das Alter an mich herankommen. Draußen ist der strahlendste Tag, aber ich hänge nur schlapp im Büro herum. Meine Frau kocht etwas Gutes, aber ich habe keinen Appetit. Ich wollte nur wissen, ob dich zeitweise auch schon solche Wehwehchen plagen.«

»Einstweilen geht's mir prächtig«, meinte Leopold, dem der grausige Fund offenbar neue Kräfte verliehen hatte. Er beschloss, seine üble Laune vom Vortag endgültig zu vergessen.

»Vielleicht ist es dein Beruf, der dich auf Trab hält«, sagte Juricek nachdenklich. »Du hast viel mit Menschen zu tun, die leben, mit denen man sich unterhalten und etwas trinken kann. Bei mir ist das genaue Gegenteil der Fall. Wenn man mich ruft, ist wieder irgendwo ein Mord geschehen. Ich sehe Blut, eingeschlagene Schädel und starre, weit aufgerissene Augen. Ich sehe Menschen, die tot sind. Immer öfter begegnen sie mir jetzt auch im Traum, die Leichen meines Lebens. Dann schlafe ich schlecht, nehme meine üble Laune mit in den nächsten Tag und grüble vor mich hin. Manchmal glaube ich, es ist Zeit, Schluss zu machen, aber irgendwie geht es doch weiter.«

›Gegen den alten Richard bin ich ja wirklich gut beisammen‹, dachte Leopold und empfand beinahe so etwas wie Mitleid. Dass jemanden der Anblick einer Leiche lethargisch machte, konnte er überhaupt nicht verstehen.

»Vielleicht ist es meine slawische Seele«, sinnierte Juricek weiter. »Oft frage ich mich, was in diesen Toten vorgegangen ist, kurz bevor sie gestorben sind, was ihre letzten Gedanken waren. Ich möchte mit ihnen reden, aber ich kann es nicht mehr. Der Mund bleibt ihnen für immer verschlossen. Man möchte sehen, wie es war, als sie gelacht haben, aber ihr Gesicht ist nur noch eine Fratze. Ich kann sie nicht mehr kennenlernen. Sie sind von uns gegangen, ehe ich etwas von ihnen gewusst habe.«

»Erstens: Der Ehrentraut war sicher kein umwerfender Gesprächspartner, soviel ich weiß. Zweitens: Was glaubst du, wie viele Scheintote bei uns im Kaffeehaus herumlaufen. Da ist es auch nicht immer leicht, bei Laune zu bleiben«, versuchte Leopold, seinen Freund aufzuheitern.

»Ich denke jetzt eben öfter nach«, sinnierte Juricek. »Wahrscheinlich sollte ich das nicht. Einfach ran an die Sache wie Bollek, das hält einen vielleicht länger frisch.«

Sie hatten sich schon ein wenig von den anderen entfernt. Man hörte Bollek fortwährend laute Befehle in sein Handy plärren. Sonst war es seltsam ruhig in dieser lauen Frühlingsnacht.

»So, Leopold, jetzt erzählst du mir, was in dem Koffer vom Ehrentraut drinnen ist«, sagte Juricek plötzlich wieder mit der gewohnten Bestimmtheit und Sicherheit. »Irgendwas von Bedeutung?«

»Aber Richard, du tust ja geradezu so, als ob …«

»Als ob du bereits einen Blick hineingeworfen hättest, richtig. Und das hast du doch, oder? So ein Schloss ist ja eine Kleinigkeit für dich.«

»Sag einmal, wofür hältst du mich?«

»Ich hab's dir schon vorhin gesagt: Für einen, der seine Nase überall hineinsteckt, auch wenn's ihn nichts angeht. Für einen liebenswerten, aber oft sehr sturen Menschen. Für jemanden, dem man jederzeit wegen Unterschlagung von Beweismaterial gehörige Schwierigkeiten machen könnte. Also rede jetzt bitte, oder du wirst mich von einer anderen Seite kennenlernen.«

Leopold versuchte, möglichst belanglos zu wirken. »Könnte ja sein, dass der Koffer auf einmal zufällig aufgegangen ist, und ich gar nicht anders konnte«, meinte er.

»Könnte sein«, sagte Juricek. »Wenn du trotzdem die Nummer von dem Schloss wüsstest, wäre uns sehr geholfen. Vielleicht kriegt Bollek doch den Koffer in die Hände, und der könnte in seiner Ungeduld leider eine richtige Zerstörungswut bekommen und ihn kaputtmachen.«

»Das wär schade«, überlegte Leopold. »Da könntet ihr ihn nicht einmal mehr auf dem Polizeiflohmarkt verkaufen. Ich glaube, 1913 war's.«

»Na also! Und der Inhalt? Irgendwas Verdächtiges?«

»Nichts Besonderes. Dokumente, Akten, Rechnungen, wahrscheinlich großteils die Eintracht Floridsdorf betreffend. Die müsst ihr euch anschauen, bei Paragraphen und Finanzen kenne ich mich zuwenig aus. Aber …«

»Ja?« Juricek wurde hellhörig.

»Es gibt da auch ein Kuvert mit Nacktfotos von einigen Buben aus dem Nachwuchs. Das heißt, eigentlich sind es Vergrößerungen von den Teilen, die man sonst eben nicht so herzeigt. Lauter Schwanzerln und Popscherln.«

»Pfui Teufel«, schimpfte Juricek. »Die Sache fängt aber gut an.«

*

Leopold saß wieder auf seinem Rad und steuerte es durch die Nacht, ganz in Gedanken versunken. Denn er stellte sich bereits einige wichtige Fragen.

Erste und wichtigste Frage: Warum war Ehrentraut auf die Böschung hinter dem Tor gegangen, und wie war er dort auf seinen Mörder getroffen? Hatte er sich von den anderen entfernt und hatte ihm jemand nachgestellt, einer von den aufgebrachten und nicht mehr nüchternen Eintracht-Freunden? Oder war er mit jemand anderem zusammen hierher gekommen, unter Umständen im Verlauf einer heftigen Diskussion, bei der sein Gegner dann das Messer gezückt hatte? Man musste herausfinden, ob jemand auf dem Platz etwas bemerkt hatte.

Aus der Kantine war ein Schneidemesser entwendet

worden. Wenn es sich um die Tatwaffe handelte, war es sehr wahrscheinlich, dass der Mord geplant gewesen war, der Täter Ehrentraut also in der Dunkelheit aufgelauert hatte. Dazu musste er aber gewusst haben, wo er auf ihn treffen würde. Hatte sich Ehrentraut gar mit jemandem verabredet? Und war der Mörder durch das Loch im Zaun gekommen? Dann konnte es jemand sein, der sich zu diesem Zeitpunkt noch auf dem Fußballplatz befunden hatte, jemand, der vorgetäuscht hatte, bereits gegangen zu sein, oder jemand, der von den anderen überhaupt nicht wahrgenommen worden war.

Zweite Frage: Wer hatte ein Motiv, Ehrentraut umzubringen? Da gab es sicher einige, zunächst die wütenden Eintracht-Anhänger und Fusionsgegner, die mit ihren Protesten über das Ziel hinausgeschossen waren. Aber war das Veranlassung genug, einen Mord zu begehen? Gab es jetzt nicht auch innerhalb der Eintracht-Funktionärsriege Querelen und kleine Machtspielchen? War Ehrentraut nicht auch dort vielen im Weg gewesen? Das Verhältnis zu Sonnleitner war, wenn man den vielen Gerüchten Glauben schenken konnte, von tiefem Misstrauen geprägt gewesen. Von Joe Brown wusste man nicht viel, außer dass er mächtig war und sich nicht dreinreden ließ. Ehrentrauts aalglatte, selbstherrliche Art konnte eigentlich auf jeden provokant gewirkt haben, nicht zuletzt auf den unberechenbaren Kantinenwirt Bertl Posch, dessen Vertrauen Ehrentraut missbraucht hatte, und der nicht mehr als einen Handgriff gebraucht hätte, um an das Messer zu kommen.

Trotzdem durfte man nicht die Fotos vergessen, die Fotos von heranwachsenden Nackedeis, das heißt, die Ausschnitte ihrer intimsten Körperstellen. Hatte Ehrentraut sie wirklich selbst gemacht, und wenn ja, weshalb trug er sie dann mit sich herum? War er ein kleiner Perverser gewesen, einer der zahlreichen Pädophilen, von denen man in letzter Zeit so viel las? Hatte er etwa einen der abgebildeten jungen Spieler hinter das Tor gelockt, damit er …? Und der hatte sich dann nicht anders zu helfen gewusst, als mit dem Messer …? Nicht auszudenken!

Dritte Frage: Konnte man irgendjemanden von vorneherein als Täter ausschließen? Aufgrund der schrägen Böschung konnte man wahrscheinlich vom Einstichkanal her nicht unbedingt auf die Körpergröße des Mörders schließen. Er bzw. sie konnte neben, aber auch ober- oder unterhalb von Ehrentraut gestanden sein. Er bzw. sie hatte zweimal zugestochen, außerdem von hinten, also konnte es sich Leopolds Meinung nach auch um eine schwächlichere Person oder eine Frau handeln. Er wusste, dass vor Wut rasende Frauen gern zum Messer griffen. Aber wenn eine Frau, dann welche?

Leopold fiel ein, dass er Bettina Ehrentraut von früher sehr gut kannte. Sie hatte, ehe sie sich mit Wolfgang verehelichte, als Friseuse in dem kleinen Salon gegenüber dem Café Heller gearbeitet, sich regelmäßig bei Leopold den Kaffee geholt und war manchmal nach der Arbeit auf ein Getränk geblieben und hatte mit ihm getratscht. Später hatte sie sich lieber selbst von anderen schön machen lassen und war Ehrentraut auf dem Geldbeutel gesessen. Wenn er Glück hatte, wusste jemand im Frisiersalon noch Bettinas Telefonnummer. Dann konnte er sie gleich in der Früh anrufen, sie mit irgendeinem Schmäh ins Kaffeehaus lotsen und ein wenig ausfratscheln. Das hieß nicht, dass er sie gleich zu den Verdächtigen zählte. Aber wenn es noch andere Frauen in Ehrentrauts Leben gegeben hatte, dann war möglich, dass sie es wusste.

So tief in Gedanken versunken trat Leopold bei etwas auffrischendem Wind in die Pedale. Er kam gerade bei seinem Stammheurigen ›Zum Fuhrmann‹ in Groß Jedlersdorf vorbei, der freilich schon geschlossen hatte, und dachte mit einem Mal wieder an seinen Freund Thomas Korber, der ja ganz in der Nähe wohnte. Daraus ergab sich automatisch die Frage vier: Warum hatte er Thomas den ganzen Abend über nicht gesehen? Er war doch Eintracht-Mitglied und hatte von der Versammlung gewusst.

In Korbers Fenstern brannte noch Licht. In der Hoffnung, ihn um diese Uhrzeit nicht bei irgendetwas, womöglich bei einem kleinen Tête-à-tête, zu stören, stellte Leopold sein Rad ab und läutete an.

»Was machst du denn so spät hier? Ist etwas passiert?«, fragte Korber überrascht, als er ihn zur Tür hereinließ.

»Das kann man wohl sagen.« Ohne große Umschweife ging Leopold herein und erzählte von den Ereignissen des Abends.

»Eine schöne Bescherung«, resümierte Korber. »Jetzt wird's bei der Eintracht erst recht drunter und drüber gehen.«

»Das ist im Augenblick zweitrangig. Es ist immerhin ein Mord geschehen, und den gilt es aufzuklären.«

»Sag bloß nicht, dass du gekommen bist, um mich wieder in eine solche Sache hineinzuziehen«, protestierte Korber. »Ich ahne es: Du willst, dass ich den Beobachter auf dem Eintracht-Platz spiele, allen möglichen Leuten nachspioniere und mich dabei zum Hanswurst mache.«

»Das wäre unter Umständen sehr hilfreich.«

»Nein, nein, lieber Freund, diesmal ohne mich.«

»Du kannst es dir ja überlegen«, beruhigte ihn Leopold. »Aber jetzt sag mir einmal, warum du nicht zu der Versammlung der ›Freunde der Eintracht‹ gekommen bist. Ich habe geglaubt, du würdest dich als Mitglied in dieser schwierigen Situation besonders für deinen Verein einsetzen.«

Korber war einen Augenblick unschlüssig, überlegte, was er sagen sollte. Dann zeigte er auf den eingeschalteten Computer und die Bücher auf seinem Arbeitstisch. »Die Schule«, sagte er. »Ich hab eine Menge vorzubereiten.«

Leopold fiel die relative Unordnung erst jetzt auf. »Du bist auch nicht mehr der Jüngste«, meinte er kopfschüttelnd. »Früher hättest du dich von so etwas nicht aufhalten lassen.«

»Ich weiß, ich weiß.« Korber machte einen fahrigen, nervösen Eindruck. Irgendetwas bekümmerte ihn.

Leopold bemerkte diese innere Unruhe. Er ging zum Computer, schaute auf den Bildschirm, musterte mit einem kurzen Blick das Durcheinander auf dem Schreibtisch. »Lyrik«, konstatierte er anerkennend. »Gedichte. Schön, sehr schön. Aber noch lange kein Grund, ein wichtiges Treffen der Mitglieder deines Vereins in unserem Kaffeehaus zu versäumen. Du mit deiner Routine! Da macht man ›klick‹ und ›klick‹ und ›klick‹, und fertig ist die Vorbereitung. So haben wir nach einem Heurigenbesuch doch gemeinsam schon die besten Stunden hervorgezaubert.«

»Es muss … ein bestimmtes Gedicht sein«, entfuhr es Korber. »Ein romantisches Gedicht. Nicht zu kurz, nicht zu lang. Eins ohne eindeutige Zueignung an eine Person. Eins, das sich leicht lernen und aufsagen lässt. Und … ich finde es nicht.«

»Du siehst müde aus«, stellte Leopold fest.
»Ich suche auch schon eine ganze Weile.«
»Sie wird es nicht schätzen.«
»Wer?«
»Na, die Mutter von deinem Nachhilfeschüler. Wie heißt sie? Stary, denke ich, Manuela Stary. Die sieht nicht, wie du dich abmühst, glaube mir.«
Korber ging zum Kühlschrank und holte sich ein Bier. »Das erste heute«, sagte er, und es klang wie eine Entschuldigung. »Du auch?«
Leopold schüttelte den Kopf. »Ich bin mit dem Rad da.«
»Also gut, es ist für Manuela.« Korber zog hastig an der Flasche. »Aber frag jetzt bitte ja nicht, wie ich mich von ihr habe herumkriegen lassen. Sie mag einfach Gedichte gern. Von ihrem Mann scheint sie nicht viel zu haben. Er ist wenig zu Hause und ihren Schilderungen nach ein grober, ungehobelter Typ. Sie dagegen ist ein äußerst feinfühliges Wesen, und mit einem Gedicht kann man ihr eine große Freude machen. Sie liebt den Reim und den Rhythmus.«
Leopold schüttelte kurz den Kopf: »Da kann ich mir jetzt schon zusammenreimen, dass sie dich in einen Rhythmus hineinziehen wird, aus dem du so leicht nicht wieder herauskommst. Die Vernachlässigten sind die Gefährlichsten. Wenn du mich fragst, lass das mit dem Gedicht bleiben. Gib dem Buben die paar Stunden Nachhilfe, dann vergiss das Ganze. Außerdem kann ich mich an den Mann, an Klaus Stary, erinnern. Der ist wahrhaftig kein Freund der schönen Worte. Ich kenne ihn eher als Mann der mitleidlos ausgeteilten Watschen. Also pass auf.« Er war während der letzten Worte sehr ernst gewor-

den. Gleichzeitig sah er, wie viel es seinem Freund bedeutete, Manuela Stary eine Freude zu bereiten.

»Es ist ja nur für einmal«, seufzte Korber. »Vorausgesetzt, ich finde etwas Gescheites.«

»Wenn es schon sein muss«, sagte Leopold und hob dabei leicht den Zeigefinger. »Also, wenn es schon sein muss, nimm ein Nachtgedicht.«

Korber schaute ihn ratlos an.

»Ein Gedicht über die Nacht«, wiederholte Leopold. »Verstehst du? Erstens ist so was immer romantisch, oft schaurig-schön, und zweitens …«

»Ja?« Korber hing an seinen Lippen.

»Schau doch einmal auf die Uhr, wie spät es ist.«

5

Beide waren sie an diesem Morgen mit einem seligen Lächeln auf den Lippen aufgewacht: Frau Heller aus Gründen, die sie des Weiteren für sich zu behalten und einem größeren Publikum nicht unbedingt mitzuteilen gedachte, und Leopold, weil endlich das heißersehnte Verbrechen geschehen war. Fröhlich erzählte er seiner Chefin dann auch beim frühmorgendlichen Tête-à-tête bei der Kaffeemaschine vom Mord an Ehrentraut. Er vergaß dabei nicht, darauf hinzuweisen, dass er die Wurzel des Übels nach wie vor in dem Unmut sah, der sich bei der gestrigen Versammlung aufgestaut hatte und durch die kampfeslustige Musik noch verstärkt worden war.

»Aber Leopold«, lächelte Frau Heller ihn mit verklärten Augen an. »Unsere Versammlung soll es gewesen sein? Das kostet mich nur einen Lacher. Mir scheint, Sie erkennen die wahren Zusammenhänge nicht. Herr Ehrentraut ist an seinem Tod selber schuld. Man geht mit einer traditionsbeladenen Einrichtung wie unserer Eintracht Floridsdorf nicht um wie mit einem Spielzeug. Die Leute wollen ihren Klub haben, mit dem sie sich identifizieren können, auch wenn es einmal sportlich nicht so läuft. Wer vorhat, ihnen das wegzunehmen, ist eben seines Lebens nicht mehr sicher.« Sie winkte ihn mit dem Finger näher an sich heran und flüsterte ihm ins Ohr: »Wir müssen weiterkämpfen, Leopold!« Dann verschwand sie wieder in ihrer kleinen Küche.

Leopold schüttelte schmunzelnd den Kopf. So viel Ehrgeiz hatte er seiner Chefin nicht zugetraut. Aber er durfte nicht seinen eigenen Kampf vergessen, den Kampf gegen das Verbrechen, das am gestrigen Abend passiert war, und dabei durfte man die Dinge nicht so vereinfacht sehen. Während er eine Melange zum zweiten Fenster trug, erinnerte er sich daran, dass er Bettina Ehrentraut, die Gattin des Mordopfers, anrufen wollte. Gott sei Dank war ihre Telefonnummer im Frisiersalon noch geläufig gewesen, als er sich vor seinem Dienstantritt danach erkundigt hatte. »Hallo?«, hörte er es zögernd am anderen Ende der Leitung.

»Hier Leopold. Der Ober vom Café Heller.«

Keine Reaktion.

»Erinnern Sie sich? Das Kaffeehaus gegenüber dem Friseurgeschäft, wo Sie immer Ihren kleinen Braunen getrunken haben«, erklärte er.

»Ach ja … ja, natürlich.«

»Bitte seien Sie nicht böse, dass ich Sie anrufe. Aber ich habe … ich wollte … ich wollte Ihnen nur mein herzlichstes Beileid zum Tod Ihres Mannes aussprechen.«

»Sie haben ihn gefunden, nicht wahr?«

»Das kann man so sagen, ja«, kam es gepresst aus Leopold heraus. Er mochte solche unnatürlichen Gesprächssituationen gar nicht.

»Wissen Sie, dass ich es bisher gar nicht realisiert habe? Ich habe es ja erst spät in der Nacht erfahren, kurz nachdem ich von einer Vernissage nach Hause gekommen war. Heute Früh war dann gleich die Polizei bei mir, und seither … geht alles drunter und drüber.« Bettina Ehrentraut sprach langsam, und ihre Stimme hatte einen eigenartigen Klang. Leopold konnte nicht ausmachen, ob es der Schock, die Trauer oder eine leichte Unpässlichkeit nach einer langen Nacht war.

»Ich wollte jedenfalls nicht stören«, sagte er.

»Aber Sie stören ja nicht. Ich bin froh, wenn ich in einer solchen Situation mit jemandem reden kann, und früher haben wir doch immer so nett miteinander geplaudert. Es ist nur momentan alles so … ich weiß nicht! Dabei ist es kein Geheimnis, dass mein Mann und ich uns nicht mehr geliebt haben.«

»Kommen Sie doch auf ein Sprüngerl vorbei, wenn es sich ausgeht«, versuchte Leopold sich in seinem charmantesten Ton.

»Das wäre vielleicht wirklich keine schlechte Idee«, überlegte Bettina. »Warten Sie … Wie wäre es um halb zwei?«

»Ausgezeichnet.«

»Dann komme ich.«

Leopold war zufrieden. Fürs Erste hatte er erreicht, was er wollte. Bettina Ehrentraut würde ihn im Kaffeehaus aufsuchen, um sich einen Teil der Last, die jetzt auf ihr lag, von der Seele zu reden. Sie war schon immer eine Plaudertasche gewesen. Also würde er etwas von ihr in Erfahrung bringen, egal, wie ihre augenblickliche Gemütsstimmung wirklich war. Und vielleicht war sie doch in die Sache verwickelt? Die Ehe war nicht mehr sehr rund gelaufen, hatte er gehört. Wer weiß, was sich zwischen den beiden in letzter Zeit abgespielt hatte. Wenn er da an die Nacktfotos in Ehrentrauts Koffer dachte …

Plötzlich schaute Leopold in ein Gesicht, das ihm extrem unsympathisch vorkam: dunkelblondes Haar, mit viel Brillantine in Form gebracht und zur Seite gestriegelt; unruhige Augen unter buschigen Brauen; ein schmaler Mund, der auch dann, wenn er halb geöffnet war, keinen Blick auf die Zähne freigab; die Stirn erwartungsvoll, beinahe fordernd hochgezogen. Der ganze Mann duftete nach Rasierwasser und Deo und wirkte in seinem hellblauen Anzug mit weißem Hemd und roter Krawatte beinahe schon zu auffällig in dieser Umgebung.

Eine alte Weisheit sagt: Wenn einer besonders elegant und vornehm tut, dann lass ihn erst einmal den Mund aufmachen. So war es auch hier.

»Coffee, please«, herrschte der Fremde Leopold an. »Aber rasch. Time is money.«

»Welchen Kaffee belieben zu wünschen?«, ließ sich Leopold nicht aus der Ruhe bringen. »Einen Braunen oder einen Schwarzen, klein oder groß, oder vielleicht eine Melange? Bevorzugen eine Variante mit Schlagobers oder eher eine mit Feuerwasser?«

»Einen großen Schwarzen, so schwarz wie die Bimbos am Äquator«, polterte der Fremde. »Brown bin ich selber.« Dann lachte Joe Brown über diesen vermeintlichen Witz so verkrampft und unbeherrscht, dass dem pensionierten Studienrat Klampfer, der nicht weit von der Theke saß, beinahe die ›Neue Züricher Zeitung‹ aus der Hand fiel.

Brown sah sich um, blickte auf die Billardbretter, die vom Rauch gelblich verfärbten Tapeten, die im seligen Morgenschlummer dahindösenden leeren Kartentische und bemerkte, während er gierig am heißen Kaffee schlürfte: »Alt-Wiener Kaffeehaus, ja, ja. Ganz hübsch hier, really nice. Aber rentiert sich so etwas heutzutage?«

»Freilich«, antwortete Leopold zögernd. »Was glauben Sie, was wir manchmal Leute haben. Jetzt, wo es draußen schön ist, ist am Vormittag freilich nicht viel los.« Er konnte sich nicht helfen, aber dieser Mensch war ihm wirklich unsympathisch.

»Renovieren müsste man die Bude, bevor der Verputz herunterfällt«, bemerkte Brown in überheblichem Ton und zündete sich eine Zigarre an. »Eine Art Wiederbelebung, you understand? Diese ganzen Schnörkel mit kleiner Brauner, großer Brauner, das ist doch Unfug, you see? Kleiner Spaß für Touristen, aber sonst? Ab ins Museum damit.«

Er blies dem armen Leopold den Rauch ins Gesicht. Das war also der Möbelfritze aus Kanada, der die Geschicke der Eintracht Floridsdorf übernehmen sollte. Kein Wunder, dass sich da der Volkszorn aufgestaut hatte.

»Coffee, das reicht«, redete Brown weiter. »Coffee large, coffee medium, coffee small, die feinste Bohne von den Niggern da unten, von mir aus Fairtrade, und fertig ist die Sache. Und diese Zeitungen … to the hell with the newspapers. Wer braucht so etwas? Ein paar Internetanschlüsse dort hinten, fertig ist die Sache. Und schließlich Musik, the people love music. Da lässt man einfach ein bisschen was los über die Lautsprecher, nicht brutal, sondern gemütlich, that's it.«

Selten hatte sich Leopold so sehr danach gesehnt, seinen Chef oder seine Chefin an seiner Seite zu haben, aber offensichtlich hatten sich beide zurückgezogen. Wollten sie etwa ungestört sein? War die alte Liebe wieder entflammt? Egal, Brown lehnte an der Theke und streute die Asche seiner Zigarre überallhin, nur nicht in den dafür vorgesehenen Aschenbecher.

»Bitte nicht die ganze Asche auf den Boden«, wies ihn Leopold noch mit Zurückhaltung zurecht. »Wie schaut denn das aus?«

»Ach, lassen Sie mich doch zufrieden«, wehrte Brown ab. »Das ist ja geradezu lächerlich, ridiculous. Ich frage mich, wie es in dieser Bruchbude überhaupt bald ausschauen wird, wenn nichts geschieht. Da werden nur noch die Social Outcasts hereinkommen, weil sie woanders nichts mehr kriegen, Obdachlose, Bimbos, Asylanten. Und dann werden ganz andere Dinge auf dem Boden liegen, believe me. Was kann man aus dem Laden machen, das interessiert mich. Als Vereinslokal für den 1. FC Floridsdorf könnte ich es mir gut vorstellen. Natürlich müsste ich es zuerst kaufen.«

Aha, daher wehte also der Wind. Brown suchte ein Lokal, wo er sich mit seinem neuen Verein wichtig machen konnte. Aber da würde er bei Frau Heller auf Granit beißen.

»Soviel ich weiß, ist das Kaffeehaus unverkäuflich«, ließ sich Leopold zu einer Bemerkung hinreißen.

»Meinetwegen. In Europa ist immer alles unverkäuflich, das jemandem gehört, der es nicht hergeben möchte«, sagte Brown lakonisch. »Das bin ich schon gewohnt, das ist Business as usual. Trotzdem, vielleicht wäre Ihr Chef doch besser beraten, mir das Lokal für eine vernünftige Summe zu überlassen. Ist er vielleicht da?«

»Derzeit nicht zu sprechen«, blieb Leopold knapp und bestimmt.

»Schade. Aber Sie können ihm etwas ausrichten: Ich lasse mir von ihm einfach gewisse Dinge nicht gefallen! Viel ist für euch nicht mehr drinnen, believe me! Die Gäste werden euch wegbleiben, und ihr werdet an eurem eigenen Rauch ersticken. Was nicht im Guten geht, wird böse enden, des werd'n ma scho moch'n. Ich lasse mich nicht konkurrenzieren durch kopflose Fanatiker, die hier in sogenannten ›Geheimversammlungen‹ gegen mich aufgehetzt werden, sodass sie dann den Fußballplatz stürmen und zu randalieren beginnen. Wenn jemand glaubt, er kann in einer gewissen Sache Geld gegen mich ausstreuen – einen lächerlichen Betrag übrigens – dann schaun mer mal, wer mehr hat. Leute, wenn ihr mir ein Ei legen wollt, müsst ihr schon früher aufstehen. Und meinen Freund und besten Mitarbeiter Ehrentraut umzubringen …« Brown staubte noch einmal kurz und nervös die Asche seiner Zigarre ab.

»Ja?«, meinte Leopold.

»Er wurde erstochen, nachdem es den ganzen Trouble gegeben hatte, wie Sie wissen, Sie haben ihn ja gefunden, nicht wahr? Scheint alles hier vom Kaffeehaus ausgegangen zu sein.«

»So eine Unterstellung müssen Sie uns erst einmal beweisen.«

Brown steigerte sich immer mehr in sein wildes, fantastisches Gebrabbel hinein: »Ach was, beweisen. Ich habe genug, Mann. Musste schon um 8 Uhr früh zwei Policemen Rede und Antwort stehen. Es scheint so, als hätte man es darauf angelegt, mir die nächste Zeit komplett zu versauen. Aber nicht mit mir. Ich werde gegen alle vorgehen, die an Ehrentrauts Tod beteiligt waren. Und ich werde nicht zulassen, dass Lokalitäten wie diese, in deren Hinterzimmern kaltblütige Mordpläne ausgeheckt werden, weiterhin ungestraft ihr Unwesen treiben können, you understand? Ich werde jeden zur Verantwortung ziehen, vielleicht auch Sie!« Dabei verteilte er weiterhin die Asche seiner Zigarre wahllos in seiner näheren Umgebung.

Jetzt wurde es Leopold aber zu bunt. »Ich an Ihrer Stelle würde mich ein wenig zurückhalten«, ging er zum Angriff über. »Sie sind ja recht flott darin, die Schuld an allen möglichen Sachen auf andere, vorwiegend Gäste unseres ehrenwerten Kaffeehauses, zu schieben. Könnte man da nicht annehmen, dass es sich um ein geschicktes Ablenkungsmanöver handelt? Wer weiß schon, was es in den letzten Tagen für Reibereien zwischen Ihnen und Ehrentraut gegeben hat, kleine Machtspiele, wer mehr von seinen Freunden in entscheidenden Positionen beim neuen Verein unterbringt. Dass Ihnen jemand widerspricht oder Sie vor vollendete Tatsachen stellt, das wollen Sie ja überhaupt nicht. Also waren es vielleicht doch Sie, der das Messer gezückt hat? Weil Ehrentraut irgendeinen Trumpf im Ärmel hatte und Sie damit zur Weißglut brachte?«

»Jetzt werden Sie bloß nicht unverschämt«, fauchte Brown mit bösem Blick. Einen Moment lang schien es, als wolle er jetzt so richtig loslegen, sein ganzes Aggressionspotenzial zeigen, aber er hatte sich sofort wieder in seiner Gewalt. »Sie glauben wohl, ich rege mich auf?«, fragte er, und ein kurzes, schmutziges Grinsen huschte dabei über sein Gesicht. »Nein, nein, das ist die Sache nicht wert. Über dem großen Teich sind wir anderes gewohnt. Und wir haben ein Motto: Immer schön cool bleiben.« Dabei blies er Leopold den Rauch seiner Zigarre ins Gesicht und schmetterte erneut sein künstliches Lachen los, dass es den armen Herrn Klampfer auf seinem Sitz hin- und herfetzte. Er knallte einen Zehneuroschein auf die Theke. »Sagen Sie Ihrem Chef nur, dass ich mich demnächst bei ihm melden werde. Er soll sich die Sache überlegen. Man könnte aus dieser Hütte etwas machen. Aber wenn er sie nicht hergeben will, wird sie bald leerstehen, I give you my word. Und vorher kommen einige unangenehme Leute und sehen sich die Buchhaltung genau an, die Hygienebedingungen und so weiter. Na, ich denke, Sie wissen, was ich meine.« Dann donnerte er aus dem Lokal hinaus.

Leopold bemühte sich, seinerseits die Fassung zu bewahren. Das war er also, der ungehobelte Kanadier, der offenbar schon glaubte, der halbe Bezirk gehöre ihm. Leopold traute ihm zu, in die ganze Sache um Ehrentrauts Tod verwickelt zu sein, wenngleich er sich noch nicht vorstellen konnte, welchen Nutzen er aus dem Ableben seines ehemaligen zukünftigen Managers ziehen konnte. Aber wenn es da etwas herauszufinden gab, würde Leopold es in Erfahrung bringen.

Sollte er Herrn oder Frau Heller etwas über Browns Absichten beziehungsweise seine Drohungen, das Kaffeehaus zu Schaden kommen zu lassen, mitteilen? Leopold beschloss, dies vorderhand nicht zu tun. Man musste abwarten, was Brown wirklich im Schilde führte. Und man musste sehen, wie man von irgendwoher Informationen über diese dubiose Gestalt einholen konnte.

Leopold wischte sich mit einem Taschentuch den Schweiß von der Stirn. War's die Aufregung, war's die Anstrengung, die ihn ein wenig außer Atem hatten kommen lassen? Oder beutelte ihn das Alter tatsächlich schon ein wenig? Egal, er musste etwas unternehmen. Deshalb fischte er den Zettel aus der Sakkotasche, den er gestern in Ehrentrauts Koffer gefunden hatte: den Zettel mit der Telefonnummer.

Es war ruhig im Kaffeehaus, nur Frau Wojtak hatte vorhin ein Achtel Rotwein bestellt. Die konnte warten. Hastig drückte Leopold die Tasten auf seinem Handy. Die Verbindung war hergestellt. Es läutete.

»Hallo?«, hörte er eine belegte männliche, unausgeschlafene Stimme.

»Wer spricht bitte?«

Keine Antwort.

»Wer spricht bitte?«, wiederholte Leopold.

»Harry! Was gibt's?«

«Welcher Harry?«

«Harry Leitner, zum Teufel nochmal. Was gibt's? Wer sind Sie?«

»Entschuldigung, falsch verbunden.«

Und schon hatte Leopold das Gespräch beendet. ›Da schau her, Harry Leitner‹, dachte er für sich. ›Das ist ja interessant.‹

Mit neuem Schwung und Elan brachte er, vorbei am nervös zurückweichenden Herrn Klampfer, das Achtel Rotwein zu Frau Wojtak.

*

Sie hatte sich kaum verändert. Noch sichtlich gezeichnet von den Ereignissen um ihren Mann, aber mit einem Lächeln auf den Lippen, sobald sie Leopold sah, betrat Bettina Ehrentraut um Punkt 13.30 Uhr das Café Heller. Leopold spürte den schwachen Druck ihrer feuchten Hand, das kurze Anlehnen ihrer Schultern an die seinen, ihre Wangen. Er schaute in ihre Augen. Nein, da war keine Träne drin, und wie er Bettina kannte, würde auch keine hineinkommen.

Sie setzte sich an den Tisch am ersten Fenster gleich neben der Theke, bestellte eine Melange ›wie immer‹ und zündete sich eine Zigarette an. Wie viele mochte sie an diesem Tag schon geraucht haben? Sie fuhr mit der Hand durch ihr rotblond gefärbtes Haar, das in sanften Wellen auf ihre Schultern herabfiel.

Das waren seit jeher Bettinas Stärken: ihr gepflegtes Aussehen und die beinahe mühelose Art, mit jemandem ins Gespräch zu kommen. Sie war ein sogenannter Konversationsmensch. Sie konnte viel reden, aber auch gut zuhören, wenn es nötig war. Sie bevorzugte zwar die eher seichteren Themen aus diversen Journalen, traute sich jedoch, zu allem ihre Meinung abzugeben, egal, wie viel sie davon verstand. Sie wirkte umgänglich und sympathisch. Eine ideale Friseurin, die man auch als Privatmensch mochte.

Bettina Ehrentraut eröffnete das Gespräch dann auch sofort auf die direkte Art: »Ich sage es Ihnen gleich, Leopold, bedauern brauchen Sie mich nicht. Es ist zwar traurig, wenn man einen Menschen verliert, mit dem man lange beisammen war, aber geliebt haben Wolfgang und ich uns nicht mehr. Wir haben uns respektiert und nebeneinander hergelebt, das war alles. Die letzte Zeit hat er sogar schon eine eigene Wohnung gehabt.«

So kannte Leopold Bettina: Nicht viel um den heißen Brei herumreden, gleich zur Sache kommen. Er hatte sich schon oft gefragt, wie sie es zusammen mit Ehrentraut ausgehalten hatte, der von der Art her ihr genaues Gegenteil gewesen war, zurückhaltend und verschlossen. Ein Geheimniskrämer und Taktiker, der mit etwas erst dann herausrückte, wenn er den Zeitpunkt für gekommen sah, Nutzen daraus zu ziehen, dessen emotionale Unterkühltheit einfach nicht zu Betty, wie er sie rief, passte. Ebenfalls gepflegt, aber aalglatt und undurchschaubar.

Freilich, wie man hörte, führte Bettina Ehrentraut einen ziemlich aufwändigen Lebensstil, den sie wohl zum Großteil ihren Gatten hatte finanzieren lassen. Sie hatte bald nach der Hochzeit ihren Beruf als Friseurin aufgegeben und nur mehr aushilfsweise gearbeitet, später auch das nicht mehr. Dafür ließ sie es sich zu Hause gut gehen und besuchte selbst den Friseur einmal in der Woche. Dazu kamen Maniküre, Pediküre und Wellness-Urlaube mit Freundinnen. Wolfgang Ehrentraut hatte nicht schlecht verdient, war aber finanziell immer mehr ins Trudeln gekommen und hatte versucht, einen Teil seiner Ausgaben durch Sportwetten hereinzubekommen, was die Situation jedoch nur verschlimmert hatte. Die Position als Manager des geplanten Großklubs war wohl der Strohhalm gewesen, an den er sich geklammert hatte.

Nach und nach fielen Leopold diese Dinge ein, als ihm Bettina jetzt wieder gegenübersaß. »Ich hoffe, Sie erschrecken nicht über meine Offenheit«, hörte er sie sagen. »Aber früher oder später kommt ja doch alles heraus.«

»Erschrecken tu ich über so etwas nicht mehr«, beruhigte er sie. »Dafür bin ich schon zu lange in dem Geschäft.«

»Na, dann ist's ja gut. Ich habe es heute Morgen auch der Polizei so erzählt, obwohl ich mich auf diese Art wahrscheinlich gleich verdächtig gemacht habe. Das heißt nicht, dass mir die Sache nicht nahe geht, es ist alles furchtbar genug.«

»Sie sind noch ganz durcheinander, was?«

»Ja natürlich. Ich habe ja alles erst in der Früh erfahren. Ich war in der Nacht ein wenig … unterwegs. Im Nachhinein ist mir das jetzt furchtbar peinlich. Es sieht so … pietätlos aus.«

»Aber wenn Sie in der Nacht unterwegs waren, haben

Sie doch immerhin ein Alibi«, lächelte Leopold erleichtert.

»Nicht unbedingt«, wehrte Bettina betroffen ab. »Ich war auf einer Vernissage, und nachher haben wir in einer Bar ein Gläschen getrunken. Ich bin allerdings ziemlich spät dort aufgekreuzt, und die Polizei meint, es wäre sich zeitlich ausgegangen, meinen Mann zwischenzeitlich umzubringen. Wissen Sie, Leopold, das ist das Allerschlimmste: Die Nüchternheit, mit der einem so etwas mitgeteilt wird, kaum dass man die Todesnachricht empfangen hat. Und dann die Blicke der Leute, die mir heute schon auf der Straße begegnet sind.« Sie trank den Kaffee in kleinen Schlucken, wie eine Medizin.

»Kopf hoch! Es wird schon wieder werden. Braucht alles seine Zeit«, meinte Leopold.

»Sie haben meinen Mann gefunden. Das muss ja schrecklich gewesen sein«, sagte Bettina.

Leopold zuckte mit den Achseln. »Angenehm ist so etwas nie. Das viele Blut, die toten Augen, das Gefühl, man ist jetzt allein mit jemandem, den es gar nicht mehr gibt. Aber andererseits ist es auch nicht schlimmer, als wenn ein Gast nicht zahlen möchte und man seine Scherereien mit ihm hat.« Er sah, wie ihn Bettina Ehrentraut entgeistert anstarrte. Mit dieser drastischen Darstellung war er offenbar zu weit gegangen. »Ich hab halt schon viele Tote gesehen, die schauen alle gleich aus«, fügte er entschuldigend hinzu.

»Na ja, irgendwie werde ich über diese Tage schon hinwegkommen. Ich muss mich eben daran gewöhnen, dass ich überall auf den Tod meines Mannes angesprochen werde. Wie gesagt, ich bin traurig, ohne zu trauern. Dazu hat mich Wolfgang in der letzten Zeit viel zu sehr vernachlässigt. Sogar seine Wohnung hat er mir lange verheimlicht.«

Leopold überlegte kurz. »Denken Sie, dass er … ? Ich meine, verstehen Sie mich nicht falsch, aber …«, suchte er nach den richtigen Worten.

»Dass er eine Freundin hatte? Möglich. Aber ich glaube es ehrlich gesagt nicht, Wolfgang war nicht der Typ dafür. Er hat doch jede freie Minute in den Fußball investiert. Genau weiß ich es jedenfalls nicht, ich weiß nur, dass er mich verdächtigt hat, einen Liebhaber zu besitzen. Er hat mich sogar von einem Privatdetektiv beschatten lassen.«

Leopold horchte auf.

»Es ist natürlich alles Unsinn«, winkte Bettina Ehrentraut gleich ab. »Aber erstens hätte es Wolfgangs Ego nicht vertragen, dass ich ihm einen anderen Mann vorziehe, und zweitens wollte er mit allen Mitteln eine Scheidung verhindern. Darum hat er etwas gesucht, das er gegen mich in der Hand hat.«

»Sie wollten sich scheiden lassen?«

»Ja. Was soll man denn sonst tun, wenn eine Ehe zerrüttet ist? Wolfgang hat nie eingesehen, dass er der Schuldige ist. Primär ging's ihm nämlich ums Geld. Ich denke, er hatte schon einiges an Schulden angesammelt, und eine Trennung durch sein Verschulden hätte ihm den Rest gegeben. Da hätte er sich auch mit einem Managergehalt nicht so schnell gefangen. Für mich ist jedenfalls zuletzt so gut wie gar nichts übrig geblieben.«

Wie unschuldig Bettina Ehrentraut das dahinsprach, so als hätte sie immer nur die bescheidensten finanziellen Ansprüche an ihren Mann gestellt. Aber sonst blieb sie bei der Direktheit, die Leopold schon von ihrer Zeit als Friseurin kannte. Er musste nur herausfinden, wie viel Ehrlichkeit bei dieser Direktheit dabei war.

Leopold machte seine üblichen Handgriffe und servierte zwischendurch ein paar Getränke. Dabei fiel ihm der unliebsame Gast von vorhin ein. »Da gibt's ja noch diesen … diesen kanadischen Geldscheißer«, argwöhnte er. »Der war doch recht gut mit Ihrem Mann. Der hätte ihm finanziell unter die Arme greifen können, ich meine, es wäre für ihn ein Leichtes gewesen …«

»Vielleicht. Aber Sie kennen Brown nicht«, unterbrach Bettina ihn sofort. »Wenn man den anbettelt, hat man bei ihm schon verloren. Der steht nicht drauf, dass Leute über ihre Verhältnisse leben, das hat Wolfgang gewusst. Er musste ihm den glücklich verheirateten Familienmenschen vorspielen, der immer ein bisschen was auf der Seite hat, sonst wäre er vielleicht aus dem Projekt geflogen. Und gar so gut waren die beiden auch nicht miteinander.«

»Haben Sie eigentlich einen Verdacht, wer Ihren Mann umgebracht haben könnte? Hatte er Feinde?«, steuerte Leopold das Gespräch jetzt ohne Umschweife in die von ihm bevorzugte Richtung.

Erstmals fuhr sich Bettina Ehrentraut mit der Hand über das Gesicht, so als würde sie versuchen, die Emotionen zurückzuhalten, die sich ihrer bemächtigen wollten. »Was hat es denn für einen Sinn, einen Verdacht zu haben?«, fragte sie leise. »Mein Mann ist tot, genügt das nicht? Muss man sich da zusätzlich den Kopf darüber zerbrechen, wer der Mörder war? Das macht ihn auch nicht mehr lebendig. Ich bin überzeugt, dass man den Täter finden wird, aber es ist mir egal, wer es gewesen sein könnte. Wahrscheinlich irgendein Fanatiker.«

»Ich frage mich, ob es nicht noch andere Spuren geben könnte«, blieb Leopold hartnäckig. »Ich will Ihnen ja nicht zu nahe treten, aber Sie haben selbst behauptet, dass Sie jetzt zu den Verdächtigen zählen. Da sollten Sie nicht so teilnahmslos sein.«

»Ich bin müde«, sagte Bettina. »Schrecklich müde.«

»Ja, ja, das kommt so von einem Augenblick auf den anderen. Trotzdem würde ich ein bisschen nachdenken an Ihrer Stelle. Vielleicht fällt Ihnen etwas Wichtiges ein, wenn Sie wieder besser beisammen sind«, tat Leopold auf harmlos. »Warum er wohl die Wohnung brauchte, wenn er keine Freundin hatte. Keine Freundin, aber vielleicht …«

»Einen Freund? Sie spielen auf die Nacktfotos von den jungen Spielern an. Na, das hat sich ja schnell herumgesprochen«, kam es aus Bettina jetzt entrüstet hervor. »Ich weiß jedenfalls nichts davon, das habe ich auch der Polizei gesagt. Ich weiß auch nicht, warum ich mit Ihnen darüber reden sollte.« Dann wurde sie plötzlich trotzdem unsicher und fragte: »Glauben Sie, dass Wolfgang auf einmal etwas mit Männern hatte, oder schlimmer … mit Kindern?«

»Nein, natürlich nicht, andererseits weiß ich nicht, was in letzter Zeit in ihm vorgegangen ist. Und schließlich gibt es diese Fotos. Man kann sie nicht aus der Welt schaffen, wenn Sie verstehen, was ich meine.«

»Ich kann mir nur vorstellen, dass das aus einer Art Langeweile heraus entstanden ist, aber ich weiß auch nicht. Er hat offenbar neue Wege für sein Privatleben gesucht. Vielleicht hat er seine Grenzen ausgetestet, hat ihn das Verbotene gereizt. Vielleicht war es auch nur ein ganz, ganz schlechter Scherz.« Mit ihrem Plauderton überspielte Bettina Ehrentraut weiterhin jeden Gefühlsausbruch.

»Ich wollte nur sachte darauf hinweisen, dass die Möglichkeit eines Zusammenhanges mit dem Mordfall besteht«, bemerkte Leopold.

»Das glaubt die Polizei auch, deshalb haben sie alle Computer beschlagnahmt. Die halten Wolfgang wahrscheinlich für einen Perversling, der sich Schweinereien über das Internet beschafft hat«, bestätigte Bettina. »Na ja, alles keine rosigen Aussichten. Halten Sie mir die Daumen, dass ich die nächsten Tage gut überstehe, Leopold. Der Kaffee war gut, aber langsam muss ich mich wieder auf den Weg machen.« Sie stand auf und ging zunächst einmal in Richtung Damentoilette, um nach ihrem Herzen auch ihren Körper ein wenig zu erleichtern. Im selben Augenblick kam Thomas Korber zur Tür herein, etwas unausgeschlafen, jedoch sichtlich wieder frühlingshaft gut gelaunt.

»Einen großen Braunen bitte, aber vom Feinsten«, sagte er in Richtung Leopold und rieb sich die Hände dabei. »Eine kleine Stärkung tut gut, ehe wir den kleinen Reinhard wieder in Englisch unterweisen.«

»Du meinst wohl deinen Gedichtvortrag«, bemerkte Leopold spöttelnd.

»Sei nicht schon wieder so böse. Das Schicksal des jungen Mannes liegt mir sehr am Herzen. Aber ich habe, dank deiner Hilfe, heute Nacht tatsächlich ein passendes Gedicht gefunden. Es heißt ›Schlaflose Nacht‹ und …«

Leopold schien von einem plötzlichen Geistesblitz erfasst worden zu sein. »Lassen wir das, dafür ist später noch Zeit«, nahm er Korber hastig zur Seite. »Und für deinen Kaffee ebenfalls. Du musst mir jetzt einen kleinen Gefallen tun. Auf der Toilette ist eine Dame, die gleich zahlen und unser Lokal verlassen wird. Der gehst du nach und schaust, was sie tut.«

»Also, das ist, glaube ich, das erste Mal, dass du mich quasi darum bittest, einer Frau nachzustellen.« Korber wirkte erheitert. Offenbar war ihm die Tragweite von Leopolds Worten nicht bewusst.

»Wer redet denn von nachstellen?«, fragte Leopold nervös. »Nachgehen sollst du ihr, und zwar möglichst unauffällig. Es handelt sich um die Witwe vom Ehrentraut. Ich habe da so eine Ahnung.«

»Das ist doch nicht dein Ernst«, reagierte Korber empört. »Erstens will ich jetzt meinen Kaffee trinken, zweitens beginnt um drei meine Stunde, und auf die möchte ich mich ein wenig vorbereiten.«

»Vorbereiten? Ist ja lächerlich. Außerdem kann sich ein guter Lehrer immer und überall vorbereiten, auch unterwegs.«

»Zu spät kommen darf ich jedenfalls auch nicht.«

»Ich habe ja nicht gesagt, dass du eine Weltreise unternehmen sollst, nur der Dame ein wenig in sicherem Abstand folgen und schauen, ob sich etwas tut.«

»Und wenn sie mit dem Auto fährt?«

Jetzt war Leopold für einige Augenblicke verlegen. Thomas Korber besaß kein Auto, aber Bettina Ehrentraut hatte seines Wissens nach auch keinen Führerschein, zumindest hatte sie vor einigen Jahren keinen gehabt. Aber wie als Antwort auf Korbers Frage kam sie aus der Damentoilette und rief: »So, ein kleiner Spaziergang an der frischen Luft wird mir bei diesem herrlichen Wetter sicher gut tun.«

»Beehren Sie uns bald wieder, gnä Frau, wenn die traurigen Tage vorüber sind«, verabschiedete sich Leopold mit einer kleinen Verbeugung, nachdem er ein ordentliches Trinkgeld kassiert hatte. Dabei machte er einen schnellen Griff in seine Lade, sein Heiligtum, in dem er eine ganze Sammlung kurioser und nützlicher Dinge liegen hatte, und drückte Korber unbemerkt ein metallisches Etwas in die Hand, kaum dass sich Bettina umgedreht hatte.

»Auf Wiedersehen, Leopold, war nett, in dieser Situation mit Ihnen plaudern zu dürfen«, rief sie, ehe sie das Kaffeehaus verließ.

»Das Vergnügen war ganz meinerseits«, zirpte Leopold, wild in Richtung Korber gestikulierend. Der stand einigermaßen ratlos da. »Eine digitale Kamera, habe ich von einem Gast billig erstanden«, erklärte Leopold ihm. »Müsste funktionieren. Wenn etwas Entscheidendes passiert, mach bitte ein Foto.«

»Aber was soll denn …«, versuchte sich Korber zu wehren.

Doch Leopold kannte kein Mitleid. Mit einem »So beeil dich doch, sonst ist sie futsch« stieß er seinen Freund förmlich zur Tür hinaus.

*

Auch Sitzen, Stehen, Lesen, in den Computer Schauen und etwas an die Tafel Schreiben können einen Menschen anstrengen, wenn er vorher nicht viel geschlafen hat. Korber spürte Blei in seinen Knochen, als er sich auf der Straße weiterbewegte. Zudem war sein Hirn ganz woanders. Aber anstatt in der ›schlaflosen Nacht‹ aus jenem Gedicht zu schwelgen, das er bis in die frühen Morgenstunden für Manuela Stary auswendiggelernt hatte, schlängelte er sich jetzt durch das lebendige Treiben eines schönen Maitages.

Vor ihm trippelte Bettina Ehrentraut beherzt ihres Weges. Sie hatte, kaum im Freien, sofort ihr Handy gezückt und zu telefonieren begonnen. Ein-, zweimal sah sie sich dabei nervös um. Ein Zeichen, dass sie etwas zu verbergen hatte?

Korber war es ziemlich egal. Was sollte er, Leopolds vagen Andeutungen zufolge, eigentlich herausfinden? ›Ob sich etwas tut‹, hatte Leopold gemeint. Und was, bitteschön, sollte das heißen? Welche Destination Bettina Ehrentraut wählte? Ob sie sich mit jemandem treffen würde? Ob sie eine außergewöhnliche und überraschende Aktion setzen würde? Das konnte ja Stunden dauern. Und so viel Zeit hatte Korber nicht.

Bettina betrat den Floridsdorfer Bahnhof und bewegte sich weiter Richtung U-Bahn. Auch das noch. Wenn sie einen Zug bestieg, hieß das, dass Korber ihr unter Umständen durch halb Wien folgen musste. Wenn er allerdings jetzt schon aufgab, würde er sich sicher einiges von Leopold anhören müssen.

Ein kleiner Zeitpolster blieb ihm noch. Unten am Bahnsteig war die Luft warm und stickig. U-Bahn-Stationen zählten zu jenen Orten, an denen das ganze Jahr über dasselbe Klima herrschte. Irgendwo auf der Rolltreppe wurde man von einer bestimmten Temperatur und einem ganz eigenen Geruch umfangen und nicht mehr losgelassen. Nur ein Lufthauch hie und da kündete von der Außenwelt. Bettina Ehrentraut blickte auf die Uhr. Sie nahm sich eine Gratiszeitung und fächelte sich damit ein wenig Luft zu. Korber blieb in angemessener Entfernung stehen. Ein Zug fuhr ein.

Alles drängte in die Waggons. Woher waren auf einmal die ganzen Leute gekommen? Unvorstellbar, wie viele Menschen in ein, zwei Minuten auf einen Bahnsteig gespieen werden konnten. Eine kurze Hast und Unruhe entstanden, während Korber versuchte, mit Bettina wieder auf Tuchfühlung zu kommen. Dabei roch er den Schweiß der anderen. Noch schlimmer, er bemerkte, dass er selbst schwitzte und ahnte, dass er vor der Nachhilfestunde keine Möglichkeit mehr haben würde, sich wieder frisch zu machen.

Die Zeit rückte unbarmherzig vor. Korber memorierte in Gedanken das Nachtgedicht, welches er Manuela Stary vorzutragen gedachte. Wenigstens das sollte an diesem verunglückten Nachmittag klappen. Die Zeilen tanzten in seinem Kopf hin und her, er hatte Mühe, sich zu konzentrieren. Beinahe hätte er versäumt, wie sich Bettina Ehrentraut zurück zur Ausstiegstüre begab. Im letzten Augenblick hetzte er hinter ihr auf den Bahnsteig hinaus. Sie waren jetzt jenseits der Donau beim Millennium Tower angelangt.

Korber wurde ungeduldig. ›Tut sich jetzt bald was, oder tut sich nichts?‹, dachte er.

Bettina trippelte erneut etwas schneller, beinahe erwartungsfroh die Stiegen hinunter, Korber in einigem Abstand hinterher. Und dann, unten, traf sie auf das Objekt ihrer Begierde. Es war ein nicht mehr ganz taufrischer, leicht ergrauter, aber sportlicher Mann mit Sonnenbrille. Sie lächelte ihn an, er lächelte zurück.

Korber hantierte zunächst ein wenig ungeschickt mit der Kamera herum, immer darauf bedacht, dass ja niemand Verdacht schöpfte. Obwohl er bisher kaum Fotos mit digitalen Apparaten gemacht hatte, fabrizierte er doch zwei einigermaßen scharfe Aufnahmen von dem Pärchen. Auf einem dritten Bild war später sogar ein inniger Kuss zu sehen.

6

Thomas Korber kam ein wenig aufgelöst zur Nachhilfe bei den Starys an. Er hatte sich schnell ein Deodorant aus einem Drogerieladen besorgt und notdürftig parfümiert. Dennoch: Das Hemd klebte an ihm, er hatte nach wie vor das Gefühl, ein gewisses Odeur auszustrahlen, und in seiner rechten Hand hielt er einen Fotoapparat, bei dem er nicht so richtig wusste, wo er ihn hintun sollte.

In der Nachhilfestunde tat er dann das, was er am besten konnte. Wie ein Betreuer oder Coach führte er Reinhard Stary beinahe zwanglos an die Dinge heran, die er eigentlich schon konnte, die aber durch die eine oder andere Irritation in seinem Seelenleben in Vergessenheit geraten waren. Bis zur Prüfung würde alles wieder seinen rechten Platz in Reinhards Hirn eingenommen haben.

Danach kam der für Korber schwierigere Teil: Lyrikstunde mit Manuela Stary. Zwar machte Reinhard die erwarteten Mucken, als es hieß, zum Training zu gehen, aber seine Mutter bekam die Sache rasch in den Griff.

»Du hast das Training gestern ohnedies geschwänzt«, sagte sie. »Das kommt heute überhaupt nicht infrage. Du darfst deinen Vater nicht enttäuschen, nicht jetzt, in dieser Situation.«

Das wirkte. Reinhard packte seine Sachen zusammen und ging.

»Das habe ich dir ja noch gar nicht erzählt«, wandte sich Manuela dann an Korber. »Du weißt sicher schon, dass dieser Ehrentraut in der Nacht erstochen wurde. Eine furchtbare Geschichte. Jetzt suchen sie bei der Eintracht jemanden, der für ihn die Geschäfte weiterführt. Ich glaube, es gibt da noch eine außerordentliche Vorstandssitzung, aber es ist so gut wie sicher, dass Klaus das Amt übernimmt.«

»Ist ja toll«, entfuhr es Korber.

»Nicht wahr? Ich bin ganz aufgeregt. Deshalb sollen Klaus und ich auch heute Abend mit dem Amerikaner essen gehen. Er will, dass gleich von Anfang an eine familiäre Atmosphäre entsteht.«

›Wie mag das wohl wieder zugegangen sein, dass dieser Stary plötzlich am Ruder sitzt?‹, dachte Korber. Er sagte: »Da bist du ja sicher ziemlich im Stress. Ich will dich nicht länger stören.«

»Aber du störst ja nicht«, fiel ihm Manuela ins Wort. »Ich habe jetzt bloß nichts Ordentliches zum Essen für dich da. Heute müssen es ein paar kalte Kleinigkeiten für dich tun.« Sie öffnete den Kühlschrank und nahm einen bereits sorgsam vorher vorbereiteten Teller heraus, auf dem unter einer Plastikfolie Wurst, Speck und Käse fein mit Tomaten und Paprika garniert lagen. »Brot? Senf? Mayonnaise?«, fragte sie dann.

»Um Gottes willen, da hast du dir aber etwas angetan«, lächelte Korber verlegen. »Das bringe ich ja unmöglich alles hinunter. Aber es ist genau das Richtige für die warme Jahreszeit.«

Er begann, die Folie ein wenig umständlich zu entfernen und mit einer Gabel auf dem Teller herumzustochern. Manuela Stary brachte Brot und sonst noch einiges, dann verschwand sie kurz aus der Küche. Sie kam mit zwei Blusen und einer eleganten schwarzen Hose zurück. »Welche von den beiden soll ich denn heute Abend anziehen?«, fragte sie. »Welche gefällt dir besser?«

Korber wurde die Situation peinlich. Er hatte so gut wie keine Ahnung, welche Bluse besser zu der Hose passen würde. »Ich weiß auch nicht«, meinte er.

»Also, das kann für einen Mann wie dich doch nicht so schwer sein«, sagte Manuela. »Vielleicht siehst du den Unterschied besser, wenn ich sie mir kurz überstreife.«

Damit entledigte sie sich rasch ihres T-Shirts und zeigte Korber ihren etwas üppigen, aber wohlgeformten, jetzt nur mehr spärlich bekleideten Oberkörper, der ihn schon im Kaffeehaus verzückt hatte. Korber spürte, wie ihm zwischen seinen Bissen immer wärmer wurde. Er wusste nicht so recht, wo er hinschauen sollte.

Manuela schien von seiner Anwesenheit unbeeindruckt und schlüpfte – schwupp – aus ihrem Jeansrock, sodass sie jetzt im Negligé vor Korber stand. »Es stört dich doch nicht, dass ich mich gleich hier umziehe«, lächelte sie. »Aber es wäre unpraktisch, wenn ich dazu immer hinausgehen müsste. Außerdem geniere ich mich nicht vor dir. Ein Lehrer, weißt du, ein Lehrer ist so etwas wie ein Priester oder ein Arzt, eine Vertrauensperson, vor der man keine Geheimnisse hat.« Jetzt zog sie die schwarze Hose und dazu eine weiße Bluse an. »Na?«, zwinkerte sie Korber zu. »Was sagst du?«

Der hatte Mühe, passende Worte zu finden. »Schön, sehr schön«, murmelte er undeutlich, während er an seinem Speck kaute.

Noch einmal durfte er die faszinierende Oberweite von Manuela Stary betrachten, die nur mit Mühe durch ihren BH gezähmt wurde, dann präsentierte sie sich ihm in einer roten Bluse. »Und wie gefällt dir die?«, fragte sie.

»Auch sehr schön.« Korber flehte innerlich, dass diese Modeschau bald ein Ende haben würde.

»Ja, aber welche steht mir jetzt besser? Die weiße Bluse oder die rote? Ich habe da leider keine Erfahrung, ich komme ja so selten unter die Leute. Mein Gott, wann war mein Mann das letzte Mal mit mir essen? Das ist wirklich schon eine Ewigkeit her. Und heute geht es doch irgendwie um seine Zukunft. Ich bin richtig aufgeregt. Sag schon, welche soll ich anziehen?«

Die Sache musste jetzt schnell gehen, deshalb legte sich Korber fest: »Die weiße!«

»Und warum gerade die weiße?«, wollte Manuela wissen.

»Sie steht dir gut, sie ist elegant und neutral …« Korber rang nach Worten.

»Aber die Amerikaner mögen's doch lieber bunt. Meinst du nicht, dass es für Klaus besser ist, wenn ich die rote nehme?«

»Dann zieh eben die rote an.«

»Ich möchte nicht, dass du das einfach sagst, um mir Recht zu geben. Bitte drücke dich nicht vor der Entscheidung. Also, welche jetzt?«

Korber schluckte nervös den letzten Bissen Käse hinunter. »Die rote«, sagte er.

»Und warum?«

»Weil sie … weil sie eben bunt ist und Herrn Brown wahrscheinlich besser gefällt.«

Manuela Stary spazierte kurz ins Vorzimmer und betrachtete sich dort im Spiegel. »Nein, ich nehme lieber doch die weiße«, meinte sie dann. Ohne weiteren Kommentar reckte sie Korber wiederum zuerst ihren BH entgegen, dann streifte sie ihr T-Shirt über und stieg aus der Hose zurück in ihren Rock. »Danke, dass du mir geholfen hast, allein hätte ich mich wahrscheinlich nie entscheiden können«, lächelte sie ihm zu, während sie den Tisch abräumte. »Und hast du dir auch … ein Gedicht für mich zurechtgemacht? Ich glaube, ich brauche ein wenig innere Entspannung vor dem anstrengenden Abend.«

Das Gedicht, natürlich! Schon hatte sich Manuela Stary neben Korber auf die Bank gesetzt und blickte ihn mit erwartungsvollen Augen an. Diesmal wich er ihrem Blick nicht aus, sondern erwiderte ihn. Gleichzeitig setzte sich, Baustein für Baustein, in seinem Gehirn alles zusammen, was er in der Nacht mit letzter Anstrengung auswendig gelernt hatte. »Es ist ein Gedicht von Nikolaus Lenau«, begann er.

»Wer war denn das?«, fragte Manuela Stary gespannt.

»Ein österreichischer Dichter aus der Zeit des Biedermeier«, erklärte Korber. »Seine Gedichte sind sehr melancholisch. Ich glaube, er ist oft allein gewesen oder hat sich so gefühlt.« In den Schulbüchern hätte er wohl gefunden: ›Nikolaus Lenau, eigentlich Nikolaus Niembsch, Edler von Strehlenau, 1802–1850; österreichischer Lyriker ungarischer Herkunft; Dichter des Weltschmerzes; Tod in einer Nervenheilanstalt in geistiger Umnachtung.‹

»Klingt interessant«, nickte Manuela.

»Das Gedicht heißt ›Schlaflose Nacht‹.« Korber räusperte sich und fand dann schnell in die Sprachmelodie der einzelnen Zeilen hinein. Er tat sich viel leichter als am Tag zuvor. Manuela Stary schloss die Augen, lehnte sich zurück und genoss den Vortrag. Mit angenehmer, sanfter Stimme brachte Korber die Verse zu Gehör:

»Schlaflose Nacht, du bist allein die Zeit
der ungestörten Einsamkeit.

Denn seine Herde treibt der laute Tag
in unsern grünenden Gedankenhag,
die schönsten Blüten werden abgefressen,
zertreten oft im Keime und vergessen.

Trägt aber uns der Schlaf mit weicher Hand
ins Zauberboot, das heimlich stößt vom Strand,
und lenkt das Boot im weiten Ozean
der Traum herum, ein trunkner Steuermann,
so sind wir nicht allein, denn bald gesellen
die Launen uns der unbeherrschten Wellen
mit Menschen mancherlei, vielleicht mit solchen,
die feindlich unser Innres tief verletzt,
bei deren Anblick sich das Herz entsetzt,
getroffen von des Hasses kalten Dolchen;
an denen gerne wir vorüberdenken,
um tiefer nicht den Dolch ins Herz zu senken. –

Dann wieder bringen uns die Wellenfluchten,
wohin wir wachend nimmermehr gelangten,
in der Vergangenheit geheimste Buchten,
wo uns der Jugend Hoffnungen empfangen.
Was aber hilft's? wir wachen auf – entschwunden
ist all das Glück, es schmerzen alte Wunden.

Schlaflose Nacht, du bist allein die Zeit
der ungestörten Einsamkeit.«*

* Nikolaus Lenau: Schlaflose Nacht. Zitiert nach: Wawrzyn, Lienhard: Romantische Gedichte. Natursehnsucht und Liebesleid. Berlin 2002, S. 193.

Einige Augenblicke danach blieb es ganz still in der Küche, man hörte nur das Ticken der Wanduhr. Dann öffnete Manuela Stary die Augen, blinzelte leicht, so als ob sie von einem Traum wieder in das Hier und Jetzt zurückfinden müsse, und sagte: »Schön, wirklich sehr schön. Ich bin wie auf einer Wolke geschwebt, und beinahe wäre ich eingedöst. Das ist doch eine ganz andere Sprache, als wir sie heute verwenden. Was ist eigentlich ein ›Gedankenhag‹?«

Korber lächelte. »Du hast recht, das ist wirklich ein seltenes Wort. Ein ›Hag‹ war früher etwas, das von einer Hecke umschlossen war. Wenn wir es auf das Gedicht umlegen, so heißt es, dass jeder von uns ein solch eng umgrenztes Gebiet in sich trägt: die eigenen, kühnen Gedanken.«

»Und dieser Lenau wollte sich ganz in seine Gedanken zurückziehen.«

»Na ja, eigentlich darf man es nicht so persönlich sehen. Er gibt ja nur eine Idee weiter und spricht auch nicht direkt zu uns, sondern über ein ›lyrisches Ich‹, das nicht mit dem Autor gleichzusetzen ist«, war Korber jetzt wieder ganz Lehrer.

»Das ist mir egal. Eigentlich ist er ein armer Kerl. Er weicht den Menschen aus. Die verfolgen ihn dann alle dort, wo wir den Schlaf als angenehm empfinden, bis in die Träume hinein. Dadurch kann er nicht einschlafen und bleibt krampfhaft wach. Ein richtiger Einzelgänger, wenn du mich fragst.«

»Ich habe dir ja gesagt, Lenau muss sich oft allein gefühlt haben. Zeitweise hat er die Menschen gemieden. Natürlich spiegeln sich solche Gedanken in seinen Gedichten wider.«

»Und so etwas kommt dann dabei heraus.« Manuela Stary schüttelte den Kopf. »Versteh mich bitte nicht falsch, Thomas. Ein wunderbares Gedicht, und du hast es auch wahnsinnig gut vorgetragen. Aber die ganze Nacht aufbleiben, nur um seinen Gedanken nachzuhängen und dabei vor dem Schlaf richtig Angst zu haben, das ist doch krank, oder?«

»Künstler sind eben so«, meinte Korber gleichgültig. »Vieles an ihnen werden wir nie ganz verstehen können. Das darf uns nicht stören.«

»Tut es auch nicht«, winkte Manuela ab. »Aber das nächste Mal bring bitte etwas Optimistischeres mit, sonst werde ich ganz grüblerisch und melancholisch. Ein Liebesgedicht! Kannst du nicht ein nettes Liebesgedicht aussuchen?«

Ein Liebesgedicht! Irgendwie hatte Korber es befürchtet. Am liebsten hätte er sich in seinen eigenen Gedankenhag zurückgezogen, aber das wurde ihm in diesem eigenartigen poetischen Verhältnis offenbar immer unmöglicher. Bald würden ihn lyrische Monstrositäten ungeheuren Versmaßes in seinen Träumen verfolgen, ungezügelte Wellen würden ihn über ein ganzes Meer amouröser Reime geleiten, und im Erwachen würde er das sanfte Rauschen von Manuelas Stimme hören, immer noch ein Gedicht und noch ein Gedicht von ihm fordernd. Das Schlimme war, dass er begann, an der Situation Gefallen zu finden und nicht mehr wusste, ob Manuelas naiver Zugang zur Dichtkunst daran Schuld trug oder sein naiver Zugang zu ihr selbst.

»Ich werde mich bemühen. Es ist Zeit«, sagte er, steckte gedankenverloren den Geldschein ein, den ihm Manuela Stary überreichte, nahm die Kamera vom Garderobekästchen und verabschiedete sich.

Manuela blinzelte ihm erneut kurz zu. »Vielen Dank für alles«, flüsterte sie. »Ich bin ganz gespannt, wie der heutige Abend wird. Morgen erzähle ich dir alles.«

»Er wird sicher schön und interessant, glaube mir«, versprach Korber, schon in der Tür.

»Hoffentlich.« Sie legte den Kopf zur Seite und dachte kurz nach. »Ich glaube, ich ziehe doch lieber die rote Bluse an«, rief sie Korber dann nach.

*

Korber trat hinaus in die Sonne und atmete einmal tief durch. Da tippte ihm jemand von hinten auf die Schulter. »Leopold«, rief er erschrocken. »Was machst du denn hier?«

»Ich habe auf dich gewartet.«

Korber schaute ihn nur fragend an.

»Die Adresse habe ich im Kaffeehaus mitgehört, und den Beginn deiner Stunde hast du mir ja liebenswürdigerweise mitgeteilt«, klärte Leopold ihn auf. »Und wie lange du mit dem Gedicht brauchen würdest, das hab ich eben geschätzt.«

»Und warum wartest du auf mich?«

»Dumme Frage. Hast du etwas herausgefunden?«

»Wenn du dich ein bisschen geduldet hättest, hätte ich dich gleich angerufen und dir alles mitgeteilt«, sagte Korber kopfschüttelnd. Dann machte er Leopold mit dem Ergebnis seiner kurzen Verfolgungsjagd vertraut.

»Zeig her, ich will die Fotos sehen.« Leopold konnte es kaum mehr erwarten. Fachmännisch klickte er an der Kamera herum, bis die Bilder auf dem kleinen Display sichtbar wurden. »Unscharf«, murmelte er zuerst und rümpfte ein wenig die Nase, aber dann heiterten sich seine Gesichtszüge auf. »Ja, was sieht man denn da«, frohlockte er. »Das hab ich mir doch gleich gedacht. Erstens war die Bettina schon immer ein bisschen falsch, zweitens ist sie nicht die Frau, die eine lieblose Beziehung ohne einen anderen Mann aushalten würde. Wenn ich nur wüsste, wer der Kerl ist. Vielleicht kenne ich ihn sogar. Aber leider – so richtig scharf ist hier kein Bild.« Dann bekam Korber dennoch ein kräftiges Lob: »Hast du gut gemacht. So, und jetzt gehen wir etwas trinken.«

»Zur Feier des Tages?«

»Auch.«

»Sag bloß nicht, dass du mich jetzt auf den Eintracht-Platz verschleppen möchtest«, dämmerte es Korber. »Du willst mich nur wieder in diese Sache hineinziehen, tiefer und immer tiefer. Ich habe dir doch gesagt, dass ich diesmal nicht mitmache.«

»Was sträubst du dich«, versuchte Leopold, ihn zu beruhigen. »Ich bin ja bei dir, also kann dir gar nichts passieren. Außerdem bist du doch neugierig, wie es jetzt, nach Ehrentrauts Tod, um deine Eintracht steht.«

»Manuelas Mann wird wahrscheinlich den Job kriegen.«

»Der Watschenverteiler? Na, dann wünsche ich gute Nacht.«

»Zumindest dürfen er und Manuela heute zusammen mit Brown essen gehen. Ich glaube, Brown macht das ganz geschickt. Er hat sich rasch ein willfähriges Opfer ausgesucht, das zwar eine große Klappe hat, ihm aber nicht gefährlich werden kann. Stary wird heute Abend entsprechend präpariert und dann dem Vorstand als

Ehrentrauts Nachfolger vorgeschlagen. Sollte es einen Widerstand geben, droht er einfach, nach der Fusion alle wichtigen Positionen mit seinen Leuten von den Kickers zu besetzen. Und er wird alles schnell durchziehen, ehe sich die Gegenseite formiert.«

»Womit erwiesen ist, dass Brown trotz allem Revolutionsgeschrei die Fäden fest in der Hand hält. Übrigens ein widerlicher Kerl. Er war heute früh im Kaffeehaus.« Leopold erzählte seinem Freund rasch von Browns lautstarkem Auftritt.

Dabei marschierten beide tüchtig voran, und auch Korber lenkte seine Schritte wie selbstverständlich in Richtung Eintracht-Sportplatz. »Glaubst du, dass Stary ein Motiv gehabt haben könnte, Ehrentraut zu töten?«, fragte er.

»Natürlich«, erwiderte Leopold. »Er könnte schon länger auf den Managerposten gespitzt und irgendwelche Chancen für sich gesehen haben. In einem Anfall von Blödheit ist ihm dann die Idee gekommen, Ehrentraut auf diese Weise loszuwerden. Durchaus möglich. Aber eine andere Sache könnte eine weitaus größere Triebfeder gewesen sein. Denk an die Fotos im Koffer. Stell dir einmal vor, Reinhard war einer der Nackedeis darauf, und sein Vater hat davon erfahren. Da würde es mich nicht wundern, wenn er kurz einmal ausgerastet ist – und das hat dann auch schon genügt.«

»Ob Ehrentraut wirklich ein Perverser war?«

Leopold zuckte die Achseln. »Kann sein, muss aber nicht sein. Ich will ihn nicht vorschnell verurteilen. Irgendeinen Spleen für heranwachsende Burscherln wird er schon gehabt haben, wenn das stimmt, was wir bisher erfahren haben. Die Polizei hat jedenfalls seine Computer beschlagnahmt und checkt alles durch. Da bin ich schon gespannt, was dabei herauskommt. Seine Frau Bettina muss die Abende derzeit jedenfalls ohne Internet verbringen.«

»Ist die jetzt eigentlich auch verdächtig?«

»Selbstverständlich. Erstens sind das die Ehepartner von Ermordeten eigentlich immer, zweitens hat sie zu auffallend darauf hingewiesen, sie hätte mit keinem anderen Mann was. Da habe ich mir gleich gedacht, dass das sehr fragwürdig ist. Durch deine Fotos kommt sie jetzt in einen Argumentationsnotstand. Wir müssen ihr noch genauer auf den Puls fühlen.«

Immer näher kamen sie so, indem sie das Terrain der Mordverdächtigen sondierten, an den Fußballplatz heran. Man hörte, wie Bälle losgetreten wurden oder irgendwo an einem Gitterzaun landeten, man hörte das wilde Durcheinander aufgeregter, junger Stimmen. Während Leopold bereits auf die Kantine zusteuerte, versuchte Korber, ihn zurückzuhalten. »Ich glaube, Reinhards Mannschaft trainiert gerade. Da würde ich gern ein wenig zusehen«, sagte er.

Leopold folgte ihm etwas widerstrebend. Moser hetzte seine Truppe gerade wieder über den Platz. Offenbar gab es eine Übung im direkten Kurzpassspiel, bei der jeder, dem ein technischer Fehler unterlief, eine Strafrunde ums Spielfeld laufen musste. Dabei hatte es auch Reinhard Stary erwischt. Er trabte gerade demotiviert an jener Ecke vorbei, wo ein paar Schaulustige das Training verfolgten.

»Hopp, hopp«, schrie Moser, diesmal aufgrund der Zuschauer etwas zurückhaltender. »Im Spiel ist es genauso. Wenn ihr einen Ball vergeigt, müsst ihr hinterherrennen.«

Reinhard erblickte jetzt Korber. »Hallo, Herr Professor«, rief er und unterbrach die Strafrunde, um seinen Nachhilfelehrer zu begrüßen. »Was machen denn Sie hier bei uns beim Training?«

»Ich wollte mal sehen, was du so alles kannst«, erwiderte Korber. »Aber ich glaube, ich habe einen ungünstigen Zeitpunkt erwischt.«

»Der Moser spinnt schon wieder«, schüttelte Reinhard den Kopf. »Wenn das so weitergeht, höre ich wirklich mit dem Kicken auf.«

»Weiter, weiter, los, was ist denn?«, hörte man schon Mosers Stimme, diesmal in voller Lautstärke. »Willst du vielleicht noch eine Runde laufen?«

»Bis morgen«, verabschiedete sich Reinhard leise und nahm seine Strafrunde wieder auf.

Plötzlich stand ein muskulöser, breitschultriger, leicht untersetzter Mann mit kantigem Gesicht und einem Anflug von schwarzem Schnurrbart vor Korber: Klaus Stary. »Was wollten Sie von meinem Sohn?«, fragte er. Seine Stimme klang aggressiv, herausfordernd.

»Gar nichts. Ich schaue nur ein bisschen beim Training zu, wie alle anderen auch«, verteidigte sich Korber.

»Woher kennen Sie Reinhard eigentlich?«, bohrte Klaus Stary weiter.

»Ich … bin Lehrer vorne am Gymnasium«, sagte Korber vorsichtig.

»Aha, deshalb also die Anrede ›Professor‹«, knurrte Stary, während er Korber abschätzig zu mustern begann. »Sie unterrichten Reinhard?«

»Nein«, antwortete Korber zögernd. »Aber man kennt natürlich mehr Schüler, als man selbst hat.«

»So, so.« Klaus Starys Blick drückte nun seine ganze

Verachtung aus. »Sie haben also weiter gar nichts mit Reinhard zu tun. Und da rufen Sie ihn einfach mitten unter einer Übung her zu sich und unterbrechen ihn beim Training?«

»Ich habe ihn nicht hergerufen«, protestierte Korber zaghaft.

»Nein? Irgendetwas wollten Sie jedenfalls von ihm. Ihn kontrollieren vielleicht? Ihn darauf aufmerksam machen, dass er einiges für seine Prüfungen zu lernen hat?«, zischte Stary böse durch seine Zähne. »Ich habe nicht viel gelernt in der Schule, aber wenn man mir etwas beigebracht hat, dann war es, wie wichtig sich die Lehrer allesamt nehmen. Überall verfolgen sie einen hin, sogar auf den Fußballplatz. Und dass in einem Kind andere Talente schlummern als die ständige Auswendiglernerei oder irgendwelchen Blödsinn zu schreiben, das sehen sie nicht ein.«

»Sie könnten sich ruhig ein wenig mehr für die schulische Laufbahn Ihres Sohnes interessieren«, entfuhr es Korber. Er merkte sofort, dass er damit komplett falsch reagiert hatte.

»Sind Sie etwa gekommen, um mir eine Predigt zu halten, welche Bedeutung die Schule für junge Menschen hat?«, wurde Stary auch gleich merklich lauter. »Die beste Schule ist das Leben, merken Sie sich das. Dort muss man sich durchsetzen, nicht in einer miefigen Klasse, wo man den ganzen Tag weltfremde Dinge hört. Das Fußballspielen kann Reinhard weiter bringen als die ganze sinnlose Lernerei, die behindert ihn nur. Sobald er seine Schulpflicht abgeschlossen hat, werde ich diese unnötige Qual für ihn auch beenden, machen Sie sich keine Sorgen.«

»Warum lassen Sie das nicht Reinhard selbst entscheiden? Und tun ein bisschen mehr dafür, dass er jetzt die Klasse schafft? Er ist ja schließlich Ihr Kind.« Korber wusste, dass er sich zu weit nach vor gewagt hatte. Aber was sollte er tun? Er war innerlich aufgewühlt und empfand eine tiefe, ohnmächtige Wut gegenüber dem ungehobelten Kerl, der ihm gegenüberstand, und der mit aller Macht andere beherrschen wollte, zumindest die Mitglieder seiner Familie.

»Wer schickt Sie? Die Schule? Oder vielleicht gar meine Frau?« Hämisch grinsend schaute Stary Korber von oben bis unten an. »Na, wie auch immer. In jedem Fall brauche ich mir eine solche Einmischung in meine Privatangelegenheiten nicht gefallen zu lassen, lieber Herr … Professor, oder? Sie unterrichten Reinhard nicht, wie Sie selbst gesagt haben. Also geht Sie das Ganze nichts an. Verschwinden Sie, aber schleunigst. Und merken Sie sich: Ich möchte Sie in Zukunft nicht in der Nähe meines Sohnes oder meiner Frau sehen, sonst setzt's was, verstanden?«

Damit wandte er sich ab, ging ein paar Schritte, ehe er sich noch einmal zurückdrehte, um nachzusehen, wie Korber darauf reagieren würde. Der bewegte sich ein wenig widerwillig mit Leopold, der ihn recht bestimmt beim Arm packte, Richtung Kantine.

»Kannst du mir sagen, was das jetzt für einen Sinn gehabt hat?«, fragte Leopold.

»Tut mir leid. Es ist einfach über mich gekommen. Ich kann so eine proletenhafte Art nicht vertragen«, antwortete Korber.

»Aber, aber. Ich dachte, als Lehrer ist man über solche Dinge erhaben.«

»Ich jedenfalls nicht. Und immerhin geht es um die Zukunft eines jungen Menschen.«

»Ja, ja, bilde dir das nur ein. Weißt du etwa, was der Bub wirklich will? Nein. Du kennst nur die Süßholzraspeleien seiner Mutter. Und in die hast du dich natürlich verschaut, ich kenn dir's an. Klar, dass du da vor dem Ehemann ein Affentheater machen musst. Klassische Feindbildsituation.«

»Das ist nicht wahr«, protestierte Korber vehement.

»Pass nur auf, mein Lieber«, sagte Leopold. »Dieser Klaus Stary ist wirklich der Typ, der dir irgendwo auflauert und dich kaltblütig niederschlägt. Das ist ein Watschenausteiler, ich habe dich gewarnt. Also sieh dich ja vor, dass er nicht hinter die Nachhilfe und das ganze Zeug mit seiner Frau kommt. Und für die bereitest du am besten ein schönes Abschiedsgedicht vor.«

7

Das Paradoxe an einer Fußballplatzkantine ist, dass der Großteil des Publikums, das sich darin aufhält, so gar nichts Sportliches an sich hat. Ehrgeizige Eltern von mehr oder minder begabten Söhnen, sogenannte Vereinsmeier, die glauben, etwas zu versäumen, wenn sie nicht täglich auf dem Platz herumschnuppern, den Fußballsport selbst aber nie aktiv ausgeübt haben, Pensionisten, die für einige Stunden Unterhaltung bei billiger Konsumation suchen oder ehemalige Vereinsgrößen, die ihre Fitness schon längst dem Alkohol zuliebe zu Grabe getragen haben – das sind die Durchschnittsbesucher an einem normalen Wochentag. Während draußen auf den Trainingsplätzen der Schweiß fließt, riecht es drinnen nach Wein und Bier und die Sessel knarren unter der schweren Last, die sie zu tragen haben.

So war es auch jetzt, als Leopold und Korber nach dem unliebsamen Zwischenfall hereinschneiten, um sich zu stärken und ein wenig umzuschauen. Die anwesenden Gäste verteilten sich locker im Lokal. Natürlich hörte man immer wieder den Namen Ehrentraut und die ersten Mutmaßungen über sein Hinscheiden:

»Das war vorherzusehen, dass es so weit kommen würde.«

»Er hat sich seinen gewaltsamen Tod selber zuzuschreiben.«

»Das war sicher einer von diesen Betrunkenen, die gestern die Kantine gestürmt haben.«

»Meint ihr nicht, dass es sich da um eine Intrige höheren Ranges handelt? Ehrentraut war doch fast allen Funktionären ein Dorn im Auge.«

»Wart's ab. Der hatte Schulden und auch privat viele Feinde. Warum soll es unbedingt einer vom Verein gewesen sein?«

Derart flogen die Kommentare hin und her, aber nichts Konkretes, nichts Genaues, nur schwammige Verdächtigungen in alle Richtungen. Leopold holte für sich und Korber bei der Schank ein Bier, dann setzten sich beide nach hinten an den freien Tisch neben Paul Wittmann, Lukas Hamm und einen weiteren Gast, einen gewissen Philipp Ziegler.

»Schau mal nach vorne«, raunte Leopold Korber zu. »Bertl Posch, der Kantinenwirt. Sonst spielt er immer mit einem Messer, aber heute hält er sich zurück. Es fehlt nämlich eins. Ist gestern verschwunden. Ist wahrscheinlich in Ehrentrauts Rücken gelandet.«

Korber musterte Bertl kurz beim Gläserabwaschen. »Du glaubst doch nicht, dass er etwas mit dem Mord zu tun hat?«, meinte er zu Leopold.

»Warum nicht? Erstens hatte er die besten Möglichkeiten, das Messer verschwinden zu lassen. Zweitens hat ihn Ehrentraut in dem Glauben belassen, er bekäme eine Option für die Kantine auf dem neuen Sportplatz. Aber Fehlanzeige, alles schon vergeben. Dabei bräuchte Bertl das Geld, seine Mutter liegt im Pflegeheim. Also hatte er, glaube ich, eine gehörige Wut auf unser Opfer. Drittens hat er für die Tatzeit kein Alibi. Und viertens glaubt sogar seine eigene Frau, dass er's getan hat.«

»Also ein Verdächtiger?«, fragte Korber und trank, wie es hier üblich war, aus der Flasche.

Ohne darauf einzugehen, sagte Leopold: »Schau bitte noch einmal hin. Wer ist die Gestalt, die einsam an der Schank steht und dort ihr Bier und ihren Weinbrand trinkt? Derselbe Mann, der schon gestern Abend zu uns ins Kaffeehaus hereingeschneit und dann zusammen mit den anderen auf den Platz gestolpert ist. Du kennst ihn doch von früher?«

Korber, der zuerst nur flüchtig hingeschaut hatte, betrachtete ihn jetzt genauer. »Das … das ist doch Harry Leitner«, stieß er überrascht hervor.

»Genau. Ehemaliger Flügelflitzer unserer Eintracht, dann leider nach einem bösen Foul gezwungen, seine Karriere zu beenden. Hat sich ordentlich verändert, was?«

»Tatsächlich. Wirklich nicht auf Anhieb zu erkennen.«

»Er war ja auch einige Jahre weg, in Linz, glaube ich. Immerhin interessant, dass er jetzt wieder aus der Versenkung aufgetaucht ist und ständig um den Fußballplatz herumschlawinert.«

»Also auch ein Hauptverdächtiger?«

Wieder tat Leopold so, als habe er seinen Freund nicht gehört: »Pass auf, was ich dir jetzt sage, und behalte es für dich: Ehrentraut hatte einen Zettel mit seiner Telefonnummer im Koffer. Es scheint, als hätten die beiden in den letzten Tagen Kontakt miteinander gehabt. Die Frage ist natürlich, warum.«

Korber schien das alles nicht so ganz zu überzeugen: »Die kennen sich doch alle von früher. Leitner war mit Ehrentraut, Sturm und Moser verbandelt. Die drei Musketiere hat man sie genannt, und Leitner war der D‹Artagnan. Also, ich finde da nichts Besonderes dran. Das Einzige, was mir an Leitner auffällt, ist, dass er ziemlich versoffen ausschaut.«

Leopold wandte sich, nach wie vor in gedämpftem Plauderton, zu den Leuten am Nebentisch. »He, Fips«, redete er den neben Wittmann und Hamm sitzenden Philipp Ziegler an, einen besonders vom Übergewicht geplagten Mann mit starken Schweißflecken unter den Achseln, der gerade einen mächtigen Zug aus der Bierflasche nahm. »Weißt du vielleicht, was unseren lieben Harry zurück nach Wien getrieben hat?«

›Fips‹ Ziegler drehte sich zu Leopold und antwortete: »Er hatte großes Glück, wenn man das als Glück bezeichnen kann: Seine Mutter hat das Zeitliche gesegnet. Er bekommt jetzt als einziges Kind das bisschen Geld, das übrig ist, und was noch wichtiger ist, ihre Wohnung. In Linz ist er ja knapp vor der Delogierung gestanden.«

Harry Leitner war nach der verletzungsbedingten Beendigung seiner sportlichen Karriere verbittert nach Linz gezogen, wo er ein paar Freunde hatte. Aber er hatte es nie richtig geschafft, dort ein neues Leben anzufangen. Er hatte zu trinken begonnen, den Führerschein, seinen Beruf als Taxifahrer und somit immer mehr Boden unter den Füßen verloren. Erst vor einem Jahr hatte man eine Schlagzeile über ihn in der Zeitung lesen können: ›Ehemaliger Fußballer randaliert in Linzer Innenstadt‹. Da erinnerten sich wieder alle an ihn: Harry, der Flügelflitzer von der Floridsdorfer Eintracht. Geblieben waren eine bedingte Strafe und der Schaden, den er zu ersetzen hatte. Der hatte ihm wohl letzten Endes das Genick gebrochen.

»Schau ihn an«, raunte Fips zu Leopold hinüber. »Schau ihn dir bloß an. Der ist arm dran. Da wird nichts mehr draus. Für kurze Zeit hat er vielleicht sein Auskommen, aber dann? Den kann man sich doch in keiner Arbeitswelt mehr vorstellen.«

»Sag, wie war das damals mit dem Foul eigentlich wirklich?«, fragte Leopold jetzt.

»Der Spieler hat Zeleny geheißen«, sagte Fips.

»Stimmt nicht. Zelenka«, meinte Hamm.

»Nein, Zeleny«, wehrte sich Fips.

»Er hat recht«, bemerkte Wittmann zu Hamm.

»Von mir aus. Er hat jedenfalls dieses Foul gemacht, brutal und unmenschlich. Ist dem Harry voll gegen das Schienbein gefahren und hat durchgezogen. Ganz genau wissen wir's halt nicht, weil wir das Match nicht gesehen haben. Der Harry hat ja nicht mehr bei uns gespielt«, erläuterte Hamm.

»Er war in dieser Saison bei Olympia Meidling«, kam es nun wiederum von Wittmann.

»Nein, bei Margareten«, korrigierte Hamm. »Hundertprozentig.«

»Also, soweit ich mich erinnere, war er bei Meidling«, sagte Wittmann.

Hamm schüttelte den Kopf. »Nein, war er nicht. Ich weiß das deshalb so genau, weil Sturm in diesem Jahr Trainer von Margareten war.«

»Aber Harry wollte doch zu Meidling gehen«, warf Fips ein.

»Stimmt«, bestätigte Hamm. »Er hat sich letztlich aber für Margareten entschieden, wegen seinem Freund Sturm. Und dann kam dieses unglückselige Spiel gegen Hernals.«

»FC Pötzleinsdorf«, verbesserte ihn Wittmann. »Zeleny hat in dieser Saison bei Pötzleinsdorf gespielt.«

»Wirklich?«, fragte Fips ungläubig.

»Sag, habt ihr alle überhaupt keine Ahnung mehr?«, wurde Wittmann lauter. »Das Match war damals draußen auf der ›Roten Erde‹*. Da lasse ich mich hineinstechen, wenn das nicht stimmt.« Dabei deutete er unmissverständlich auf seine Halsschlagader.

Also Harry Leitner bei Margareten gegen Zeleny von Pötzleinsdorf, versuchte Leopold seine Gedanken zu ordnen, während die Diskussion immer intensiver wurde. Vereins- und Spielernamen flogen in der Runde nur so hin und her, und es ging die Jahre auf und ab, weil jeder sein Fachwissen einbringen wollte. »Hat das Foul irgendwelche Folgen gehabt?«, fragte er schließlich vorsichtig.

»Ja, für unseren armen Harry«, lachte Fips Ziegler lakonisch. »Der hat seine Fußballschuhe an den Nagel hängen können. Aber wenn du Zeleny meinst, so ist er bis auf eine Sperre von zwei Spielen …«

»Von drei Spielen«, schnarrte Hamm unbarmherzig.

»Na schön, also von drei Spielen, ungeschoren davongekommen. Damals ist noch nicht jedes Spiel mit einer Videokamera aufgezeichnet worden, und der Schiedsrichter – übrigens ein ganz junger Schnösel…«

»Der junge Birke, sag's doch gleich«, unterbrach Wittmann.

»Darf ich jetzt ausreden oder nicht?«, wurde Fips ungeduldig. »Der Schiedsrichter war einfach überfordert, hat offensichtlich keine Verletzungsabsicht attestiert. Damit hat für unseren Harry nichts herausgeschaut, und es ist bald Gras über die Geschichte gewachsen.«

»Und dann hat er sich die falschen Freunde gesucht, ist fort aus Wien und total abgestürzt«, nickte Wittmann zustimmend.

»Aber irgendwo gibt es immer eine höhere Gerechtigkeit«, murmelte Fips Ziegler nahezu pietätvoll. »Ihr

* Bezeichnung für einen Sandplatz.

wisst ja, meine Herren, diesen Zeleny hat das Schicksal letzten Endes auch erwischt.«

Jetzt nickten alle, nur Leopold und Korber sahen etwas ratlos drein.

»Er ist etwa ein Jahr später ertrunken«, klärte Fips sie auf. »In seiner eigenen Badewanne. Er war schwer alkoholisiert. Angeblich hat er sich nicht einmal die Unterhose ausgezogen. Er muss ausgerutscht und mit dem Hinterkopf gegen den Wannenrand gedonnert sein. Dann war er bewusstlos und … na ja.«

»Möchte wissen, wie viele Fußballer während oder nach ihrer Karriere zu Trinkern geworden sind«, sinnierte Korber.

»Und ich möchte wissen, wie viele Fußballer und Fußballfunktionäre schon auf abenteuerliche Weise zu Tode gekommen sind«, sagte Leopold und brachte das Gespräch damit mühelos auf die Ermordung Ehrentrauts. Alle möglichen Fragen, ob die Fusionspläne etwas damit zu tun hätten , ob es jemand vom Verein gewesen sein könnte oder ein Unbekannter, wurden angeschnitten und durchdiskutiert. Schließlich kam man auch auf Klaus Stary zu sprechen, dessen Hoffnungen, Nachfolger Ehrentrauts zu werden, kein Geheimnis mehr waren.

»Ich glaube, der dient im Augenblick nur als billige Attrappe«, winkte Fips ab. »Brown lässt ihn ein bisschen fuhrwerken, damit es so aussieht, als bleibe die Eintracht für ihn ein gleichberechtigter Partner. Dann kommt ein ganz anderer als seine rechte Hand – nämlich einer von den Kickers.«

»Glaubst du?«, fragte Wittmann. »Moser war jedenfalls ganz Feuer und Flamme für Stary. Kein Wunder, gleich und gleich gesellt sich gern. Stary würde sich stärker für Moser als Jugendleiter des neuen Vereins einsetzen als Ehrentraut. Dem war Moser zu grob. Und da, muss ich sagen, hat er recht gehabt.« Dann, nach einer kurzen Pause: »Ich kann mir nicht helfen, aber Stary und Moser kommen mir schon irgendwie verdächtig vor.«

»Herrschaften, ich bitte euch, nicht schon wieder von einer Fusion zu reden, die wir doch alle miteinander verhindern können«, mahnte Hamm. »Wenn uns das gelingt, können Stary und Moser dort hingehen, wo der Pfeffer wächst. Dann wird wieder Alfred Sonnleitner sagen, wo's lang geht, der sich jetzt klarerweise im Hintergrund hält.«

Im selben Augenblick kam Helmut Sturm im blauen Trainingsanzug zur Tür herein. Er war schlank, groß und durchtrainiert. Obwohl er älter als Harry Leitner sein musste, wirkte er im direkten Vergleich deutlich jünger. Er holte sich eine Flasche Mineralwasser und ein Glas, zündete sich eine Zigarette an und stellte sich an einen der beiden Stehtische links vom Eingang. Er blies den Rauch gedankenverloren in die Luft und machte ein paar Schlucke. Es sah so aus, als wolle er sich vor dem Training der Kampfmannschaft ein paar Augenblicke in vertrauter Umgebung entspannen.

Aber kaum hatte er sich so beinahe lässig mit den Ellenbogen auf das Tischchen gelehnt, eilten Hamm und ein junger, bisher unauffällig gebliebener Eintracht-Anhänger auf ihn zu. Sie versuchten mit nicht zu übersehender Aufdringlichkeit, ihn in ein Gespräch zu verwickeln. Es schien, als hätten sie nur auf sein Erscheinen gewartet. Sturm setzte einen freundlichen Gesichtsausdruck auf, aber gleichzeitig unterband er alle Ansätze, ihm eine entscheidende Auskunft herauszulocken. »Nein, meine Herren«, hörte man ihn mit unterdrückter Lautstärke sagen. »So verstehen Sie doch … Dazu gibt es keinen Kommentar … Selbstverständlich … So warten Sie's doch einmal ab … Ich muss zum Training … Meine Herren, ich muss schon sehr bitten …«

»Wie ich mir's gedacht habe, der lässt sich nichts herauslocken«, befand Wittmann kopfschüttelnd.

»Was wollen Sie ihm denn herauslocken?«, fragte Leopold.

»Am Freitag ist ja dieses öffentliche Training mit Freibier«, redete Wittmann jetzt zu ihm wie zu einem Ahnungslosen. »Da wird Brown zunächst einmal Werbung für seinen 1. FC Floridsdorf machen. Aber er will sich auch bei der Mannschaft vorstellen. Na, dämmert's dir bereits? Es ist doch klar, dass er sie ein wenig auf das Spiel am Sonntag einstimmen wird: Braucht euch nicht anzustrengen, wird euer Schaden nicht sein, und so weiter. Und einige von uns wollen eben wissen, wie der Trainer zu der Sache steht.«

»Sie meinen, die Eintracht könnte das Derby absichtlich verlieren«, kam Korber die Erleuchtung.

»Das steht zu befürchten. Jedenfalls wird Brown den Spielern einreden, dass es hier nicht um die Ehre geht, sondern um neue Verträge und vielleicht um ein gewisses – ich nenne es ›Einstandsgeld‹ – für jeden. Wer soll einer solchen Versuchung widerstehen?«, fragte Wittmann theatralisch.

»Ich kenne den Helmut«, sagte jetzt wieder Fips. »Er ist ein ehrlicher Kerl. Er will, dass die Eintracht Eintracht bleibt, auch wenn er sie bald verlässt, glaubt es mir. Mit Schiebereien hat der nichts am Hut.«

»Da lasse ich mich hineinstechen, wenn am Sonntag alles ehrlich zugeht.« Wittmann zeigte erneut auf seine Halsschlagader.

Unterdessen war Sturm noch immer in die Diskussion mit Hamm und dem jungen Fan verwickelt. Das Lächeln war inzwischen aus seinem Gesicht gewichen. Mit einem kurzen »So«, begleitet von einem kräftigen Nicken mit dem Kopf, verschaffte er sich Luft und ging zur Theke, um die leere Mineralwasserflasche und das Glas zurückzubringen.

Vorne klopfte er dem vor sich hindämmernden Harry Leitner auf die Schulter. »Trinkst du noch was, mein Freund?«, fragte er.

Leitner schob mechanisch sein Glas vor.

»Gib ihm ein Bier und einen Schnaps dazu. Geht auf mich«, rief Sturm kurz Bertl Posch zu. Dann eilte er hinaus zum Training.

Mit jenem Grinsen, das bei ihm so schwer zu deuten war, stellte der Posch Bertl Harry Leitner stumm eine Flasche Bier hin und schenkte ihm einen Schnaps ein.

*

Leopold und Korber waren nun wieder draußen und schlenderten gemächlich vom Platz der Eintracht Floridsdorf weg.

»Ich weiß nicht, die ganze Sache ist reichlich verwirrend«, murmelte Korber grübelnd.

»Wieso denn? Wir haben doch jede Menge nützlicher Informationen erhalten«, rief Leopold überrascht.

»Das ist es ja. Es gelingt mir nicht, eine Ordnung in die Dinge zu bringen. Wie du dann plötzlich sagen kannst, der oder die ist der Täter, hat mich immer schon verblüfft.«

»Da schaust du, was, Herr Lehrer? Aber im Grunde wirst du zugeben müssen, dass die Sache ziemlich einfach ist.«

»Ach so?« Korber klang nicht sehr überzeugt.

»Ist alles kein Mirakel. Man muss sich eben auf das Wesentliche konzentrieren. Das verlangst du von deinen Schülern doch auch, oder?«

»Wie meinst du das?«, fragte Korber skeptisch.

»Thomas, bitte, zeige einen Funken mehr Engagement. Wir waren soeben mit jeder Menge Personen beisammen, die für den Mord infrage kommen. Ich nehme an, das ist dir auch aufgefallen. Jetzt brauchst du dir nur im Geist eine Liste zu machen, wer das alles war.«

Korber dachte kurz nach. »Da waren einmal Hamm, Ziegler und Wittmann«, begann er aufzuzählen.

»Gut. Das sind zwar die Leute, von denen wir am meisten erfahren haben, aber wer weiß. Vielleicht ist einer von ihnen in die Sache verwickelt. Weiter.«

»Dann waren da außerdem der Posch Bertl, Leitner und Sturm, Moser und Stary.«

»Sehr schön. Das war einmal der erste Schritt. Der zweite Schritt lautet: Wer hatte die Möglichkeit?«

»Alle«, sagte Korber, ein wenig irritiert durch die Einfachheit der Antwort.

»Richtig«, dozierte Leopold weiter. »Daher nun zum dritten und wichtigsten Schritt: Wer hatte welches Motiv für den Mord?«

»Den Anhängern, so wie Hamm oder Wittmann, war Ehrentraut wegen der Fusion ein Dorn im Auge. Der Posch Bertl hatte Streit mit ihm wegen der Kantine.«

»Genau. Bei Leitner und Sturm wird es schon schwieriger. Immerhin hatte Ehrentraut Harrys Nummer auf einem Zettel stehen. Leicht möglich, dass er sich mit ihm getroffen hat und sie eine Auseinandersetzung wegen einer Sache hatten, von der wir nichts wissen. Und Sturm? Vielleicht ist er tatsächlich ein Fusionsgegner, der sich deswegen mit Ehrentraut überworfen hat, oder es ging um irgendwelche anderen Machenschaften.«

»Stary könnte sich aus irgendeinem Grund Hoffnungen auf Ehrentrauts Posten gemacht haben, und Moser dürfte nicht seine erste Wahl für den Nachwuchsleiter gewesen sein«, vervollständigte Korber stolz. »Aber das sind ja längst nicht alle Verdächtigen. Denk nur an Joe Brown. Der ist unberechenbar und war in der Mordnacht auch da. Oder an Alfred Sonnleitner, der Ehrentraut nicht riechen konnte. Und überhaupt: Jeder könnte durch den Zaun gekrochen sein.«

»Sehr gut«, lobte Leopold. »Das heißt?«

»Das heißt, dass es auch seine Ehefrau Bettina gewesen sein kann«, meinte Korber erschrocken.

»Zum Beispiel«, bestätigte Leopold.

Korber schüttelte den Kopf. »Siehst du, es wird schon wieder verwirrend, alle Spuren und Indizien laufen durcheinander. Und in dem Augenblick, wo ich mich am wenigsten auskenne, ziehst du dann wahrscheinlich wie aus dem Nichts den Mörder aus dem Hut. Ganz hast du mir immer noch nicht verraten, wie du das machst.«

»Natürlich erfolgt dann ein weiterer Schritt, lieber Thomas«, setzte Leopold seine Belehrung amüsiert fort. »Es gilt, zwischen den wesentlichen und unwesentlichen Fakten zu unterscheiden. Das ist der Vorgang, den Leute wie du immer Glück, Zufall oder Intuition nennen. Aber der geübte Kriminalist sondiert aus und hakt dort nach, wo sich ihm nach und nach die ganze Bandbreite des Geschehens eröffnet. Das ist ganz normal, das tut die Polizei auch. Leute wie ich sind dabei vielleicht einen Deut unauffälliger und wirken dadurch wie von der Fortuna geküsste Scharlatane, wenn sie die Lösung präsentieren.«

Korber dachte kurz nach. »Wenn ich jetzt sondieren müsste, würde ich sagen: Der Stary war's«, behauptete er dann.

»Und wie kommst du darauf?«

»Ganz einfach: Der Bursche ist aggressiv, lässt sich leicht zu etwas provozieren. Er hatte ein Motiv, wie wir gerade festgestellt haben. Er besitzt die Kaltblütigkeit für eine solche Tat. Außerdem sind Frauen, mit denen ich gerade ein wenig näher zu tun habe, in letzter Zeit öfters irgendwie in einen Kriminalfall verwickelt gewesen.«*

Leopold lächelte. »Nett, dass du dein poetisches Pantscherl** mit Manuela Stary zugibst, aber von einer wirklichen Deduktion bist du natürlich meilenweit entfernt. Deine Ausführungen beweisen nur eines, nämlich dass ich recht habe, wenn ich sage, dass du deine Finger von der Nachhilfe und dem ganzen Drumherum lassen solltest.«

»Ich kann doch Reinhard jetzt nicht im Stich lassen«, protestierte Korber.

»Das Kind ist verweichlicht. Es muss auch so gehen. Wer hilft ihm denn später?«, beharrte Leopold.

»Du weißt gar nicht, was für einen Unsinn du daher-

---

* Vgl. die beiden ersten Leopold-Romane ›Fernwehträume‹ und ›Karambolage‹

** flüchtiges Verhältnis

redest. Da kannst du dich gleich mit Reinhards Vater auf ein Packerl hauen*.« Korbers Ton wurde schärfer.

»Und du bist nur auf die Mutter aus. Du bist ja schon ganz gedichtsblöd«, stand ihm Leopold um nichts nach.

»Herr Professor Korber«, rief in diesem Augenblick eine jugendliche Stimme hinter ihnen, die ihre frühere Helligkeit noch ahnen ließ, aber gerade einem starken Veränderungsprozess unterworfen war. Reinhard Stary lief, vom Fußballplatz kommend, auf Leopold und Korber zu und blieb vor ihnen stehen.

»Reinhard! Was ist?«, fragte Korber verwundert.

»Es tut mir leid wegen meinem Vater«, entschuldigte sich Reinhard. »Ich habe mitbekommen, wie er sich Ihnen gegenüber danebenbenommen hat. Echt peinlich.«

»Du kannst doch nichts dafür«, beruhigte Korber ihn.

»Ich weiß. Trotzdem …« Reinhard überlegte kurz. »Er meint es wahrscheinlich nicht so«, sagte er dann.

»Vielleicht ist es doch besser, wenn ich ihm aus dem Weg gehe?«

»Vielleicht. Aber bei unserer Stunde bleibt es. Er kommt ohnedies immer spät nach Hause. Und jetzt hat er, glaube ich, viel im Verein zu tun.«

»Wir machen einfach so weiter wie bisher, okay?«

Reinhard nickte. Die Geschichte schien für ihn erledigt, da meldete sich Leopold, der ein wenig missmutig sah, wie seine Warnungen von Korber in den Wind geschlagen wurden, zu Wort. »Einen Moment, lieber junger Mann«, sagte er. »Ich bin ein guter Freund von deinem Nachhilfelehrer, und durch meine Vermittlung sind deine Stunden

---

* zusammentun

mit ihm gewissermaßen erst zustande gekommen. Deshalb wäre es nett, wenn du mir einige Fragen beantworten würdest, wenn es deine Zeit erlaubt.«

›Oh Gott‹, dachte Korber. ›Jetzt geht das wieder los.‹

Reinhard schaute Leopold ein wenig irritiert an.

»Ich war bei dem Streit zwischen deinem Vater und meinem Freund dabei«, fuhr Leopold fort. »Aber ich habe auch bei eurem Training zugeschaut. Mich interessiert, wie ernst so ein Junge wie du die Sache mit dem Fußball eigentlich nimmt. Willst du einmal ein großer Spieler werden?«

Reinhards Augen begannen zu funkeln. »Oh ja«, antwortete er.

»Du tust das Ganze nicht etwa nur deinem Vater zuliebe?«

»Nein«, antwortete Reinhard jetzt leiser, vorsichtiger.

»Du gehst also immer regelmäßig zum Training?«

»Ja«, kam es beinahe gereizt aus Reinhards Mund.

»Stimmt nicht«, sagte Leopold. »Gestern bist du zu Hause geblieben. Und darum war der Trainer heute auch sauer auf dich.«

Reinhard fühlte sich sichtlich nicht wohl in seiner Haut. Warum fragte der Mensch neben ihm so viel? »Der ist immer sauer«, stieß er kurz hervor.

»Und deshalb gehst du zum Training, wann du willst?«

»Ich gehe nicht zum Training, wann ich will, ich gehe immer. Aber gestern …«

»Gestern?«, wiederholte Leopold lauernd.

»Warum soll ich Ihnen darüber etwas sagen?«, trotzte Reinhard.

»Weil es mir wirklich vorkommt, als sei der Fußball

nur eine Belastung für dich. Du spielst, weil dein Vater es will, gib es doch zu. Du zeigst keinen Einsatz, mein Junge, das ist sogar mir aufgefallen. Du würdest lieber heute als morgen mit dem Ganzen aufhören.«

»Das ist nicht wahr«, schrie Reinhard jetzt. »Gestern hat es mir einfach gestunken.«

»Aus welchem Grund?«

»Leopold«, versuchte Korber, seinen Freund zu bremsen.

Aber der bohrte ungeniert weiter: »Aus welchem Grund? Es ist wichtig, dass du mir antwortest, glaube mir. Weil du dir selbst darüber klar werden musst, was du willst, ob du dich weiterhin neben der Schule mit etwas abmühen möchtest, das dir keinen Spaß macht.«

Reinhard wollte in erster Linie diesem fremden Mann keine Auskunft geben, man sah es. Sein Verstand wehrte sich dagegen, aber seine Emotionen suchten ein Ventil, durch das sie ins Freie konnten. »Der Trainer macht uns nur fertig«, platzte es aus ihm heraus. »Das ist ein sadistisches Schwein. Und jetzt hat er es auf mich abgesehen, weil ich am Sonntag ein Tor in der letzten Minute verschuldet habe. Angeblich! Da waren aber andere auch daran beteiligt.«

»Da haben wir's, der Trainer ist schuld.« Leopold behielt seinen provokanten Ton bei. »Das hört man oft, wenn es die Spieler nicht mehr freut, oder wenn sie Fehler machen. Und dann bleibt man einfach vom Training zu Hause.« Er schüttelte den Kopf. »Das wird nichts, junger Freund. Kein Ehrgeiz, keine Selbstkritik. Ich rate dir, gib's auf.«

»Wie würden denn Sie reagieren, wenn jemand Sie vor allen fertig macht – im Duschraum, wo man so schön nackig vor den anderen dasteht. Würden Sie nicht kurz einmal drauf pfeifen?«, fragte Reinhard jetzt sichtlich gereizt.

»Das sehe ich schon ein, dass einen das kränkt, und besonders intelligent vom Trainer ist es zugegebenermaßen auch nicht«, wurde Leopold kurz sanfter. Doch sofort setzte er einen drauf: »Aber sonst bist du ja nicht so verklemmt. Ich hab gehört, du hast dich sogar nackig fotografieren lassen.«

»Das war doch etwas ganz anderes. Das war ein Spaß, hören Sie, ein Spaß«, verteidigte sich Reinhard.

»Du mochtest Ehrentraut, nicht wahr?«

»Was soll diese Frage? Sie … Sie interessieren sich gar nicht für meine fußballerische Laufbahn. Sie wollen mich nur ausfratscheln. Aber das ist mir zu blöd. Ich sage jetzt nichts mehr, hören Sie? Überhaupt nichts mehr.«

Reinhards Augen suchten Hilfe bei Thomas Korber. Der wusste nicht so recht, was er tun sollte, und murmelte nur: »Leopold meint es nicht so.«

»Leopold meint es durchaus so«, korrigierte ihn sein Freund. »Leopold hat nämlich Ehrentrauts Leichnam gefunden und weiß, dass alles, was ihn betrifft, jetzt von öffentlichem Interesse ist. Es wäre unklug, solche Dinge geheim zu halten. Die Polizei fragt überall herum, auch zu dir wird sie kommen. Man hat eure Fotos nämlich in Ehrentrauts Koffer gefunden. Die Polizei ist in ihren Methoden nicht gerade zimperlich. Ich möchte nur, dass du dich dort nicht verplapperst. Also: Erzählst du mir noch etwas, oder nicht?«

»Wir haben Bier getrunken«, begann Reinhard mit einem leichten Seufzer. »Ehrentraut hatte Geburtstag. Nach unserem Training kam er zum Duschraum nach hinten und brachte ein paar Flaschen mit. Wir waren locker, ich begann mit Charly Silber zu balgen und herumzublödeln. Dann sahen wir, dass Ehrentraut auf einmal einen Fotoapparat dabeihatte und Bilder machte, aber wir dachten uns nichts dabei. Er fragte, ob er Fotos von uns machen dürfe mit den Bierflaschen in der Hand, als Erinnerung sozusagen. Wir waren schon ziemlich übermütig und haben ihm den Gefallen getan.« Dabei senkte er leicht die Stimme.

»Und dann hat er euch ein weiteres Bier spendiert, und ihr wart noch lockerer.«

»Ja, so war es. Wir waren eben gut drauf. Vielleicht sind wir uns am nächsten Tag ein bisschen blöd vorgekommen, aber was sollte schon sein? Wer konnte ahnen, dass es einmal ein solches Tamtam um die Fotos geben würde. Es war ein Spaß, nicht wie bei Moser, wo man nur zur Sau gemacht wird. Moser hat sich dann übrigens bei Ehrentraut beschwert, weil wir eine Bierfahne gehabt haben.«

»Was, der war auch dabei?«

Reinhard machte eine wegwerfende Handbewegung. »Nein, er hat's aber bemerkt, als wir aus der Kabine kamen und sich wieder einmal fürchterlich aufgeregt. Ehrentraut hat uns in Schutz genommen. Manchmal hat er uns geholfen, wenn Moser grob war. Darum habe ich ihn gemocht.« Auf einmal schien ihm ein besorgniserregender Gedanke zu kommen. »Wird mein Vater eigentlich von der Sache erfahren?«, fragte er kleinlaut.

»Es wird sich leider nicht verhindern lassen«, meinte Leopold. »Es geht jetzt eben um Mord, um eine Extremsituation sozusagen. Aber Kopf hoch, so schlimm wird's, denke ich, nicht werden. Dass sich die Sache so entwickelt hat, dafür kannst du nichts.« Dabei gab er Reinhard einen freundschaftlichen Klaps auf die Schulter.

»Wenn mein Vater das bloß auch weiß«, sagte Reinhard. Dann verabschiedete er sich von Leopold und Korber mit einem leisen »Tschüss«, ehe er seine Beine in die Hand nahm und von ihnen weglief, als könne er die dumme Episode aus seiner Vergangenheit damit abschütteln.

»Du hättest wirklich nicht so hart mit ihm umspringen sollen«, meldete sich Korber jetzt wieder zu Wort.

»Du bist vielleicht ein Weichei«, erwiderte Leopold. »Ich versuche immer, mir dich in der Schule vorzustellen, wie du alle diese Racker mit Glacéhandschuhen anfasst. Bekommst du überhaupt etwas heraus aus ihnen mit deiner Sanftmut? Manchmal bezweifle ich das wirklich. Ich habe deinem Reinhard nur geholfen. Jetzt weiß er wenigstens, wie er dran ist, und was auf ihn zukommt. Und wir wissen auch wieder ein bisschen mehr.«

»Ich hoffe, sein Vater macht ihn jetzt nicht vor der Englischprüfung damit fertig.«

»Das wird er nicht, verlass dich drauf.«

»Wie kannst du dir so sicher sein?«, fragte Korber ungläubig.

»Weil die Sache für ihn nicht neu ist«, antwortete Leopold. »Er hat sicher schon davon erfahren. Überhaupt wissen von den Fotos wahrscheinlich mehr Leute, als wir ahnen.«

*

Langsam vor sich hinschreitend waren Leopold und Korber vor dem Kaffeehaus angekommen. »Schaust du auf einen Sprung mit hinein?«, fragte Korber.

Leopold winkte ab. »Du weißt, das tue ich nicht gern, denn es gehört sich nicht«, bemerkte er nur knapp.

Worauf er sich bezog, war die allgemeine Unsitte unter Obern und anderen Servierkräften, auch in der freien Zeit in das Lokal zu kommen, wo man angestellt war, und eines oder mehrere Gläser zu trinken. In billigen Kneipen sollte das oft auf das ›familiäre Klima‹ im Betrieb hinweisen. Man becherte dort Tag für Tag mit den Kollegen, einmal stand man dabei hinter der Theke, dann wieder davor. Arbeit und Freizeit verschwammen so in ein promillehaltiges Einerlei, das bei den Saufkumpanen vom Stammpublikum noch hingehen mochte, sonst aber nur von ziemlicher Niveaulosigkeit und bedauerlichem Stumpfsinn zeugte. Nicht selten endete die Angelegenheit in einem Streit mit den eigenen Gästen, der sich bis zur handfesten Auseinandersetzung ausweiten konnte.

Abgesehen davon, dass solche Dinge im Heller gar nicht möglich waren, lag Leopold eine saubere Trennung zwischen Dienststelle und Stammlokal am Herzen. Auch wenn er sich nicht gerade zum trinkfesten Teil der Menschheit zählte: Man konnte sich nicht einfach in Privatkleidung mir nichts, dir nichts mit einem Bier an denselben Tisch setzen, auf den man zuvor einen Kaffee serviert hatte. Es konnte eine schlechte Nachrede geben. Man würde unter Beobachtung von Frau Heller stehen. Alles, was man redete oder tat, würde einer genauen Prüfung standhalten müssen. Es gehörte sich nicht.

Dass man sich ab und zu von einem Gast auf ein Glas einladen ließ, wenn die Sperrstunde näherrückte, hob den Umsatz und zeitigte für gewöhnlich keine schlimmen Folgen. Dass man sich nach Arbeitsschluss ein Krügerl genehmigte, während man aufräumte und die Abrechnung machte, das hatte man sich verdient. Dass man aber dort, wo man sonst als Ober dafür sorgte, dass alles seine Ordnung hatte, einfach mit seinem Freund als Privatperson auftauchte, um einen zu heben …

»Es gehört sich wirklich nicht«, wiederholte Leopold gegenüber Korber. »Und du solltest auch schauen, dass du nach Hause kommst. Ich vermute, morgen steht trotz meiner warnenden Hinweise wieder ein kleines Gedicht an, und da ist es gut, wenn man einen klaren Kopf hat.«

Korber gab sich, scheint's, geschlagen und verabschiedete sich ohne weitere Umschweife. Leopold schwang sich auf sein Fahrrad, das er vor dem Heller abgestellt hatte. Aber sein Weg führte ihn noch nicht zu seiner Stammersdorfer Wohnung.

Er fuhr zunächst zum Schlingermarkt, dann zurück zum Bahnhof Floridsdorf, schließlich zu den Lokalen am Anfang der in einer Gabel vom Floridsdorfer Spitz wegführenden Prager und Brünner Straße. Überall, in all den kleinen und dusteren Kneipen, die lange offen hielten, kehrte er auf einen Sprung ein, trank Kaffee, dann wieder einen Gespritzten, manchmal ein Mineralwasser. Er redete mit den Wirten, den Kellnern, den Stammgästen. Spät, spät erst ging es Richtung Heimat.

Leopold kam mit dem Gefühl zu Hause an, erfahren zu haben, was er wollte, und noch ein wenig mehr. Aber es war zu früh, daraus einen bestimmten Schluss im Fall Ehrentraut zu ziehen. Wie immer in solchen Augenblicken beschloss er deshalb, die weitere Entwicklung abzuwarten und die Dinge erst einmal für sich zu behalten.

8

Leopold musste zugeben, dass er in der allgemeinen bürgerlichen Etikette nicht hundertprozentig bewandert war. Gehörte es sich, einen Tag, nachdem man einer Witwe zum plötzlichen Ableben ihres Mannes kondoliert hatte, schon wieder bei ihr anzurufen? Jedenfalls klang Bettina Ehrentrauts Stimme am Telefon diesmal im Gegensatz zu ihrer redseligen und aufgekratzten Art vom Vortag zurückhaltend und indigniert. Sie sah nicht ein, warum sie sich schon wieder mit Leopold treffen sollte.

»Na schön, wenn es unbedingt sein muss«, sagte sie. »Ich habe aber nur sehr wenig Zeit.«

»Ich auch, Gnädigste, ich auch«, räumte Leopold ein.

Später, auf dem Bahnhofsvorplatz, trippelte sie ihm eiligen Schrittes entgegen, der Blick gar nicht freundlich, im Gesicht Spuren von Tränen. »Was wollen Sie?«, fragte sie gereizt. »Ich habe nicht jeden Tag Zeit für ein Plauscherl, und in meiner jetzigen Situation schon gar nicht. Was ist denn auf einmal so wichtig? Wir haben doch gestern ausführlich miteinander geredet.«

»Ja, schon. Aber ich bin ein bisschen enttäuscht. Ich habe erwartet, dass Sie ehrlich zu mir sind«, kam Leopold zur Sache und betonte dabei das Wort ›ehrlich‹ besonders.

»War ich denn das nicht?«

»Keineswegs. Sie haben mir gegenüber behauptet, dass Sie keinerlei Beziehung zu einem Freund beziehungsweise Liebhaber unterhalten. Das war eine Lüge.«

»Wie kommen Sie denn plötzlich darauf?«, bäumte sich Bettina auf.

»Es gibt Beweise.«

Ein kurzes, nervöses Zucken der Augen, eine kleine Unsicherheit. »Welche?«

»Sie sind gestern mit einem Mann beim Millennium Tower gesehen worden. Na, und innig geküsst haben Sie sich auch.«

Bettina kämpfte um ihre Fassung. »Sie haben mir nachspioniert?«

»Was habe ich denn damit zu tun?«, spielte Leopold den Unschuldigen. »Man hat mir die Sache zugetragen. Das heißt, es wird bereits darüber geredet. Und ich, der Ihnen immer die Stange gehalten hat, komme mir jetzt ganz schön dumm vor. Ich habe geglaubt, ich bin eine Vertrauensperson. Dabei haben Sie mich angeschwindelt.«

»Die Leute erzählen solche Dinge herum?«

»Gewissermaßen. Es existieren sogar Fotos von dem kleinen Rendezvous.«

Bettina schnappte nach Luft. »Mir scheint, Sie sind ein ganz gemeiner Erpresser«, protestierte sie. »Das hätte ich Ihnen nicht zugetraut. Ich habe Sie immer für einen aufrichtigen Menschen gehalten.«

»Ich Sie doch auch. Aber wie gesagt, ich habe nichts mit der Sache zu tun. Ich weiß nur, dass Gerüchte im Umlauf sind, und wo ein solches Gerücht ist, erfährt es bald auch die Polizei. Da schaut es dann gar nicht gut für Sie aus. Ich möchte Ihnen doch helfen. Das geht aber nur, wenn Sie mir jetzt reinen Wein einschenken.«

Um Bettinas Nervenkostüm war es wahrhaft nicht gut bestellt. Sie begann, wild drauflos zu heulen. »Wie … wie wollen Sie mir denn helfen?«, fragte sie schluchzend.

»Zuerst die Wahrheit«, blieb Leopold unnachgiebig. »Sie haben einen Geliebten?«

»Ja«, kam es, kaum hörbar.

»Haben Sie oder Ihr Geliebter Ihren Mann umgebracht?«

»Nein«, sagte sie immer noch leise, aber mit einem leichten Protest in der Stimme.

»Gut. Ich will Ihnen zunächst einmal glauben. Aber Sie wissen selbst, dass Sie die Tatsache, dass Sie Ihren Liebhaber verheimlicht haben, verdächtig macht, oder?«

»Es war wie in einem schlechten Film«, brach es aus Bettina hervor. »Wolfgang hat mich von einem Privatdetektiv beschatten lassen. Er wollte mir meine Untreue beweisen, damit ich im Fall einer Scheidung schuldig gesprochen werde. Da war aber nichts, wirklich. Eigentlich hat alles erst angefangen, als ich diesem Privatdetektiv plötzlich gegenübergestanden bin. Es war Gerry, Gerry Scheit, ein alter Schulfreund von mir. Wir konnten es kaum glauben. Zuerst haben wir über die Situation nur gelacht, aber dann …«

»… ist was Ernstes draus geworden.«

»Richtig. Wir sind ja damals in der Schule ein kleines bisschen verliebt ineinander gewesen. Gerry war schon als Bub ein Draufgänger, und meine Reize waren mit 14 auch nicht so ohne.« Sie hatte sich wieder beruhigt und begann, mit einem Taschentuch ihre Tränen abzutrocknen. »Nach der Hauptschule haben wir uns dann aus den Augen verloren. Und jetzt ist Gerry rasch draufgekommen, dass ich es war, die er beschatten sollte. Darum ist er einfach auf mich zugegangen, anstatt sich zu verstecken. Der Funke ist dann schnell übergesprungen. Gerry war verliebt wie in alten Tagen, und ich … na ja, ich hatte halt auch schon lange keinen Sex mehr.« Schön langsam kam Bettina wieder zurück in ihre alte Form.

»Aber zum Schein hat er die Observierung weiter gemacht und auch das Geld dafür kassiert«, stellte Leopold fest.

»Was hätten wir denn tun sollen? Wolfgang sagen, dass wir beide ein Paar sind? Das hätte überhaupt nicht funktioniert. Also haben wir so weitergemacht und gehofft, dass uns etwas einfällt. Natürlich ist Wolfgang misstrauisch geworden. Er hat sich ja krankhaft eingebildet, dass ich einen Freund haben muss.«

»Hat Ihr Freund – dieser Gerry – ein Alibi für den Dienstagabend?«

Bettina winkte ab. »Nein. Er war mit einem Auftrag beschäftigt. Aber ich fürchte, es gibt nichts Konkretes, das ihn für die Tatzeit entlastet.« Sie schaute Leopold herausfordernd ins Gesicht: »Und jetzt helfen Sie uns. Bitte!«

Leopold überlegte. »Es wird nicht leicht«, meinte er. »Viele Möglichkeiten, kein Alibi. Wenn man die eigene Unschuld nicht beweisen kann, bleibt eigentlich nur mehr eins übrig.«

»Und das wäre?«, fragte Bettina neugierig.

»Den wahren Täter zu überführen«, kam es von Leopold mit Bestimmtheit. »Jedenfalls muss ich so schnell wie möglich mit Gerry sprechen.«

»Ich weiß nicht, ob ihm das recht ist.«

»Liebe Bettina, hier geht es nicht darum, ob Ihrem Freund etwas recht ist«, stellte Leopold klar. »Es geht um mehr. Es geht darum, ob wir seinen Kopf aus der Schlinge ziehen können. Also schicken Sie ihn mir bitte noch heute im Kaffeehaus vorbei.«

»Ich werde sehen, was sich machen lässt«, sagte Bettina. Es sah so aus, als ob sie kurz über etwas nachdachte, das ihr durch den Kopf ging, dann verabschiedete sie sich von Leopold und trippelte so beherzt, wie sie gekommen war, wieder von dannen.

Leopold sah ihr kopfschüttelnd nach. Was sollte er bloß von dieser Frau halten? Er konnte sich nicht helfen, aber irgendwie war sie ihm immer noch sympathisch, und er hoffte, dass sie nicht allzu sehr in den Fall verstrickt war. Aber was wusste man schon? Wenn Ehrentraut draufgekommen war, dass ihm nun schon alle beide das Geld aus der Tasche herauszogen, war es leicht möglich, dass es zu einer Auseinandersetzung mit tödlichem Ende gekommen war: zwischen ihm und Bettina, Gerry, oder allen beiden.

Diesem Gerry Scheit musste Leopold jedenfalls einmal auf den Zahn fühlen. Er hätte gern gewusst, warum er ihm auf dem Foto für einen kurzen Augenblick bekannt vorgekommen war, doch es fiel ihm nicht ein. So steuerte er gedankenverloren auf das Café Heller zu, wo bald sein Dienst beginnen würde. Dabei spürte er auf einmal kurz einen Stich in der Seite, dann noch einen. Sie waren also wieder da, die Wehwehchen. Er hätte in der vorigen Nacht doch nicht so lange ausbleiben sollen. War er wirklich zum Älterwerden verdammt? Stand ihm gar der nächste Schub ins Haus? Egal. Der Fall drohte kompliziert zu werden, da durfte man auf solche Kleinigkeiten keine Rücksicht nehmen.

*

Als Leopold die Helligkeit des warmen Spätfrühlingstages gegen das gedämpfte, intime Licht seiner Arbeitsstätte eintauschte, brauchten seine Augen einige Augenblicke, um sich an die neue Situation zu gewöhnen. Dann gewahrte er eine kleine, eher mickrige Gestalt jenseits der 50 mit Cordhut und einer beinahe zu warmen Jacke, die sich auf seltsame Art im Kaffeehaus zu schaffen machte. Der Mann wirkte forsch wie ein Kammerjäger und akribisch wie ein Tierpräparator. Sein prüfendes Gesicht legte er dabei in endlos viele Falten. Frau Heller schritt, sichtlich gezeichnet, hinter der Theke auf und ab, ohne den für sie in solchen Situationen unverzichtbaren blauen Dunst zu inhalieren, und auch Waldemar ›Waldi‹ Waldbauer lugte bei seinen Serviergängen interessiert nach vorne.

»Hat der Herr vielleicht eine Kontaktlinse verloren?«, fragte Leopold beiläufig.

Frau Heller schien nahe dem endgültigen Zusammenbruch. Mit einer deutlich sichtbaren Handbewegung winkte sie Leopold zu sich. »Dieser Herr ist von der Gesundheitspolizei«, wisperte sie ihm, nach wie vor heftig gestikulierend, zu. »Er inspiziert unser Lokal. Schon seit einer halben Stunde steckt er seine Nase überall hinein. Angeblich hat es einen anonymen Hinweis gegeben, dass bei uns so einiges mit der Hygiene nicht stimmt.«

Leopold brauchte gar nicht erst lange nachzudenken, von wem der ›Hinweis‹ stammte. »Das war sicher dieser Kanadier«, schoss es Leopold in den Kopf. »Eigentlich wollte ich Ihnen ja nichts davon sagen, aber Joe Brown war gestern Früh hier, hat sich äußerst ungehobelt benommen und erklärt, dass er das Lokal unbedingt kaufen will.«

»Also eine Intrige«, japste Frau Heller. »Eine Intrige, um uns fertigzumachen.«

»Ein taktischer Winkelzug, würde man im Fußball sagen«, bemerkte Leopold.

Frau Heller war immer noch ganz aus dem Häuschen. »Pah, Winkelzug. Ein grobes Foul hinter dem Rücken des Schiedsrichters. Gleich nachdem er sich ausgewiesen hat, hat dieser Herr gefragt, ob wir nicht Angst hätten, dass – ich zitiere wörtlich, Leopold – ›diese Hütte demnächst über uns und den Gästen zusammenbricht‹. Wie kann denn so jemand ein Lokal unvoreingenommen prüfen?«

»Regen Sie sich nicht so auf«, versuchte Leopold, sie zu beruhigen. »Es ist ja nichts passiert.«

»Vielleicht, aber ich kann mir vorstellen, was dabei herauskommt. Nicht einmal einen Kaffee wollte der Herr trinken, sondern er hat nur in die Schalen hineingeschaut, ob sie auch sauber sind. Bei den Gläsern hat er dann schon zu meckern begonnen, obwohl sie frisch aus der Spülmaschine gekommen sind.«

»Wenn ich auch etwas dazu bemerken darf«, meldete sich plötzlich ›Waldi‹ Waldbauer mit erhobenem Zeigefinger zu Wort. »Im hinteren Teil unseres Kaffeehauses ist er mit dem Finger über einige Spieltische gefahren, um zu prüfen, ob Staub drauf ist. Eine Frechheit.«

Leopold musterte seinen Kollegen kurz, dann sagte er: »Du musst dir unbedingt ein anderes Haarshampoo zulegen, Waldi.«

»Warum denn das?«, fragte Waldi indigniert.

»Sollte der Inspektor hinten auf den Tischen etwas Beunruhigendes gefunden haben, so war das kein Staub, sondern deine Schuppen,« stellte Leopold sachlich fest. »Ich sehe ja, wie du sie auf deiner Livree hast und gleichmäßig überall im Kaffeehaus verteilst. Wenn man uns da draufkommt, dann gute Nacht.«

»Also das ist doch …«, ereiferte sich Waldi, machte sich aber sogleich mit finsterem Blick wieder ans Bedienen, als er sah, dass sich der Gesundheitsexperte mit ernstem Gesicht auf die Theke zubewegte. Er schien sich jetzt doch zu trauen, einen Kaffee zu trinken, jedenfalls ließ er sich von Frau Heller auf einen kleinen Schwarzen einladen. Er kippte das heiße Getränk hinunter und blickte dann auf den Boden der Schale, so als wolle er aus dem Kaffeesud die letzte Wahrheit herauslesen.

Schließlich begann er: »Dass die Küche nicht den neuen, für die Gastronomie ausgearbeiteten Richtlinien entspricht, wissen Sie ja, Frau Heller.«

»Aber Sie müssten wissen, dass wir bis zu einer eventuellen Übergabe eine Ausnahmegenehmigung haben«, wehrte sich die Angesprochene.

Der Gesundheitsexperte ließ sich nicht irritieren. »Desgleichen mangelt es an einer geeigneten Lüftung im WC-Bereich«, stellte er fest. »Außerdem fehlen Händetrockner. Es hängen nur Handtücher dort.«

»Auch hier habe ich mich mit der Behörde geeinigt, dass derzeit …«

»Ich weiß, Frau Heller, ich weiß«, unterbrach sie der Kontrollor. »Aber es handelt sich hier nur um die eindeutigsten Schwachpunkte.« Er ließ seinen Blick noch einmal kurz durch das Kaffeehaus schweifen, während sich Frau Heller mit zittrigen Händen an der Theke festhielt. Sie sehnte sich nach einer Zigarette, wagte aber nicht, sich in Anwesenheit dieses peniblen Beamten vor dem Küchenbereich eine anzuzünden.

»Ich will es kurz machen«, fuhr der Mann mit dem Cordhut fort. »Die Stadt Wien ist bemüht, die Tradition der Einrichtung Kaffeehaus mit einer gewissen Modernität zu verbinden. Die Gäste sollen sich hier wohlfühlen.«

»Sie fühlen sich doch wohl hier bei uns«, zeigte Frau Heller für solche Worte wenig Verständnis.

»Lassen Sie mich ausreden«, zischte der Kontollor. »Solchen Bestrebungen haben Sie sich bis jetzt anscheinend immer erfolgreich zur Wehr gesetzt. Aber ein Modernisierungsschub ist dringend notwendig. Wenn Sie sich also selbst in nächster Zeit keinen Umbau leisten können oder wollen, wäre es das Beste, das Lokal zu verkaufen.«

»Was erlauben Sie sich?« Frau Heller war außer sich vor Rage. »Wollen Sie mich vielleicht enteignen, mir das Café unter dem Hinterteil wegziehen? Das würde Ihnen so passen! Dann sollen hier vielleicht Hot Dogs, Hamburger oder Pizzas verkauft werden, weil Ihr Freund, Herr Brown, mit dem Sie zusammenarbeiten, das will.«

»Ich bin ein Beamter des Staates Österreich und arbeite mit niemandem zusammen«, grunzte der Gesundheitsmensch. »Lassen Sie also diese Unterstellungen. Ich will Ihnen auch das Lokal nicht wegnehmen. Aber die Beschwerden werden sich häufen, Sie werden sehen. Dann werden die Kontrollen verschärft und alle paar Wochen stattfinden. Und wenn wir dann etwas finden, ist es um das Kaffeehaus schneller geschehen, als Ihnen lieb ist.«

In der immer heftiger und lauter werdenden Debatte übersahen alle Beteiligten völlig, dass ein großer Mann mit breitkrempigem Hut, der einen leichten Sommeranzug trug, das Heller betreten hatte. »Grüß dich, Leopold«, sagte er, und dann überrascht, aber jovial: »Servus, Schebesta.«

Der Cordhut blickte zum Sombrero auf. »Servus, Juricek. Was machst du denn hier? Ein Mordfall?«, fragte der Angesprochene.

»Gewissermaßen. Aber ich trinke auch gern einen guten Kaffee. Und du? Kämpfst wieder einmal für die Gesundheit und Hygiene der Nation?«

»Gewissermaßen auch, ja.« Schebesta räusperte sich.

»Aber doch nicht hier, in diesen altehrwürdigen Hallen«, meinte Juricek und bestellte eine Melange und ein Mineralwasser.

»Beinahe zu altehrwürdige Hallen«, korrigierte Schebesta. »Gerade da muss man besonders genau sein.«

»Der Brown hat sich beschwert, weil er das Lokal haben möchte«, raunte Leopold Juricek ins Ohr.

»Es ist wie mit alten Autos«, fuhr Schebesta unbeeindruckt fort. »Da geht immer mehr kaputt, und sie brauchen mehr Sprit, aber die Leute wollen sie nicht gegen neue eintauschen, obwohl das für sie und die Umwelt viel besser wäre. Also kontrollieren wir eben. Hier haben wir auch so ein Auslaufmodell, das förmlich nach einer Modernisierung schreit.«

»Auslaufmodell?«, ereiferte sich Frau Heller. »Wir sind inzwischen das einzige Kaffeehaus im Bezirk, in dem man Karambole spielen kann, wir haben über 20 verschiedene Zeitungen aus dem In- und Ausland, die Kaffeemaschine ist brandneu, und Sie bezeichnen uns als Auslaufmodell? Das ist stark.«

»Die Zeit hat eben ihre Spuren hinterlassen«, schnarrte Schebesta. »Die einzelnen Mängel habe ich Ihnen bereits mitgeteilt. Sie betreffen zum Teil die Küche, den WC-Bereich …«

»Auf meinem WC können Sie essen«, teilte ihm Frau Heller kampfesbereit mit.

»Daran bin ich nicht interessiert«, erwiderte Schebesta

nasenrümpfend. »Darum geht es auch nicht. Es geht um die Lüftung und die Händetrockner.«

Juricek, der daneben in aller Ruhe an seinem Kaffee nippte, griff nun wieder in das Gespräch ein. »Sag, Schebesta, wie geht's denn deiner Schwester?«, fragte er.

»Danke der Nachfrage, gut. Warum?«

»Hat sie noch immer dieses Wirtshaus in Ottakring?«

»Den Steinernen Krug? Natürlich.« Schebesta verzog seinen Mund zu einem eitlen Lächeln.

»Soweit ich mich erinnern kann, ist das ein – nun, sagen wir einmal ein Ort, an dem die Zeit viel deutlichere Spuren hinterlassen hat. Komisch, dass es da noch nie eine Überprüfung gegeben hat.«

»Nun, wenn alles in Ordnung ist und es keine Beanstandungen gibt …«

»Komm, Schebesta, es hat Beanstandungen gegeben, das weißt du genauso gut wie ich. Das hat sich sogar bis zu uns bei der Mordkommission herumgesprochen. Ich habe da Details aus der Küche gehört … Aber lassen wir das. Ich will auch gar nicht näher in dich dringen, warum da alle Augen zugedrückt werden. Mich stört nur, dass du hier brav den Erfüllungsgehilfen spielst, wenn euch jemand benützt, um seine Interessen durchzusetzen. Das ist nicht fair.«

»Ich weiß nicht, was dich das überhaupt angeht«, reagierte Schebesta unwirsch.

»Was mich das angeht? Sogar sehr viel. Wenn die Person, die sich über das Heller beschwert hat, eine männliche Stimme mit amerikanischem Akzent hatte, ist sie in den Mordfall verwickelt, den ich gerade untersuche. Also mach dir da die Finger nicht schmutzig.«

Schebesta wurde jetzt ein wenig kleinlauter. »Ich tue doch nur meine Pflicht«, sagte er entschuldigend.

»Ich denke, es wird reichen, wenn Frau Heller demnächst Händetrockner installiert, oder aber auch eine Box mit Papierhandtüchern. Ohne weitere Kontrollen«, schlug Juricek vor, während er genüsslich seinen Kaffee austrank.

»So habe ich es ja auch gemeint«, wandte sich Schebesta an Frau Heller. »Also nicht vergessen, die Händetrockner …«

»Auf Wiedersehen«, kam es nur unbarmherzig von ihr zurück.

Juricek tippte an seinen Sombrero. »Schönen Gruß an die Schwester«, rief er Schebesta nach, der aber schon mehr draußen als herinnen war.

Dann blickte er auf die Fenster, die Tische, die Sessel, die gepolsterten Bänke und die Tapeten, auf denen der Rauch von Jahrzehnten seine Spuren hinterlassen hatte. Er schaute auf die Billardbretter und die eingerahmten Fotos an der Wand. Für einen Augenblick fühlte er sich außerhalb jeder Zeit, als fester Bestandteil eines Ablaufes, der immer so war und immer so sein würde. Und dennoch würde einmal, vielleicht in nicht allzu fernen Tagen und ohne irgendeinen Kontrollor, der Zeitgeist drüberfahren und nichts zurücklassen außer ein paar eingerahmter Fotos.

»Wie kann ich Ihnen nur jemals danken, Herr Oberinspektor«, riss ihn Frau Hellers Stimme aus seinen Gedanken. »Sie waren großartig.«

Juricek winkte kurz bescheiden mit der Hand ab. »Keine Ursache«, sagte er. »Aber kommen Sie bitte der kleinen Aufforderung nach, und schauen Sie, dass auch sonst alles in Ordnung bleibt. Es wäre wirklich schade, wenn aus diesem Kaffeehaus irgendein neumodischer

Fast-Food-Tempel würde. Und jetzt lassen Sie mich bitte ein paar Minuten mit Leopold plaudern.«

*

Während ›Waldi‹ Waldbauer etwas konsterniert weiter seinen Dienst versah und auch ein paar kurze, irritierte Blicke in Richtung von Frau Heller warf, setzte sich Juricek mit Leopold an einen Tisch beim Fenster.

»Tja«, begann er. »Ehrentraut ist durch einen Stich in den Rücken gestorben. Genau genommen waren es zwei Stiche, aber bereits der erste war tödlich. Die Tatwaffe wurde noch nicht gefunden, es deutet jedoch alles darauf hin, dass es sich um jenes Messer handelt, das aus der Kantine des Eintracht-Platzes verschwunden ist. Aufgrund des Stichkanals scheint es, als sei der Mörder größer als Ehrentraut gewesen, er oder sie könnte aber auf der schrägen Stehplatzrampe hinter dem Tor auch oberhalb von ihm gestanden sein. Kein Kampf. Da und dort Spuren, die wir erst auswerten müssen. Das ist es einstweilen im Großen und Ganzen.«

»Viel ist das nicht gerade«, bemerkte Leopold.

»Eben. Dafür gibt's jede Menge Verdächtige, die wir überprüfen, und mit denen wir uns unterhalten. Drum wäre ich neugierig, ob du dich schon ein bisschen umgehört hast.«

Leopold begann, von den Ereignissen auf dem Eintracht-Platz zu erzählen. Dabei kam er zunächst auf das bedauerliche Aufeinandertreffen von Thomas Korber und Klaus Stary zu sprechen sowie darauf, dass Stary bereits als Ehrentrauts Nachfolger gehandelt wurde. »Da ist was dran«, meinte er. »Und ich kann es meinem Freund

Thomas nicht verdenken, wenn Stary auf der Liste der Verdächtigen für ihn ganz oben steht.«

»Du meinst, er hat es auf seinen Posten abgesehen gehabt? Glaubst du nicht, dass es bei einem eventuellen Streit eher um die Nacktfotos gegangen ist? Starys Sohn Reinhard ist ja auch darauf abgebildet.«

»Auch möglich. Mit Reinhard habe ich übrigens kurz gesprochen. Er behauptet, alles sei ein Jux gewesen. Kein Wunder. Ehrentraut hat den Burschen vorher Bier eingeflößt. Die vertragen doch nichts. Ob er wirklich so ein Perverser war?«

»Wir überprüfen gerade seine Computer, aber soviel ich weiß, gibt es da nichts Auffälliges. Er hat Pornografie aus dem Internet konsumiert, nicht mehr oder weniger als viele andere auch, jedenfalls völlig legal. Über eine entsprechende Neigung sagt das alles nichts aus.«

»Gefallen werden ihm die Buben schon haben«, gab Leopold zu bedenken. Plötzlich fiel ihm etwas ein. »Kannst du dich an die Novelle ›Der Tod in Venedig‹ von Thomas Mann erinnern?«, fragte er. »Wir haben sie einmal in der Schule gelesen.«

»Dunkel«, brummte Juricek. Er wurde nicht gern an seine Schulzeit erinnert.

»Es ist die Geschichte von dem alternden Schriftsteller Gustav Aschenbach, der sich am Lido in den heranwachsenden Knaben Tadzio verliebt«, klärte Leopold ihn auf. »Da erkennt er erst seine Neigung, und dann bricht alles voll aus ihm heraus: der Voyeurismus, der Beschützerinstinkt. Ehrentraut hat sich auch für die Buben gegen die brutalen Trainingsmethoden von Moser eingesetzt.«

»Wir werden heute beim Training vorbeischauen und mit ein paar von den Jungs reden«, sagte Juricek.

»Da ist noch etwas«, erzählte Leopold weiter. »Die Gerüchte, dass das Bezirksderby am Sonntag geschoben sein soll, verdichten sich.« Er sprach jetzt von den nervösen Versuchen der Fans, sich Gewissheit über die sportliche Integrität des Trainers der Eintracht-Kampfmannschaft, Helmut Sturm, zu verschaffen.

»Soll das heißen, dass du Sturm auch verdächtigst?«, wollte Juricek wissen.

»Gewissermaßen ja. Es sieht so aus, als ob er sich noch von niemandem manipulieren hat lassen. Durchaus möglich, dass es sein ehrliches Ziel ist, das Spiel zu gewinnen. Vielleicht wollte Ehrentraut am Dienstagabend ein letztes Mal versuchen, ihn zu überreden, mit einem unmoralischen Angebot, mit Erpressung, mit Verweis auf die langjährige Freundschaft. Und dann ist es zum tödlichen Streit gekommen.«

»Du vergisst drei Dinge«, resümierte Juricek. »Wenn es so ist, war Sturm Ehrentraut im Weg und nicht umgekehrt. Zweitens gab es keine sichtbaren Zeichen einer Auseinandersetzung. Drittens ist die Mordwaffe vorher ziemlich sicher aus der Kantine entwendet worden. Wer immer das getan hat, war sich bereits einige Zeit vor der Tat gewiss, dass er Ehrentraut umbringen wollte.« Plötzlich setzte er ein breites Lächeln auf und fragte Leopold: »Sag, war Harry Leitner gestern auf dem Platz?«

»Harry Leitner?« Einen Augenblick schien Leopold wie vom Blitz getroffen. Es gefiel ihm gar nicht, dass ihn Juricek darauf ansprach. War er etwa hinter die kleine Heimlichkeit mit der Telefonnummer gekommen?

»Ja, Harry Leitner. Den musst du doch kennen, Leopold. Ehemaliger Eintracht-Flügelflitzer. Karriereende nach Brutalo-Foul, dann in Linz untergetaucht, jetzt wieder da.«

»Ach so.« Leopold lächelte verlegen. »Den meinst du. Ja, der ist vorne an der Theke gestanden, bei Bier und Schnaps. Man erkennt ihn ja fast nicht mehr, so verlebt sieht er aus. Der Alkohol hat ihn ganz schön zugerichtet. Du meinst, der könnte auch etwas mit dem Mord zu tun haben?«

»Warum nicht? Er war dort, er kannte Ehrentraut von früher – du weißt, diese Musketiergeschichte – und wie es aussieht, hat Ehrentraut in den letzten Tagen versucht, mit ihm in Verbindung zu treten. Das ist doch schon etwas, oder?«

»Hat Harry dir das etwa erzählt?«, fragte Leopold verunsichert. Warum wusste sein Freund Richard das alles schon wieder? Er fühlte sich gar nicht wohl in seiner Haut.

Juricek schüttelte den Kopf. Er war noch immer verdächtig gut gelaunt. »Wenn du aus dem ein vernünftiges Wort herausbekommst, bist du Weltmeister«, tat er seinem Freund kund. »Der ist schon am Vormittag nicht mehr nüchtern. Was er faselt, sind zum Teil Erinnerungen, zum Teil Momentaufnahmen und zum Teil irgendwelche gedroschenen Phrasen. Unbrauchbar.«

»Woher willst du es denn dann wissen?«

»Robert Moser, der Trainer der Jugendmannschaft, hat es mir gesagt. Auch ein ›Musketier‹. Ich würde nur zu gern herausfinden, wie die alle wirklich miteinander zusammenhängen. Aber warum interessierst du dich so sehr dafür? Du wirst doch nicht bereits in diese Richtung geschnüffelt haben?«

Leopold winkte theatralisch ab: »Wie kommst du denn auf so etwas? Aber weil du schon von Harry Leitner redest: Derjenige, der ihn so böse gefoult hat, ein gewisser Zeleny …«

»Hat er nicht Zeleznik geheißen?«, versuchte Juricek, sich zu erinnern.

»Nein, Zeleny, das ist amtlich. Dieser Zeleny ist doch unter mysteriösen Umständen gestorben, ertrunken in der eigenen Badewanne. Ist das damals nie genauer untersucht worden?«

»Das war vor meiner Zeit, ich hatte mit der Sache nichts zu tun«, erklärte Juricek. »Damals war ich ein kleiner Revierinspektor. Aber soviel ich weiß, war die Sachlage eindeutig. Dieser Zele… Also, er hatte beinahe drei Promille Alkohol im Blut. Was hätte es denn sonst sein sollen, wenn nicht ein Unfall?«

Leopold zuckte mit den Schultern. »Legst du dich mit drei Promille Alkohol in eine Badewanne, Richard?«

»Es gibt eben Leute, die tun das, wie du siehst. Komm, Leopold, du hörst schon wieder das Gras wachsen. Du denkst an Mord, ich seh dir's an. Aber bevor du deine Fantasie zu sehr ausschweifen lässt, sag mir bitte, was du von Ehrentrauts Frau Bettina hältst.« Wieder lag das breite, joviale Lächeln auf Juriceks Gesicht.

»Keine Ahnung«, drückte Leopold herum. »Das Einzige, was mir einfällt, ist, dass die Ehe praktisch nur mehr auf dem Papier bestanden hat.«

»Leopold, enttäusch mich nicht. Die Frau war gestern Mittag hier im Kaffeehaus, das weiß ich. Das hast du dir doch nicht entgehen lassen, oder?«

»Ja, sie war kurz da«, gab Leopold widerwillig zu. »Aber wir haben nur über ein paar Belanglosigkeiten geplaudert. Soll's jetzt etwa die gewesen sein? Erinnere dich, Richard: Wir gehen davon aus, dass der Mörder das

Messer aus der Kantine verschwinden hat lassen. Und Bettina war nie dort.«

»Sie könnte einen Komplizen gehabt haben.« Juricek strich sich genüsslich übers Kinn.

Leopold setzte sein unschuldigstes Gesicht auf. »Wen denn?«, fragte er.

»Ihren Freund Gerry Scheit, den Privatdetektiv. Der müsste dir eigentlich auch schon bekannt sein. Zumindest kann ich mir nicht vorstellen, dass ihn dein Freund Korber gestern aus eigenem Antrieb fotografiert hat. Also bist du ja schon auf einer heißen Spur.«

»Das ist unfair, Richard«, protestierte Leopold. »Ich glaube fast, du spionierst mir mehr nach als irgendjemand anderem. Und wie soll ich dir behilflich sein, wenn du ohnedies schon alles weißt?«

»Immer mal langsam«, sagte Juricek. »Es hat uns eben interessiert, was die Ehefrau des Verstorbenen am Tag nach seinem Tod so alles treibt. Dich offenbar auch. Es hat dir aber niemand angeschafft, ihr nachzuspionieren. Es wäre vernünftiger und effizienter, wenn du dich unter dem Fußballpublikum umhörst, wie wir es besprochen haben. Da hast du ja schon einiges herausbekommen. Aber du weißt, was ich von deinen anderen Aktivitäten halte. Und du kennst mittlerweile meinen Kollegen Bollek.«

Leopold stand auf. Freilich, am liebsten wäre er im Erdboden versunken. Vielleicht war es am besten, jetzt schnell den Dienst anzutreten, um den Ärger darüber, dass er seinen gesamten Ermittlungsvorsprung verspielt hatte, durch Arbeit zu verdrängen.

Juricek griff derweil, immer noch breit lächelnd, nach seinem breitkrempigen Sombrero. »Übrigens«, meinte er beim Aufsetzen, »dieser Scheit könnte es tatsächlich gewesen sein. Gretl Posch behauptet, dass sie ihn am Mordabend in der Kantine gesehen hat. Möglicherweise war er auch schon vorher einmal dort. Er hatte also die Gelegenheit, sich das Messer zu nehmen.«

Während er zahlte, teilte er Leopold mit: »Übrigens, was ich dir neulich geklagt habe, wegen meiner Wehwehchen: Wenn du auch einmal das Gefühl hast, die Toten sitzen dir im Genick und drücken dich nieder, sodass du nicht mehr aufkommst, schalt einfach einmal total ab und mach einen ausgedehnten Spaziergang an der frischen Luft. Ich habe beinahe schon vergessen, welche Wunder das wirken kann. Ich fühle mich heute geradezu prächtig, wie neugeboren. Du schaust mir allerdings ein bisschen abgespannt aus. Übertreib es also nicht. Kopf hoch und … na, du weißt ja.«

Als er durch die kleine Küche ging, um sich für seinen Dienst umzuziehen, spürte Leopold wieder das leichte Stechen in der Seite. Sein Kopf war auch etwas schwammig nach all dem, was er sich von Juricek hatte anhören müssen. Wahrscheinlich lag er bereits weit hinter den polizeilichen Ermittlungen zurück. ›Es ist doch ein Schub‹, dachte er kopfschüttelnd. ›Da kann man nichts machen.‹

*

Leopold hatte sich noch viel zu wenig mit seiner Zukunft beschäftigt. Was, wenn es ihm wirklich einmal schlechter gehen sollte? Oder, viel schlimmer, wenn man ihn eines Tages einfach nicht mehr brauchte?

Normalerweise waren ihm solche Gedanken verhasst, er verdrängte sie. Aber jetzt, er wusste auch nicht warum, fiel ihm immer wieder die Geschichte mit den Händetrocknern ein, bei jedem Gast, der die Toilette aufsuchte. Zuerst würde der Händetrockner das Handtuch ersetzen, dann würden überhaupt neue WC-Anlagen kommen, dann eine neue Küche. Auch sonst würde kein Stein auf dem anderen bleiben. Die Billardbretter, die Kartentische, die Zeitungen, alles würde wegkommen. Im Geist sah Leopold Joe Brown mit einer dicken Zigarre dastehen und lautstark Befehle austeilen, und mit jedem Befehl würde etwas Neues von dieser kleinen Welt Besitz ergreifen, die so wenig Neues vertrug. Er hörte Musik aus Dutzenden Lautsprechern auf ihn eindringen, zuerst leise, dann immer lauter, Frau Heller inmitten eines swingenden Publikums, dem sie den Kaffee in Pappbechern kredenzte. ›Schauen Sie nicht so, Leopold‹, würde sie sagen. ›Musik ist die Zukunft. Musik und Fußball.‹ Er würde es aber kaum verstehen, weil der Lärm aus den Lautsprechern so laut war.

Er würde dann nicht mehr dazugehören. ›Irgendwann werde ich so unnötig sein wie das Handtuch, das jetzt noch auf dem Klo hängt‹, dachte er. ›Und niemandem werde ich abgehen.‹

»Leopold, was ist denn los mit Ihnen?«, schreckte ihn Frau Heller aus seinen Gedanken auf. »Sie haben Ihren Dienst ohnehin später angetreten, jetzt stehen Sie wieder herum wie ein Traummännlein.«

»Ich spür's wieder. Der Schub, Frau Chefin«, entschuldigte er sich. »Wenn ich Ihnen zu langsam bin, und Sie auf meine Dienste verzichten wollen, gleichsam als Vorbereitung auf eventuell anbrechende neue Zeiten …«

»Jetzt werden Sie nicht kindisch«, wies sie ihn liebevoll zurecht. »Bedienen Sie lieber den Herrn vorne am zweiten Tisch, der eben gekommen ist. Er winkt Ihnen schon die ganze Zeit.«

»Der wird sich ein wenig gedulden müssen. Zuerst bekommt die Frau Fürthaler ihre Melange.«

»Leopold«, wurde Frau Heller wieder strenger. »Lassen Sie Frau Fürthaler warten, die ist es schon gewohnt. Dieser Herr …« Sie kam mit dem Mund ganz nahe an sein Ohr. »Erkennen Sie ihn nicht wieder? Er ist einer der unsern.«

Einer der unsern? Damit konnte wohl nur einer der ›Freunde der Eintracht‹ von der Versammlung am Dienstag gemeint sein. Leopold schaute sich den Typ kurz aus den Augenwinkeln an: sportlich, gepflegtes Äußeres, leicht angegraute Schläfen, Sonnenbrille. Nichts, was ihn auf den ersten Blick zu einer auffälligen Erscheinung machte. Dennoch glaubte er, ihn zu kennen.

»Bitte sehr, der Herr?«, näselte er ihm entgegen.

»Eine kleine Flasche Bier, wenn's schon sein muss«, erwiderte der Angesprochene. »Aber eigentlich wollte ich nur kurz mit Ihnen reden.«

»Und warum, wenn ich fragen darf?«

»Jetzt tun Sie nicht so. Sie haben mich ja quasi herbestellt.«

Jetzt dämmerte es Leopold. Natürlich, das war Gerry Scheit, Privatdetektiv und neuer Begleiter von Bettina Ehrentraut. Er musste also auch an der Versammlung teilgenommen haben. Leopold holte eine Flasche Exportbier aus dem Kühlschrank. Dabei sah er, dass Frau Heller mit einer Melange und den Worten: »So, da kommt schon Ihr Kaffeetscherl, Frau Fürthaler« nach hinten lief. Es sah so aus, als könne er sich kurz mit Scheit unterhalten.

»Eine unangenehme Situation, in die Sie sich da hineinmanövriert haben«, sagte Leopold knapp.

»Wieso? Eine Freundin zu haben ist noch lange kein Verbrechen.« Gerry Scheit spielte auf lässig, schaute auf seine Fingernägel, ob sie auch sauber waren.

»Ihren Ehegatten umzubringen aber schon.«

»Ich weiß, das haben Sie auch Betty gegenüber angedeutet«, lächelte Scheit, und seine Zähne blitzten. »Aber ist das nicht etwas weit hergeholt? Bettys Mann hat nichts von uns beiden gewusst.«

Leopold blieb angriffslustig: »Das würde ich nicht so sehen. Er hat Sie beauftragt, seine Frau zu beschatten. Er wollte Resultate, aber er hat keine bekommen. Nichts, nicht einmal irgendetwas hat er bekommen. Da musste er doch Verdacht schöpfen. Ich wette, er ist Ihnen beiden auf die Schliche gekommen.«

»Aber nein. Ich bin überzeugt, er hatte keine Ahnung. Er hat mir sogar einen weiteren Auftrag gegeben. Es war wegen des Fußballvereins, in dem er gearbeitet hat. Er hat sich Sorgen bezüglich umstürzlerischer Tendenzen gemacht, wollte die Namen von Leuten, die die geplante Fusion gefährdeten. Da hat er mich gebeten, mich ein wenig umzuhorchen.«

Daher also Scheits Anwesenheit bei der Versammlung im Kaffeehaus und nachher in der Kantine, wo Gretl Posch ihn sich gemerkt hatte. »Interessant«, meinte Leopold. »Dann kommt zu dem Motiv auch noch die Möglichkeit dazu. Ich stelle mir das so vor: Sie gingen nach unserem netten Treffen zusammen mit den anderen auf den Fußballplatz. Ehrentraut wollte kurz mit Ihnen sprechen, um über die Pläne der Eintracht-Verschwörer Bescheid zu wissen. Er wählte dazu den um diese Zeit verlassenen Platz auf der Stehplatztribüne hinter dem Tor aus. Aber Sie hatten bereits den Plan gefasst, ihn zu töten und trugen das Messer aus der Kantine bei sich. Vielleicht hat Betty Sie dazu angestiftet, weil es für sie die einfachste Art war, sich ihres Gatten zu entledigen, vielleicht war Ehrentraut über Ihr Verhältnis doch im Bilde und hatte Sie schon in der Kantine darauf angesprochen. Egal! Als er Ihnen den Rücken zudrehte, stachen Sie zu.«

»Eine nette Geschichte, alle Achtung.« Gerry Scheit schien sich weiterhin zu amüsieren. »Aber wer soll sie glauben?«

»Die Polizei glaubt sie bereits«, wurde Leopold jetzt ungeduldig. »Gerade vorhin sind meine Chefin und ich einvernommen worden. Man hat uns Ihr Foto gezeigt und gefragt, was Sie am Dienstag so alles getrieben haben. Auf dem Fußballplatz hat man Sie offensichtlich auch erkannt. Die suchen schon alle Beweise gegen Sie zusammen, da wette ich mit Ihnen. So leicht kommen Sie aus der Sache nicht heraus.«

Erstmals fiel so etwas wie ein Schatten auf Scheits Gesicht. »Wirklich?«, fragte er. »Das wäre ja in der Tat fatal. Aber ganz so einfach ist die Geschichte auch wieder nicht.«

»Besonders schwierig auch nicht«, konterte Leopold kühl. »Noch dazu, wo Bettina gestern Gott und die Welt angelogen hat. Nichts hat sie von einem Freund erzählt, dann tauchen auf einmal Sie auf. Und jetzt stellt sich sogar heraus, dass Sie zur Mordzeit in unmittelbarer Nähe von ihrem Mann waren.«

»Betty ist im Moment durch Ehrentrauts überraschenden Tod völlig durcheinander«, versuchte Scheit eine Entschuldigung.

Bettina und durcheinander! Alles konnte Leopold glauben, nur das nicht. »Das wird der Polizei ziemlich egal sein«, stellte er fest. »Wenn Sie Ihre Unschuld beweisen wollen, müssen Sie etwas unternehmen.«

Scheit überlegte kurz, dann fragte er, wieder mit dem Anflug von einem Lächeln: »Und was?«

»Seien Sie doch nicht so begriffsstützig«, ärgerte Leopold sich. »Tun Sie nicht so, als ob Sie sich nicht auskennen würden. Im Augenblick spricht sehr vieles gegen Sie. Also würde ich an Ihrer Stelle alles daransetzen, den wirklichen Mörder zu finden – vorausgesetzt, Sie haben mit der Sache nichts zu tun.«

»Das leuchtet ein.«

»Sie waren in letzter Zeit oft mit Ehrentraut zusammen. Denken Sie nach, ob Ihnen da etwas Ungewöhnliches aufgefallen ist. Schauen Sie sich mit Bettina in der Wohnung um, ob Sie dort etwas finden, das uns auf eine Spur bringt.« Leopold versuchte, den Privatdetektiv zu instruieren. Scheit nickte aber nur wie ein ungezogener, ungeduldiger Junge, der sich eine lästige Predigt von seinen Eltern anhören muss. Dann zahlte er und ging, ohne einen Cent Trinkgeld gegeben zu haben.

»Eigentlich gehört er eingesperrt«, brummte Leopold ihm kopfschüttelnd hinterher. Er schaute auf die Kaffeehausuhr, die bedächtig ihre Tagesrunde drehte. 15 Uhr vorbei und Thomas Korber hatte sich gar nicht anschauen lassen. Das bedeutete nichts Gutes.

9

Die Englisch-Nachhilfestunde war wie im Fluge vergangen. Reinhard Stary hatte in den letzten Tagen erstaunlich schnell wieder in die Materie hineingefunden und stellte sich bereits recht geschickt dabei an, früher erworbene Kenntnisse abzurufen. Thomas Korber war mehr als zufrieden. »Morgen brauchen wir keine Stunde anzusetzen. Es genügt, wenn wir nächste Woche alles wiederholen«, resümierte er gegenüber Manuela, nachdem sich Reinhard in Richtung Fußballplatz verabschiedet hatte.

»Glaubst du wirklich, dass das eine gute Idee ist?«, fragte sie.

»Sicher«, antwortete Korber. »Man darf das Gehirn nicht ständig voll pumpen. Eine kleine Pause wird Reinhard gut tun. Da kann er dann auch das Wochenende in vollen Zügen genießen.«

»Wenn du es für richtig hältst«, meinte Manuela achselzuckend. »Als Lehrer musst du es ja wissen. Das heißt also, dass wir uns in den nächsten Tagen gar nicht sehen.«

»Ja.«

Eine Zeitlang blieb es still in der Küche, nur eine Uhr tickte von irgendeiner Wand. Manuela begann, die Spülmaschine auszuräumen. Es sah nicht so aus, als ob sie Korber heute etwas zu essen kredenzen würde. Hatte sie es vergessen, oder war es diesmal einfach nicht vorgesehen?

»Na, wie war denn dein gestriger Abend?«, fragte Korber, um diese Stille zu unterbrechen.

»Ach, es war halbwegs aufregend und interessant«,

erzählte Manuela. »Brown meint, dass Klaus den Job als Manager wirklich bekommt. Seine Bestellung durch den Vorstand sei nur eine Formsache.«

»Das freut mich für dich.« Noch während diese Worte automatisch über seine Lippen kamen, musste Korber unwillkürlich an Klaus Starys gestrigen Auftritt denken.

»Aber je länger es gedauert hat, desto langweiliger ist es geworden. Wie soll man als Frau denn an einem Gespräch teilnehmen, wenn zwei Männer die ganze Zeit nur über Fußball reden? Man muss immer lächeln und mit dem Kopf nicken. Zeitweise habe ich das Gefühl gehabt, die beiden haben mich gar nicht registriert.«

»Vielleicht wirst du dich an dieses Gesprächsthema gewöhnen müssen«, sagte Korber nicht ohne Sarkasmus.

»Eben. Das fürchte ich ja.« Manuela Stary wurde etwas lauter beim Geschirrausräumen. Dann herrschte wieder einige Augenblicke peinliche Stille. »Mein Gott, verstehst du denn nicht?«, sprudelte es mit einem Mal aus Manuela heraus. »Nur mehr Fußball, tagein, tagaus. Es war bis jetzt schon schwer genug. Aber wie soll meine Zukunft ausschauen? Wen kümmert es, was ich mir denke, was ich fühle? Wer interessiert sich für meine Sorgen und Probleme? In ein paar Jahren ist Reinhard groß und weg aus dieser Wohnung. Und dann? Dann soll ich wohl hier in meiner Küche sitzen und die Erbsen zählen.«

Sie kam auf Korber zu. Ihr Gesicht war auf einmal verweint. Sie roch nach Schweiß und Tränen. Er stand auf und nahm sie in seinen Arm. »Es tut mir leid, dass ich das vorhin gesagt habe«, versuchte er, sie zu trösten. »Weißt du, meistens kommt es nicht so schlimm, wie man im ersten Augenblick denkt. Es ist …«

»Es ist schon lange so, dass wir kaum mehr etwas miteinander reden, Klaus und ich«, schluchzte Manuela. »Nur, wenn wir über Reinhard und die Schule streiten. Klaus ist dann so … unnachgiebig und abweisend. Er hat sich stark verändert im Lauf der Jahre. Eigentlich haben wir uns nichts mehr zu sagen. Und das soll jetzt ewig so weitergehen?«

Noch einmal dachte Korber kurz an die Episode auf dem Fußballplatz. War das der richtige Mann für die zartfühlende Manuela? Nein und abermals nein.

»Bitte halt mich noch ein bisschen. Es tut mir gut«, bat sie, während seine Hände unruhig wurden, sich auf eine Wanderung über ihren Körper vorbereiteten. Dann fragte sie mit einem Mal: »Hast du wieder ein Gedicht für mich?«

Korber nickte stumm.

»Ein schönes romantisches? Ein Liebesgedicht?«

Korber nickte abermals.

»Oooh, ich bin schon ganz gespannt. Trag es mir aber bitte auf der Couch im Wohnzimmer vor. Dort ist es viel gemütlicher als hier in der Küche.«

Sie gingen ins Wohnzimmer. Korber setzte sich auf die große, beige Ledercouch. Er musste aufpassen, in ihr nicht zu tief einzusinken. Manuela Stary setzte sich erwartungsvoll neben ihn. Sie war ihm jetzt sehr, sehr nahe.

»Das Gedicht ist von Stefan Zweig«, erklärte Korber und räusperte sich. »Er lebte großteils in Wien und war in der ersten Hälfte des 20. Jahrhunderts als Autor tätig. Allerdings hat er nicht viele Gedichte geschrieben, eher Erzählungen und Lebensläufe. Dieses ist jedoch sehr schön. Es handelt von … von den ersten Zärtlichkeiten.«

»Dann fang doch endlich an«, forderte Manuela, die es gar nicht mehr erwarten konnte.

Korber besann sich einen Augenblick, schaute Manuela tief in ihre graublauen Augen und begann dann zu sprechen, anfangs mit merkwürdig trockenem Mund und einer schauderhaften Unruhe in der Stimme. Nur langsam löste sich seine Befangenheit:

»Ich liebe jene ersten bangen Zärtlichkeiten,
die halb noch Frage sind und
halb schon Anvertraun,
weil hinter ihnen schon die andern Stunden
schreiten,
die sich wie Pfeiler wuchtend in das Leben baun.

Ein Duft sind sie; des Blutes flüchtigste Berührung,
ein rascher Blick, ein Lächeln, eine leise Hand –
sie knistern schon wie rote Funken der Verführung
und stürzen Feuergarben in der Nächte Brand.

Und sind doch seltsam süß,
weil sie im Spiel gegeben,
noch sanft und absichtslos und leise nur verwirrt,
wie Bäume, die dem Frühlingswind entgegenbeben,
der sie in seiner harten Faust zerbrechen wird.«*

Manuela Starys Augen glänzten. Sie waren diesmal die ganze Zeit über offen geblieben, es waren Augen nur für

* Stefan Zweig: Die Zärtlichkeiten. Zitiert nach: Reiners, Ludwig: Der ewige Brunnen. C.H. Beck, München 2000, S. 106.

ihn. »Hast du das extra für mich ausgesucht?«, fragte sie. Ihre Hand begann dabei, die seine zu streicheln.

»Es … Ich habe einfach gedacht, es passt am besten«, sagte Korber. Er merkte, wie er immer tiefer in die Couch einsank.

»Es passt fantastisch«, hauchte Manuela. »Und es ist wirklich sooo schön. Wenn ich mir jetzt vorstelle, dass es da um die Gefühle zweier Menschen geht, die sich ganz langsam näherkommen, und zuerst gar nicht spüren, dass sie von den Wogen der Liebe erfasst werden …«

Sie rückte Millimeter um Millimeter näher zu ihm. Korber spürte ihren Atem, die Wärme ihres Körpers. »Es sind keine Wogen«, korrigierte er. »Es ist ein Frühlingswind, der zum Sturm wird …« Aber seine Worte waren nur ein unnützer Versuch, das zu verhindern, was sich einfach nicht verhindern ließ.

»Und sie in seiner harten Faust zerbricht?«, flötete sie. »Ist es das, wovor du Angst hast? Was geht dir denn nur im Kopf herum! Ich spüre nicht die tosende Gewalt eines Sturmes, die uns auseinanderreißt, ich spüre, wie wir ganz sanft in die Höhe gehoben werden – wie von einem Mailüfterl …«

Schon waren ihre Lippen aufeinander, lernten sich ihre Zungen kennen, tasteten Korbers Hände dorthin, wo sie zuvor nicht hinzugreifen gewagt hatten.

»Ich brauche dich«, flüsterte Manuela ihm ins Ohr, das sie dabei leicht anknabberte. »Du kannst dir gar nicht vorstellen, wie es ist, immer so allein.«

Korber fühlte sich leicht und schwebend, während er ihr die Bluse aufknöpfte. Manuela hatte recht. Ein Mailüfterl war es, das ihn jetzt sanft packte und seiner Männlichkeit Leben einhauchte. Warum hatte er diesen Augenblick nur gefürchtet? Warum?

Doch der Sturm mit seiner harten Faust kam, kalt und unbeugsam. Plötzlich stand Klaus Stary vor ihm, schob Manuela zur Seite, packte ihn beim Kragen, zog ihn hoch und drückte ihn gegen die Wand. Korber spürte einen Schlag im Gesicht, dann noch einen. Er ging zu Boden wie ein nasser Sack.

Sofort schien Stary sein Interesse an ihm verloren zu haben. Er drehte sich um und marschierte geradewegs auf seine Frau zu, deren Erregung sofort in wilde Angst umgeschlagen war. »Was fällt dir ein, du … Metze«, stieß er hervor und versetzte ihr eine derbe Ohrfeige.

Blitzschnell bekam Korber seine Sinne zusammen. Er rutschte nach vorn und machte Gebrauch von der einzigen Waffe, mit der er in dieser Situation gegen den bulligen Stary eine Chance hatte: seine langen Beine. Er säbelte den sich immer noch in einer leichten Vorwärtsbewegung befindlichen Stary um, als ob es darum ginge, als letzter Mann auf dem Spielfeld mit allen Mitteln einen Gegentreffer zu verhindern. Stary wankte und fiel mit dem Kopf gegen den Heizkörper.

Er blutete. Einen Augenblick wirkte er benommen. Korber nutzte die Gelegenheit, um sich, so gut es ging, auf ihn draufzulegen. Manuela tat, was Frauen in solchen Situationen immer zu tun pflegen. Sie schrie aus Leibeskräften: »Tu ihm nichts! Tu ihm nichts!« Niemand wusste, wen sie damit meinte.

»Ich will nur vernünftig mit Ihnen reden«, sagte Korber.

»Nachdem Sie sich mit meiner Frau vergnügt haben? Dass ich nicht lache«, schnaubte Stary.

»Er hat uns geholfen«, redete Manuela auf ihren Mann ein. »Er hat Reinhard in Englisch wieder auf Vordermann gebracht. Das ist wichtig. Reinhard braucht den Schulabschluss. Glaubst du, er wird sein Geld in Zukunft mit Fußball verdienen? Das ist doch nur ein frommer Wunsch von dir.«

Klaus Stary versuchte, sich loszureißen, aber er lag im Augenblick saublöd da. »Und da hast du deinen Freund, den Lehrer, mit einer kleinen Dienstleistung ausbezahlt«, bemerkte er verächtlich.

»Es war nichts! Überhaupt nichts war«, heulte Manuela.

»Denken Sie einmal nach«, gab Korber zu bedenken. »Sie machen da nämlich einen großen Fehler. Um Ihren Sohn kümmern Sie sich nur, wenn Sie ihm beim Kicken zuschauen, und um Ihre Frau kümmern Sie sich gar nicht. Reinhard braucht Sie, aber nicht als Fußballfanatiker, sondern als Vater. Und Ihre Frau braucht Sie noch mehr, aber als Mann, der für sie da ist und nicht andauernd fort.«

»Sie haben keine Ahnung«, kam es von Stary.

»Wenn Sie so weitermachen, werden Sie beide verlieren, und mit mir hat das Ganze so gut wie gar nichts zu tun. Sie sollten sich wieder mehr Ihrer Familie widmen, und nicht nur dem Fußball«, redete Korber weiter.

»Sind Sie endlich fertig, Herr Lehrer? Und würden Sie mich jetzt bitte einmal loslassen?«, grummelte Stary.

»Nicht«, rief Manuela instinktiv.

Aber Korber ließ los und stand auf. Manuela Stary wich ängstlich zurück, ihr Mann krabbelte wieder auf seine zwei Beine. »Keine Angst, ich werde euch beide nicht schlagen«, kam es nur mit mühsamer Beherrschung von Stary. »Unter einer Bedingung: Sie verschwinden augenblicklich aus meiner Wohnung und lassen sich hier nie wieder blicken. Sonst gnade Ihnen Gott, und Ihre einzige Hoffnung ist, dass Sie sich nicht mehr daran erinnern, was gewesen ist, wenn Sie aufwachen.«

Mit seltsam weichen Knien schleppte sich Korber ins Vorzimmer. Stary blieb dicht an ihm dran. Plötzlich spürte Korber, wie ihn Starys Speichel voll im Auge traf.

»Nicht abwischen, sondern weitergehen, und zwar flott«, kommandierte Stary. Dabei trieb er Korber förmlich zur Tür. »Und nur ja nicht den Mund aufmachen. Sie haben nämlich heute schon genug geredet, Herr Lehrer. Und das ist es, was ich von Ihren Reden halte.«

Schon hatte Korber eine zweite Ladung Speichel im Auge. Dann spürte er, wie er mit einem aggressiven »Auf Wiedersehen« zur Tür hinausgeschubst wurde. Während er die Stiegen hinunterstolperte, fuhr er sich mit einem Taschentuch über das Gesicht.

Er taumelte hinaus ins Freie. Es tat gut, wieder frische Luft zu atmen. Er sog sie tief in sich ein und ging los, ohne zu wissen wohin.

Erst jetzt merkte er, dass er keine Schuhe anhatte.

*

Wenn die letzten Gäste sich anschicken, das Café Heller zu verlassen, die Billardbretter geputzt und abgedeckt sind, und vielleicht nur noch Herr Sedlacek eine Partie Schach gegen Herrn Heller spielt, dann schaut Frau Heller besonders misstrauisch Richtung Eingangstür. Wie oft war es schon vorgekommen, dass gerade um diese Zeit, knapp vor Mitternacht, ein Stammgast hereingewackelt kam und dann die Nacht zum Tag machen wollte, während man sich selbst gerade mit dem Gedanken angefreundet hatte, den Abend auf eine beschauliche Art und Weise ausklingen zu lassen. Noch schlimmer war es, wenn plötzlich aus irgendeiner Ecke allerlei lichtscheues Gesindel hervorkroch, um ›ein letztes Gläschen‹ zu sich zu nehmen. Man musste dann mit dem lauten Ausruf »Sperrstunde!« darauf hinweisen, dass man auf einen solchen Besuch nicht neugierig war, und dass es genug Kneipen und Spelunken rund um den Floridsdorfer Spitz gab, um ein solches Publikum aufzunehmen. Gerade die lauen Maiabende waren geradezu prädestiniert dafür, späte Gäste, die den rechten Weg nach Hause nicht finden wollten, in Richtung Kaffeehaus zu locken, Menschen, die sich davor in Heurigen- oder Schanigärten* zum Nutzen anderer Wirte gütlich getan hatten und jetzt nur Schwierigkeiten machten.

Auf solche Leute war Frau Heller nicht erpicht. Sie waren ihr ein Dorn im Auge. Und gerade der heutige Donnerstag hatte Aufregungen genug mit sich gebracht. Frau Heller hatte noch die schneidende Stimme Herrn Schebestas im Ohr – und die Stimme Leopolds, der seit dem frühen Abend beinahe stündlich bemerkte: »Solche Händetrockner bekommen wir ganz billig, Sie werden sehen, so gebrauchte. Ich kenne auch einen Elektriker, der sie praktisch umsonst montiert.«

Nein, an einem solchen Abend musste man rechtzeitig zusperren, ehe es eine unangenehme Überraschung gab. Frau Heller nahm die Gruppe Jugendlicher ins Visier, die hinten mit dem Austrinken beschäftigt war, und begann, mit ihrem großen Schlüsselbund zu klimpern: ein untrügliches Zeichen dafür, dass das Café Heller im Begriff war, seine Pforten zu schließen.

---

* Kleiner Vorgarten eines Lokals in der schönen Jahreszeit.

Als dann die große Gestalt mit tief ins Gesicht gezogenem Schlapphut und einer überdimensionalen Sonnenbrille hereintorkelte, verschlug es ihr beinahe die Rede. »Hinaus! Bitte gehen Sie«, rief sie, und beinahe überschlug sich ihre Stimme. »Wir sperren nämlich gleich zu. Versuchen Sie ja nicht, noch eine Bestellung aufzugeben, es hat überhaupt keinen Sinn.«

»Morgen ab 7 Uhr stehen wir wieder zu Diensten«, ergänzte Leopold. »Da sind die Kipferl dann auch ganz frisch.«

»Kipferl! Blödsinn! Sag bloß, du erkennst mich nicht, Leopold«, bemühte Thomas Korber sich, zusammenhängend zu sprechen.

»Nein«, sagte Leopold und musterte seinen Freund verwundert. »Doch, du bist es. Wie hast du dich denn verkleidet? Was war schon wieder los?«

»Kleine Shoppingtour«, erklärte Korber. »Sozusagen erzwungenermaßen.« Er nahm die Sonnenbrille, diesmal keineswegs Zeichen frühsommerlichen Hochgefühls, ab, und zeigte seinem Freund das dahinter verborgene dunkelblaue Auge.

»Der Watschenausteiler«, bemerkte Leopold nur trocken. »Aber sag nicht, ich hätte dich nicht gewarnt.«

»Wir haben tapfer gekämpft, er hat auch etwas abgekriegt«, berichtete Korber. Dann erzählte er Leopold kurz von seinem abenteuerlichen Nachmittag. »In der ganzen Aufregung habe ich schlussendlich meine Schuhe stehen gelassen.« Er zeigte auf die billigen Sandalen, die mittlerweile seine Füße zierten.

»Und der Hut?«

»Den habe ich sicherheitshalber auch gekauft. Falls mir dieser Klaus Stary noch einmal über den Weg läuft.«

»Und dann hast du dich herumgetrieben, anstatt nach Hause zu fahren und dich ein bisschen zu pflegen. Ich sehe es dir an.«

Korber nickte. Sein Kopf wirkte dabei schwer. »Die ganze Geschichte ist mir wieder hochgekommen. Ich habe daran denken müssen, wie er mich angespuckt hat. Das hat beinahe mehr weh getan als die Schläge. Ich habe mir vorgestellt, was es für Manuela und Reinhard heißen muss, mit diesem Mann zusammenzuleben.«

Leopold seufzte. »Da bist du wieder sentimental geworden.«

»Natürlich. Zuerst habe ich vorgehabt, mir meine Schuhe zu holen. Das war natürlich unter den gegebenen Umständen nicht möglich. Dann habe ich den ganzen Krimskrams da zusammengekauft. Schließlich habe ich Durst bekommen und mich Richtung Eintracht-Platz bewegt. Aber ich hatte Angst, dass Stary dort sein und es erneut eine Szene geben würde. Also bin ich dann doch nicht in die Kantine gegangen.«

»Aber irgendwo bist du gewesen. Man merkt's«, stellte Leopold trocken fest.

»Drüben auf dem Tennisplatz«, plauderte Korber in seinem lethargischen, vom übermäßigen Alkoholkonsum beeinflussten Ton. »Die haben dort auch einen ganz ordentlichen Wein, sollte man gar nicht glauben, um 1,40 Euro das Achterl. Preiswert, findest du nicht?«

»Ich finde, du gehörst schnell wieder ausgenüchtert.«

»Und ich finde, dass ich noch etwas trinken muss. Immerhin habe ich mich extra beizeiten auf den Weg gemacht, weil ich zu dir wollte. Diese alte Gewohnheit, verstehst du?«

»Wir haben Sperrstunde, Thomas. Leider kann ich dir mit nichts mehr dienen.« Leopold schüttelte energisch den Kopf.

»Und wenn ich dir noch etwas Interessantes erzähle?«, lächelte Korber geheimnisvoll. »Ich musste doch auf dem Rückweg wieder beim Eintracht-Platz vorbei. Natürlich war schon alles finster. Aber heraußen, neben dem einen großen Strauch auf dem Parkplatz in die Ecke gedrückt, sind zwei Gestalten gestanden und haben miteinander geredet. Es waren der Robert Moser und der Helmut Sturm.«

»Hast du gehört, worüber sie sich unterhalten haben?«, wurde Leopold neugierig.

Korber legte schweigend ein Zweieurostück auf die Theke. Leopold schenkte ihm in aller Eile ein schwach gefülltes Glas Wein ein.

»Ich muss eines vorausschicken: Ich bin nicht stehen geblieben, um dieses Gespräch zu belauschen«, erzählte Korber nach einem Schluck weiter. »Das wäre aufgefallen. Sie haben mich ja schließlich bemerkt und danach besonders geheimnisvoll getan. Ganz nüchtern war ich auch nicht mehr. Trotzdem …«

»Ja? Herrgott, lass dir doch nicht jedes Wort aus der Nase ziehen«, wurde Leopold ungeduldig.

»Ich glaube – aber das ist jetzt wirklich nur eine Vermutung – in dem Gesprächsteil, den ich gehört habe, ging es um eine Frau. Jedenfalls ist ein paar Mal ein Frauenname gefallen. Aber wie gesagt, ich kann nicht garantieren …«

»Wie lautete der Name?«, fragte Leopold unbarmherzig.

»Das weiß ich eben nicht mehr«, musste Korber zugeben. »Du bist jetzt sicher böse, aber er fällt mir wirklich nicht mehr ein. Mir geht im Augenblick so viel im Kopf herum. Und als ich vorne in dem kleinen Espresso an der Ecke zwei Gläser getrunken habe, war der Name plötzlich weg. Ich glaube, er hatte mehrere Silben, so wie die weiblichen Vornamen bei den Quizspielen im Fernsehen, wo man anrufen kann.«

Leopold haderte mit seinem Schicksal. Warum hatte sich ihm die Gelegenheit nicht selbst dargeboten? Warum musste er hier im Kaffeehaus seinen Dienst versehen, während draußen in der Welt großzügig wichtige Hinweise in einem Mordfall verteilt wurden? Warum war es ausgerechnet sein angeheiterter und deprimierter Freund, der im entscheidenden Augenblick am Eintracht-Platz vorbeigestolpert war? Jemand, der gar nicht daran gedacht hatte, sich das zu merken, was er gerade hörte?

»Da schaust du, was?«, kam es von Korber. Er war anscheinend mit sich zufrieden.

»Ja, da schaue ich«, entgegnete Leopold unwirsch, während er kurz überlegte, Korber das halb gefüllte Glas wieder wegzunehmen. »Komm, beeil dich und trink aus«, sagte er dann. »Wir müssen heute noch wohin.«

»Aber in ein Lokal, wo halbwegs etwas los ist«, forderte Korber. »Ich habe Durst.«

»Du wirst schon etwas zu trinken bekommen, keine Sorge. Deine Innenstadteskapaden kannst du dir allerdings für heute abschminken«, mahnte Leopold. »Wir sperren jetzt zu, und dann schauen wir ganz in der Nähe auf einen Sprung vorbei.«

Korber gefiel das gar nicht. »Darf man wissen, in welchen Gourmettempel du mich zu entführen gedenkst?«, fragte er ein wenig spitz.

»Ins ›Katerfrühstück‹.«

»Was, in dieses Tschocherl*? Was erwartest du dir von einer Expedition ins szenemäßige Nichts?«

»Sehr viel. Harry Leitner müsste jetzt dort sein. Hab ich gestern herausgefunden, da war er leider schon weg. Wenn er an einem Tag früher geht, heißt das nämlich normalerweise, dass er am nächsten länger anhält.«

»Was liegt dir auf einmal an Harry Leitner?« Korber verstand jetzt überhaupt nichts mehr.

Leopold hatte seinerseits wenig Lust zu einer ausführlicheren Erklärung. »Das wirst du schon sehen«, war alles, was Korber von ihm hörte.

---

* Kleine, eher ungemütliche Kneipe.

10

Leopold schwieg auch, während sie auf das ›Katerfrühstück‹ zusteuerten, er auf seinem Rad, Thomas Korber daneben her mit schwankenden Schritten. Dafür kam sein Freund, den die Nachtluft offenbar wieder aufmunterte, in Redelaune.

»Wenn ich in meiner jetzigen Situation von einem Lokal etwas erwarten darf, so sind das drei Dinge: eine respektable Auswahl an Getränken, angenehme Musik und verständnisvolle Vertreterinnen des weiblichen Geschlechts«, brabbelte Korber vor sich hin. »All das ist dort, wo wir hingehen, so gut wie nicht vorhanden. Du nimmst in letzter Zeit überhaupt keine Rücksicht mehr auf mich. Immer musst du bestimmen, wo es hingeht. Nur, weil du jetzt zur Abwechslung hinter diesem Harry herschnüffeln willst. Du könntest dich ruhig ein wenig mehr in meine Lage versetzen. Ich bin emotional am Boden, um einen der zärtlichsten Augenblicke in meinem Leben gebracht, gedemütigt von einem Rohling, getrennt von demjenigen Menschen, der einen Neuanfang in meinem Dasein bedeuten hätte können. Interruptus auf der ganzen Linie. Und du denkst nur an dich.«

»Ich habe dir gesagt, du sollst das mit der Nachhilfe und den Gedichten bleiben lassen«, unkte Leopold hinüber. »Aber du hast nicht auf mich gehört. Jetzt muss ich mir den ganzen Weg lang deine Gefühlsduseleien anhören. Schau lieber, dass du dich in deinen neuen, prachtvollen Sandalen nicht derstesst*. Die schauen ja aus, als hättest du sie geradewegs aus der Alten Donau gefischt.«

* Dass du nicht stolperst.

Korber bemühte sich kurzfristig um einen geraderen Gang. »Mach dich nur lustig über mich«, brummte er. »Vor den Augenblicken im Leben, wo Gefühle aufkommen, hast du dich immer schon gedrückt. Du weißt gar nicht, wie es ist, tief in die Augen eines zartfühlenden Menschen zu blicken.«

»Wenn ich mich recht erinnere, sind deine Blicke bei Frauen meistens auf Brusthöhe hängen geblieben«, ätzte Leopold weiter. »Du schätzt diese Frau und ihre Situation völlig falsch ein, Thomas. Immerhin hat sie sich jahrelang ganz gut mit Klaus Stary arrangiert. Soll ich dir etwas sagen? Die hat dir nur zwischendurch schön getan, weil sie halt auf ein Abenteuer aus war, und du bist drauf reingefallen. In Eheangelegenheiten mischt man sich nicht ein, das solltest du langsam wissen.«

»Und was ist mit Reinhard?«

»Der ist auch nicht so zart besaitet, wie er immer tut«, winkte Leopold ab. »Das ist mir gestern aufgefallen. Der setzt sich seinem Vater gegenüber schon durch, wenn er will. Dich braucht er dazu jedenfalls nicht. So, wir sind da.«

Sie waren an ihrem Ziel angelangt. Hell erleuchtet lag das Katerfrühstück vor ihnen. Es handelte sich um eins jener Lokale, das, in einer Seitenstraße gelegen, von außen allerhand Appetitlichkeit vortäuschte. In Wirklichkeit befanden sich drinnen nur eine kleine, u-förmige Bar und fünf Tische, alles vom Halbdunkel in ein gnädiges Licht gehüllt. Gerüchten nach hatte das Katerfrühstück seinen Namen daher, weil es von 6 Uhr in der Früh bis spät in die Nacht alle möglichen mit Eiern zubereiteten Speisen anbot, die als eine solche Mahlzeit herhalten konnten. Die meisten Gäste kamen aber wegen des Konsums hochprozentiger Alkoholika, der unweigerlich zum allmorgendlichen Kater – der Voraussetzung für das Frühstück quasi – führte.

Leopold lehnte sein Rad an die Wand. Dann gingen er und Korber hinein.

Rauchschwaden hingen unter der Decke. Aus einer Ecke dröhnte, zu Korbers freudiger Überraschung, laute Musik. Die wenigen Gäste hatten sich gleichmäßig auf das Lokal verteilt und erweckten den Eindruck eines menschlichen Stilllebens. In unregelmäßigen Abständen blinkten die Lichter eines Spielautomaten auf. An der Bar saß, Bier und Schnaps vor sich, Harry Leitner. Er wirkte erschöpft und müde wie jemand, der schon 1.000 Fußballspiele hinter sich hat und die Spuren, die sie hinterlassen haben, am ganzen Körper spürt. Seine Augen wurden magisch vom Barlicht angezogen, das für ihn jetzt der Mittelpunkt der Welt war und die Antwort auf all seine Fragen.

»Einen weißen Spritzer für mich«, bestellte Leopold bei dem Mann hinter der Bar. »Und dem Herrn da«, er zeigte auf Leitner, »geben Sie auch eine Nachfüllung.«

»Er hat aber schon ordentlich getankt«, gab der Barkeeper zu bedenken.

»Ist das denn so schlimm?«, fragte Leopold. Ein solcher Hinweis war das Letzte, was er an diesem Ort erwartet hätte.

»Manchmal wird er eben laut«, kam es knapp von hinter der Theke. »Und wenn er draußen hinfällt, helfen Sie ihm diesmal auf die Beine.« Dann standen auch schon Bier, Schnaps und weißer Spritzer da. Leopold zahlte mit einem Zehneuroschein.

»Erkennen Sie mich?«, wandte er sich jetzt an Harry.

»Vor zwei Tagen waren Sie bei uns im Kaffeehaus, bei der kleinen Versammlung der ›Freunde der Eintracht‹. Ich war der Ober.«

Harrys Augen gingen Leopolds Gesicht prüfend auf und ab. »Ich kann nicht jeden kennen«, meinte er dann gleichgültig.

»Ich habe Ihnen damals ein Bier und einen Weinbrand kredenzt«, versuchte Leopold, sein Gedächtnis aufzufrischen. Harry schien gar nicht zu realisieren, dass er auf das nächste Getränk eingeladen war.

Leopold ließ sich nicht beirren. »Da habe ich mich erinnert«, fuhr er fort. »An Ihre tollen Spiele, die herrlichen Flügelläufe. Und auf einmal waren Sie weg. Warum sind Sie so plötzlich nach Linz?«

Harry schüttelte nur den Kopf. »Linz. Na, warum wohl? Weil es dort so unvergleichlich toll ist?« Seine müden Augen, die immer irgendwie auf der Lauer lagen, wurden größer und verliehen seinem Gesicht jetzt groteske Züge. Er machte eine eindeutige Handbewegung, die so viel heißen sollte wie: Fuß ab. »Ich wollte keinen mehr sehen«, sagte er dann.

»Ach ja, die dumme Geschichte.« Leopold tat so, als erinnerte er sich erst jetzt. »Glauben Sie, der Verteidiger hat das Foul damals absichtlich begangen?«

»Jedes Foul ist Absicht«, kommentierte Harry knapp.

»Natürlich, aber ich habe es anders gemeint. Ich habe gemeint, ob er Sie absichtlich verletzt hat.«

Harry schwieg. Er schaute wieder hinauf in das Barlicht, als ob es irgendeine Botschaft für ihn bereithielte. Er machte umständliche Zeichen, die sich wohl auf die körperlichen Maße seines damaligen Gegenspielers beziehen sollten. »Über 1,90 Meter groß«, murmelte er. »Ein Bär von einem Mann. Roman Zeleny war in der ganzen Liga gefürchtet.«

»Vielleicht hat er Sie absichtlich verletzt. Vielleicht hat er es gewollt.«

Harry schien mit einem Mal wach. Er dachte nach. Er rang mit sich selbst. »Nein«, stieß er dann hervor.

»Wenn es aber so war? Wenn es Absicht war?«

»Warum?«, grölte Harry. Er nahm seine Kräfte zusammen, wollte vom Barhocker aufstehen. »Warum, verdammt noch einmal?«

»Was hätten Sie getan, wenn Sie gewusst hätten, dass es Absicht war? Dass er darauf aus war, Sie zu verletzen? Kaltblütig und gemein?«, bohrte Leopold mitleidlos weiter.

»Jetzt hören Sie aber auf, und lassen Sie mich in Frieden«, brüllte Harry gereizt. Er kippte den Schnaps hinunter. Seine Finger krallten sich dabei so fest um das kleine Glas, als ob er es zerbrechen und dann die Splitter einzeln aufessen wollte.

»He, Harry, was ist schon wieder«, rührte sich der Mann hinter der Theke. »Hört bloß mit der Debatte auf, sonst verschwindet ihr hier alle beide«, sagte er zu Leopold. »Ich hab ja gewusst, dass der hier nichts mehr verträgt.«

Harry war schon wieder in sich zusammengesunken. Seine Augen leuchteten nur mehr schwach. Die kurze Anstrengung hatte Kraft gekostet. Der Alkohol nahm jetzt wieder Besitz von seinem Hirn und machte ihn stumpf und müde.

Leopold nutzte die Gelegenheit, um sich nach seinem Freund Thomas umzuschauen. In seinen Bemühungen, aus Harry Leitner etwas halbwegs Vernünftiges herauszubringen, hätte er beinahe auf ihn vergessen. Und wenn Thomas Korber sich einer gewissen, durch ein missglücktes Liebesabenteuer hervorgerufenen Melancholie hingab, musste man auf ihn Acht geben. Sehr sogar.

Da sah Leopold ihn auch schon. In der hintersten Ecke, wo das schummrige Licht noch schummriger war als im Rest des Lokals, saß er an einem Tisch, und er saß nicht allein. Er unterhielt sich angeregt mit einer Frau mittleren Alters, deren Gesichtszüge sich geschickt hinter einer gehörigen Portion Schminke verbargen. Beide prosteten einander zu, bliesen sich gegenseitig den Zigarettenrauch ins Gesicht und schienen sich auch sonst prächtig zu verstehen. Korber klopfte dabei zusätzlich mit seinen Fingern zum Takt der Musik, die aus der Musikbox kam.

Leopold verließ seinen Platz an der Theke, um kurz nach dem Rechten zu sehen.

»Prost, Leopold«, grüßte ihn Korber sofort jovial. »Komm, setz dich ein bisschen zu uns. Darf ich dir Beate vorstellen? Sie ist eine ganz reizende Plaudertasche.«

»Geh, hör auf, Schatzerl.« Die sichtlich angeheiterte Beate kicherte glucksend. »Wer plaudert mehr, ich oder du? Na komm, sag schon.«

»Darf ich euer geistreiches Gespräch kurz unterbrechen?«, fragte Leopold. »Ich möchte vorschlagen, dass wir demnächst aufbrechen, Thomas. Aus diesem Kerl ist nicht viel herauszukriegen, der wird höchstens rabiat.«

»Ich sehe nicht ein, warum ich jetzt schon gehen soll«, wehrte Korber ab. »Die Bude hier ist eigentlich viel gemütlicher, als ich sie in Erinnerung habe. Auch der Wein ist nicht so schlecht. Er fängt an, mir richtig zu schmecken.«

»Eben deshalb«, mahnte Leopold. »Du hast doch in der Früh wieder Unterricht.«

»Was, ein Lehrer bist du?«, kicherte Beate. »Kannst du mir nicht auch eine Stunde geben? Ich bin ganz brav. Oder nein, ich bin lieber schlimm.«

»Du siehst, ich unterhalte mich prächtig«, lächelte Korber.

»Wem bringst du eigentlich mehr bei, den Mädchen oder den Buben?«, kam es von Beate mit einer gehörigen Portion Zungenschlag.

»Vielleicht denkst du einmal an unsere Abmachung«, erinnerte Leopold seinen Freund ungeduldig.

Diese ›Abmachung‹ bestand im Wesentlichen darin, dass Leopold von Korber die Ermächtigung hatte, ihn aus Situationen, in denen ihn reichlicher Alkoholgenuss, Stimmungsschwankungen und eine nicht zu übersehende Geilheit auf Wesen des anderen Geschlechts gefährlich willenlos machten, zu retten, im schlimmsten Fall auch gegen seinen Willen. Er musste ihn abschleppen, ehe etwas Unangenehmes und nicht mehr wieder Gutzumachendes geschah. Natürlich riskierte Leopold dabei endlose Diskussionen mit Korber, der zunächst gar nicht gewillt war, darauf einzugehen, ehe er schließlich doch stets zu seinem eigenen Vorteil nachgab. Auch jetzt war es so.

»Ich verstehe dich nicht. Wir sind gerade erst gekommen«, protestierte Korber, immer noch guter Laune. »Und vergiss nicht, du selbst hast mich hierher verschleppt.«

»Das mag ja sein. Aber unser Besuch hier hat seinen Zweck leider nicht ganz erfüllt. Ich sehe nicht ein, warum ich noch längere Zeit an diesem ungastlichen Ort verbringen soll. Und allein möchte ich dich in diesem Zustand auch nicht zurücklassen.«

»Musst du etwa schon unter die Bettdecke kriechen, Herr Lehrer?«, meldete sich Beate wieder zu Wort. »Das könnten wir doch gemeinsam tun. Ich wohne gar nicht weit von hier. Aber vorher trinken wir einen Gute-Nacht-Schluck.«

»Das wollte ich gerade selbst vorschlagen«, meinte Korber aufgekratzt.

Leopold machte den Mund auf, um etwas zu sagen, aber im selben Augenblick ertönte aus der Musikbox in voller Lautstärke der alte Rolling-Stones-Hit ›Angie‹. Beate war ganz außer sich. »Endlich! Das habe ich schon vor einer guten halben Stunde gedrückt«, kreischte sie. »Komm!«

Sie stand auf und begann, eng umschlungen mit Korber zu tanzen.

Und auch in Harry Leitner, der beinahe an der Bar eingeschlafen wäre, kam wieder Bewegung. »Angie«, brüllte er in einem total misslungenen Versuch, mitzusingen. »Angie! Meine Angie!«

»Jetzt geht das wieder los«, keifte der Mann hinter der Theke. »Wenn du nicht augenblicklich verschwindest, aber in Ruhe und ohne Krach, könnte es wirklich sein, dass du das letzte Mal hier herinnen warst.«

»Aber es ist doch meine Angie«, war Harry völlig konsterniert.

»Ja, wissen wir.« Der Thekenheini sah auf einmal so aus, als sei nicht mit ihm zu spaßen. »Also los, verschwinde.«

»Einen Moment«, rief Leopold, wild mit den Armen

rudernd, wieder auf dem Weg nach vorne. »Wer ist diese Angie?«

Die Lebensgeister, die kurz in Harry Leitner erwacht waren, erloschen wieder. Er glotzte Leopold stupide an. »Sie war eine Frau … eine wunderbare Frau … früher einmal«, lallte er. »Was geht Sie das an, verdammt noch einmal! Wer sind Sie überhaupt?«

»Es reicht«, drohte der Barfritze. »Raus, sonst mache ich dir Beine.«

»Lassen Sie mich kurz mit ihm reden«, bat Leopold. »Es ist wichtig.«

»Sie verschwinden jetzt auch, und zwar dalli. Ich kann hier im Lokal keine Schwierigkeiten gebrauchen«, war die grobe Antwort.

»So warten Sie doch einen Augenblick«, insistierte Leopold, aber es schien vergeblich. Der Thekenheini blieb unbeeindruckt, und Harry Leitner stolperte mit einiger Anstrengung mehr schlecht als recht zur Tür hinaus.

»Sie dürfen ihn nicht reizen, wenn er voll ist, da kann er ganz schön unangenehm werden«, hörte Leopold von hinter der Theke, und es klang wie eine Entschuldigung.

»Keine Ursache, ich wollte sowieso gehen«, sagte er mit einem kurzen Seitenblick auf Thomas Korber, der sich nun tatsächlich auf eine Knutscherei mit Beate eingelassen hatte. »Es ist wirklich höchste Zeit.«

Natürlich wollte sich Korber noch immer nicht von seiner neuen Bekanntschaft trennen lassen.

»Ich habe eine ganze Rolling-Stones-Sammlung zu Hause«, schnurrte Beate gerade. »Wenn du willst, können wir da nachher reinhören.«

»Bitte, Thomas, komm jetzt«, bemerkte Leopold nur.

»Mein Gott, du kannst einem tüchtig auf den Wecker gehen«, machte sich Korber Luft. »Setzt dich zu uns und trink ein Gläschen. Du musst das mit dieser ›Abmachung‹, wie du es nennst, nicht so ernst nehmen. Manchmal komme ich mir vor wie ein Kind, das immer brav seiner Mutter nachlaufen muss, weil es sonst zu Hause nicht bei der Tür hineinkommt.«

»Du hast es erfasst«, grinste Leopold. Dabei winkte er provokant mit einem kleinen Schlüsselbund. »Erkennst du sie wieder? Das da sind deine Schlüssel, Thomas. Sie haben vorhin, als du bei uns im Kaffeehaus aufgetaucht bist, aus deinem Hosensack herausgeschaut, da habe ich mich einfach nicht zurückhalten können.«

»Das ist gemein, Leopold. Gib her.«

»Weißt du, dass du ganz schön undankbar bist? Du hättest sie garantiert verloren, wenn ich nicht gewesen wäre. Also mach keine Faxen. Deine neue Freundin Beate kommt sicher öfter hierher, da könnt ihr euch dann näher kennenlernen – ohne meine bescheidene Anwesenheit«, zwinkerte Leopold Korber zu. »Und die Rolling Stones bleiben euch ja auch erhalten, oder?«

»Ich bin fast jeden Abend hier«, beendete Beate achselzuckend den Disput.

»Na also«, seufzte Leopold erleichtert. Er wusste, dass Thomas am nächsten Tag, wenn die Melancholie von ihm gewichen war und der Alkoholnebel sich gelichtet hatte, nicht im Traum daran denken würde, Beate aufzusuchen. Anstandshalber drehte er sich um, als Korber, die Aussichtslosigkeit seiner Lage erkennend, sich besonders innig von Beate verabschiedete. Dann brauchte er nicht einmal mit dem Finger zu schnippen. Thomas Korber folgte ihm, gleichsam an einer unsichtbaren Leine gezogen, zur Tür hinaus wie ein Hund seinem Herrl.

*

Es gehörte zum Ritual solcher Abende, dass Leopold seinen Freund nicht nur sicher nach Hause brachte, sondern ihn hinauf in seine Wohnung begleitete, um den Tag im vertrauten Gespräch ausklingen zu lassen, besonders wenn er der Ansicht war, dass Thomas Korber seinen Beistand nötig hatte.

Leopold hatte sich eine Schale Kaffee gemacht, Korber eine Flasche Bier aus dem Kühlschrank genommen.

»Es war wieder einmal typisch«, ätzte Leopold. »Kaum verfällst du in deine manische Sentimentalität, machst du dich an das nächstbeste greifbare Frauenzimmer heran, ohne auch nur eine Sekunde lang an die Folgen zu denken.«

»Ich weiß, ich weiß«, gab Korber zu. »Aber hör jetzt bitte wieder langsam damit auf. Sag mir lieber: Wie hat sie denn eigentlich ausgesehen?«

Leopold verzog leicht das Gesicht. »Beate? Alter in etwa Mitte 40, mollig, volle Lippen, ziemlich stark geschminkt. Schon ein wenig faltig unter den Augen. Alles in allem: Tendenz hochgradig verbraucht. Würde sich vielleicht ganz gut in einem Werbefilm für drittklassigen Schankwein machen.«

»Sie hat angenehm geküsst«, erinnerte Korber sich. »Wenn es … wenn es ein wenig heller gewesen wäre? Ich meine …«

Leopold schüttelte den Kopf. »Keine Chance. Bei

Tageslicht und im nüchternen Zustand wärst du vor ihr davongelaufen.«

Korber fuhr sich mit beiden Händen durchs Haar. Die Sache begann, ihm ziemlich peinlich zu werden. »Ich hab's befürchtet«, sagte er und trank einen Schluck vom Bier.

»Kannst du dich an das Mädchen erinnern, von dem ich dich einmal weggezerrt habe, und von dem du behauptet hast, es sei mindestens 19?«, fragte Leopold. »Die war keine 15 Jahre alt. Wenn ich nicht aufpassen und auf unsere Abmachung schauen würde, wärst du schon längst bei der Sittenpolizei oder mit einem deiner Liebchen in der Gosse gelandet.«

Korber leerte sein Glas rasch und schenkte nach. Er schaute nicht sehr glücklich drein.

»Und was ist mit dieser Manuela Stary? Warum hat sie es dir plötzlich so angetan?«, ließ Leopold nicht locker.

»Sie ist einfach … so ein zartfühlendes Wesen«, erklärte Korber. »Ihr Leben mit diesem primitiven Heini muss die Hölle für sie sein. Sie hat einen Ausweg aus ihrem eintönigen Dasein gesucht, und da sind wir uns eben näher gekommen. Ich … ich glaube, wir haben begonnen, uns zu lieben.«

»Das glaubst du doch jedes Mal, wenn dich eine mit ihren betörenden Augen anblinzelt. Deine Frauen sind austauschbar, lieber Thomas. Es ist ein flüchtiges Gefühl, das sich deiner bemächtigt. Du suchst die Erfüllung des Augenblicks. Würdest du Manuela Stary wirklich in ein anderes, glücklicheres Leben hinüberführen? Mach dich doch nicht lächerlich. Ein kleiner, versuchter Ehebruch war alles, was du geschafft hast. Und dafür hast du dann auch deine Watschen bekommen.«

»Musst du mich wirklich daran erinnern?«, protestierte Korber leise. »Es hat weh genug getan. Und in meine Gefühlslage kannst du dich eben nicht hineinversetzen.«

»Wie dem auch sei, es scheint noch mehrere solcher hoffnungsloser Schwärmer zu geben«, wechselte Leopold sanft das Thema. »Harry Leitner ist heute Abend völlig ausgezuckt, als er dieses eine Lied aus der Musikbox gehört hat. ›Angie, Angie‹, hat er gerufen und war gar nicht mehr zu beruhigen.«

»Harry Leitner?«

»Ja, der Nämliche. Du hast es natürlich nicht mitgekriegt, weil du viel zu sehr mit deiner Beate beschäftigt warst.«

»Und? Was schließt du daraus?« Korbers Interesse ließ deutlich nach, sobald es nicht mehr um ihn selbst ging.

»Dass er genauso schwärmerisch verliebt war wie du. Dass es irgendwann einmal eine ›Angie‹ in seinem Leben gegeben hat.«

»Tolle Erkenntnis.«

»Mensch Thomas, begreifst du denn nicht?« Leopold zündete sich eine Zigarette an, was er in letzter Zeit nur mehr äußerst selten tat. »Diese Frau kann der Schlüssel zur Lösung des Falles sein. Du selbst hast mir heute erzählt, dass du Moser und Sturm kurz belauscht hast, und dass dabei ein Frauenname gefallen ist, so wie aus einem dieser törichten Quizspiele: Angelika, Angela, Angelina, ›Angie‹ eben.«

Korber winkte ab. »Es kann auch ein ganz anderer Name gewesen sein.«

»Und wenn schon. Die Zusammenhänge sind vielleicht ein wenig verschwommen, aber ich kann mir schon ungefähr zusammenreimen, wie die Sache abgelaufen ist. Harry ist in eine Frau verliebt, unsterblich verliebt. Nennen wir sie Angie. Dann passiert das schwere Foul. Sein Bein wird nie wieder ganz heil. Harry beginnt zu trinken, und Angie gibt ihm den Laufpass. Welche der beiden Sachen welcher vorausging, wollen wir dahingestellt lassen. Schließlich zieht Harry nach Linz, weil er es in Wien ohne Angie nicht aushält.«

»Klingt alles irgendwie fantastisch«, meinte Korber gelangweilt.

»Fantastisch? Du hättest Harry sehen sollen, als ich ihn auf das Foul angesprochen habe. Er hat total die Nerven verloren. Die Sache ist ihm beileibe nicht egal. Ich gehe davon aus, dass sie ihm auch in Linz ständig im Kopf herumgespukt ist. Es muss ihm der Verdacht gekommen sein, dass Zeleny ihn absichtlich verletzt hat, warum auch immer. Leider wissen wir viel zu wenig über den damaligen Spielverlauf.«

»Du solltest Helmut Sturm fragen. Der war doch damals Harrys Trainer. Er kann sich sicher erinnern«, schlug Korber vor.

»Eine ausgezeichnete Idee«, pflichtete Leopold ihm bei. »Begnügen wir uns zunächst mit der Annahme, dass Harry in Linz allmählich einen Hass auf Zeleny entwickelt. Es kommt ihm der Gedanke, ihn für dieses Foul zu bestrafen. Er fährt nach Wien, trifft sich mit Zeleny, um sich, wie er behauptet, bei einem Gläschen mit ihm zu versöhnen. Er macht ihn betrunken, schleppt ihn hinauf in seine Wohnung und ertränkt ihn in seiner eigenen Badewanne. Vielleicht wehrt sich Zeleny ein bisschen, deshalb der Aufschlag mit dem Hinterkopf. Aber dann ist er tot. Na, wie findest du das?«

»Ein bisschen weit hergeholt, wenn du mich fragst.«

»Warum?« Leopold kam immer mehr in Fahrt. »Die einzelnen Teile des Puzzles fügen sich doch allmählich ineinander. Jetzt kommt nämlich Ehrentraut ins Spiel.«

»Ach so? Ich frage mich nämlich schon die ganze Zeit, was das alles mit dem Mord an ihm zu tun hat.« Korbers Konzentration galt in erster Linie seinem Bierglas. Er hörte nur mit einem Ohr auf das, was Leopold sagte.

»Du wirst dich erinnern, dass Ehrentraut Harrys Telefonnummer in seinem Koffer hatte, hastig auf einem Zettel notiert. Das sagt uns, dass er den Kontakt zu ihm gesucht hat. Was aber kann er von Harry gewollt haben? Was war es, das man nicht schnell bei einem Bier in der Kantine mit ihm besprechen konnte? Es gibt nur eine Lösung: Ehrentraut hat gewusst, dass Harry Zelenys Mörder ist und hat ihn kaltblütig erpresst.«

»Sei mir nicht böse, das kann ich dir so nicht abnehmen«, bemerkte Korber jetzt wieder interessierter. »Frage eins: Woher soll Ehrentraut von der Sache gewusst haben? Und Frage zwei: Was hat er sich denn von Harry erhofft? Schau ihn dir doch an. Das ist ein heruntergekommener Alkoholiker, der froh ist, wenn er das Geld für seine tägliche Trinkerei zusammenbekommt.«

Leopold ließ sich nicht so schnell aus der Ruhe bringen. »Antwort eins: Du weißt, dass sie alle miteinander dicke Freunde waren, Ehrentraut, Moser, Sturm und unser Harry Leitner«, fasste er zusammen. »Die drei Musketiere und D'Artagnan. Vielleicht hat sich Harry im Suff nachher den anderen anvertraut, vielleicht ist er sogar von einem seiner Kumpel auf die Idee gebracht worden, Zeleny umzubringen – etwa von Sturm, der sein Trainer war, als das mit dem Foul passierte, oder von Ehrentraut selbst. So viel dazu. Und Antwort zwei: Harrys Mutter hat ihm nicht nur die Wohnung, sondern auch ein bisschen Geld hinterlassen, unter Umständen genug, um Ehrentraut fürs Erste aus seinen finanziellen Schwierigkeiten zu bringen. In seiner Lage greift man doch nach jedem Strohhalm.«

»Frage drei: Traust du Harry zwei solche Morde zu?«

Wie aus der Pistole geschossen antwortete Leopold: »Natürlich. Der Mord an Zeleny geschah aus Hass, aus Rache. Da war er ordentlich motiviert und wahrscheinlich nicht so verlebt wie heute. Und am Dienstag, als Ehrentraut umgebracht wurde, war Harry noch relativ gut beisammen. Da befand er sich in einer Notsituation. Vergiss außerdem nicht, dass der Kerl ein ganz schön hohes Aggressionspotenzial hat.«

»Trotzdem kann ich mich mit deinen Ausführungen irgendwie nicht anfreunden«, klang Korber alles andere als überzeugt.

Leopold lächelte genüsslich wie Meisterdetektiv Hercule Poirot beim Verzehr eines Schokoladenpuddings, nachdem ihm wieder ein Geniestreich geglückt war. »Du wirst sehen, dass ich recht habe«, sagte er. »Vielleicht fühle ich mich in letzter Zeit öfter mal ein wenig unpässlich, aber wenn's um Mord geht, bin ich topfit. Ich bin gespannt, wie weit Richard mit dem Fall schon ist. Vorsichtig geschätzt glaube ich, dass wir beide derzeit die Nase vorn haben.«

»Bleibt eine kleine, aber wesentliche Schwierigkeit: Wie willst du das alles beweisen?«, fragte Korber, während er sich ein weiteres Bier aus dem Kühlschrank holte.

»Beweisen? Nichts leichter als das. Das Schwierigste ist, wie ich dir schon einmal zu vermitteln versucht habe, die wesentlichen von den unwesentlichen Fakten zu unterscheiden und dadurch auf die richtige Spur zu kommen. Alles Weitere ergibt sich praktisch von selbst«, dozierte Leopold. »Also, was sind deiner Meinung nach unsere nächsten Schritte?«

»Keine Ahnung.«

»Zunächst einmal müssen wir herausfinden, was Ehrentraut konkret gegen Harry in der Hand hatte, um ihn erpressen zu können. Das ist unsere wichtigste Aufgabe. Aufgabe zwei lautet: Angie finden.«

Korber schien Spaß an Leopolds Ausführungen zu haben. »Fantastisch, fantastisch«, amüsierte er sich. »Und wie haben der Herr vor, die Sache anzulegen?«

»Wir müssen noch einmal auf den Fußballplatz«, sinnierte Leopold. »Morgen ist dazu der ideale Zeitpunkt. Da läuft das Showtraining der Eintracht ab, inklusive Freibier und so. Bestimmt sind eine Menge Leute dort. Also eine gute Gelegenheit, Antworten auf unsere Fragen zu finden. Und wir haben ja noch unseren Privatdetektiv, dem das Wasser bis zum Hals steht. Ich bin gespannt, ob er und Bettina schon etwas gefunden haben, das uns weiterhilft.«

»Du glaubst doch nicht, dass ich dich auf den Sportplatz begleite«, wehrte Korber sich.

»Ja, warum denn nicht?«

»Blöde Frage. Weil Stary dort sein wird, natürlich. Vor dem kann ich mich doch nicht mehr blicken lassen.«

»Hast du vielleicht Angst vor ihm? Du, der unerschrockene Kämpfer gegen Unterdrückung in der Familie?«

»Ja, spotte nur«, sagte Korber, der mit einem Mal sehr müde wirkte. »Weißt du eigentlich, dass deine Methoden ganz schön altmodisch sind? Die von der Polizei geben bloß ein paar Daten in den Computer ein, und schon wissen sie, was sie wollen. Aber du ...«

»Der Computer, natürlich!« Leopolds Augen glänzten. »Auf den hätte ich beinahe vergessen. Thomas, Thomas, manchmal gibst du ja doch etwas Brauchbares von dir.«

Aber Thomas Korber hörte seine letzten Worte nicht mehr. Sanft war er in seinem bequemen Lehnstuhl, das volle Bierglas vor sich, eingeschlafen. Leopold tippte ihm nur kurz zum Abschied auf die Schulter, drehte das Licht ab und schlich sich dann aus der Wohnung, so leise er konnte.

11

Gut gelaunt, ja, fast ein wenig ausgelassen betrat Leopold am nächsten Morgen seine Arbeitsstätte. Er atmete die ein wenig abgestandene Luft im Café Heller ein wie eine frische Brise von der nahen Donau, die angenehm nach Wasser riecht und die Lebensgeister weckt. Er war mit sich zufrieden. Er befand sich auf dem besten Weg, den Fall zu lösen. Was fehlte, waren nur ein paar unwesentliche Kleinigkeiten, um seine Theorie zu untermauern.

Das Lokal lag unberührt und leer vor ihm da. Die Sessel und Tische lehnten ein wenig verschlafen herum und ließen sich gerade von den ersten kräftigen Sonnenstrahlen, die zum Fenster hereinlachten, wachküssen. Leopold warf die Kaffeemaschine an, dann verpasste er dem Mobiliar mit seinem Staubtuch eine letzte kleine Morgentoilette bis alles so war, wie es sich gehörte. Noch einmal atmete er tief durch. Es war Zeit, seinen Freund anzurufen. Solche Dinge konnte man nie früh genug erledigen.

»Juricek, Kommissariat Nord, Mordkommission.«

»Hallo Richard, hier Leopold.«

»Oh, meine Verehrung. Was steht an so zeitig am Morgen? Hast du den Fall schon aufgeklärt?«

»Du wirst lachen, aber so gut wie. Es fehlen nur noch ein paar Details.«

»Und da wendest du dich an uns? Das ist ja etwas ganz Neues!«

Leopold drückte ein wenig herum. »Ihr habt doch Ehrentrauts Computer unter eurer Obhut. Habt ihr ihn schon gründlich durchgefilzt? Aber nicht nur nach diesen Schmuddelbildern, sondern auch nach anderem Material?«

»Was suchst du? Mach es bitte kurz, ich bin noch ein wenig unausgeschlafen.«

»Irgendetwas über das Spiel, in dem Harry Leitner verletzt wurde, Margareten gegen Pötzleinsdorf vor zirka 15 Jahren. Habt ihr in dem Zusammenhang was gefunden?«

Statt einer Antwort kam eine erneute Frage: »Was ist daran so wichtig? Wen hast du in Verdacht?«

Wieder zögerte Leopold etwas. »Ich … ich weiß nicht. Ich möchte nichts Konkretes sagen, ehe ich es nicht beweisen kann. Aber meinem Gefühl nach hat die Sache mit diesem Spiel zu tun. Und mit Zelenys Tod.«

Juricek seufzte. »Kann ich es bitte ein bisschen detaillierter haben? Du versuchst schon wieder, Versteck mit mir zu spielen.«

»Ich habe gestern Abend mit Harry Leitner gesprochen.«

»Da hat er etwas Zusammenhängendes von sich gegeben? Meine Gratulation.«

»Nein, eigentlich nicht. Aber er reagiert ungemein sensibel, wenn man auf das Foul zu sprechen kommt, richtig aggressiv. Und dann ist da eine Verflossene von ihm im Spiel. Er hat intensiv von einer gewissen ›Angie‹ geschwärmt.«

»Viel ist das nicht gerade. Verdächtigst du etwa Harry?«

»Ehrentraut könnte ihn erpresst haben, vor allem, wenn er sich an Zeleny für das Foul gerächt hat, weil er dadurch seine große Liebe verloren hat. Und da muss er etwas gegen ihn in der Hand gehabt haben, verstehst du?«

Juricek räusperte sich. »Vielleicht ist da was dran. Wir werden uns darum kümmern.«

Das kam für Leopold nun ein wenig sehr schnell und unpersönlich. »Hast du auch schon eine Spur?«, wollte er wissen.

»Wir haben immer eine Spur«, hörte er Juricek gleichgültig sagen. »Das gehört zu unserem Beruf. Hör mal, ich muss jetzt Schluss machen. Schau doch heute Nachmittag bei diesem Schautraining vorbei. Ich komme auch hin. Da können wir über die Sache reden.«

»Ist gut, Richard. Und vergiss bitte nicht …«

»Wir sehen uns den Computer noch einmal an, keine Sorge«, sagte Juricek und legte auf.

›Komisch‹, dachte Leopold. ›Wenn ich ihn nicht informiere, meckert er, wenn ich ihm etwas Wichtiges sage, interessiert es ihn nicht.‹ Er ließ sich aber seine gute Laune dadurch nicht verderben. Er folgerte daraus, dass Juricek in dem Fall bisher nicht sehr weit gekommen war und die Zusammenhänge einfach nicht richtig erkannte. Das konnte ihm nur recht sein.

Sein Tatendrang an diesem Morgen war außerordentlich. Leichtfüßig brachte er eine Melange zu Frau Lind ans erste Fenster, geradezu heiter begrüßte er seine Chefin mit einem »Schönen guten Morgen, gnädige Frau«, als sie das Lokal durch die kleine Küche betrat, um ein erstes Mal nach dem Rechten zu sehen.

»Sie sind ja heute nicht wiederzuerkennen«, grummelte Frau Heller. Im Gegensatz zu Leopold befand sie sich in einer miesen Stimmung. Sie hatte schlecht geschlafen, weil sie fortwährend davon geträumt hatte, dass ihr Lokal von der Behörde zugesperrt worden war und sie ein großes Plakat mit dem Hinweis ›Bis auf Weiteres aus hygienischen Gründen geschlossen‹ an der Eingangstür anbringen hatte müssen.

»Gell, da schauen Sie. Aber das ist der Frühling, wenn er so beim Fenster hereinblinzelt. Er macht uns einfach alle zu anderen Menschen.«

»Ja, ja!« Nervös zog Frau Heller an ihrer ersten Zigarette. »Vielleicht hat dann auch heute wieder alles eine bessere Ordnung als an den Tagen vorher.«

»Aber selbstverständlich«, meinte Leopold begeistert. »Und wissen Sie was? Ich habe mir, das betreffend, meine Gedanken gemacht. Ich habe großartige Ideen, wie man die Abläufe optimieren kann.«

»Opti... was?«, fragte Frau Heller verständnislos.

»Optimieren. Das funktioniert wunderbar, wenn wir die kommenden Ereignisse rechtzeitig antizipieren.«

»Was soll das? Wollen Sie mich auf den Arm nehmen?« In Frau Hellers verschlafenem Kopf war kein Platz für so viele komplizierte Wörter.

»Keineswegs, Frau Chefin. Wie gesagt, ich habe über die Dinge nachgedacht. Ich werde Ihnen gleich zeigen, was ich meine.« Leopold hantierte umständlich an der Kaffeemaschine herum, dann öffnete er eine Bierflasche und griff nach einem Glas. Schließlich sah es so aus, als ob er einen Tee zubereiten wollte. Dazwischen bat er Frau Heller um ein Briochekipferl und einen Gugelhupf.

Die fragte nur mehr kopfschüttelnd: »Für wen soll denn das alles sein?«

»Der große Braune ist für Frau Sandner, das Bier für Herrn Kommerzialrat Lorenz und der Tee für unsere zwei jungen Studentinnen, Sie wissen schon. Sie trinken ihn immer mit Milch. Die eine kriegt das Kipferl, die andere den Gugelhupf«, erklärte Leopold.

»Aber die sind ja noch gar nicht da.«

»Das ist ja der Trick. Optimierung unseres geschäftlichen Ablaufs, verstehen Sie? Alle vier werden gleich kommen, weil sie jeden Tag um diese Zeit kommen. Ihre Bestellungen haben wir aber bereits fix und fertig hergerichtet, sie brauchen nur mehr an ihren Platz gebracht zu werden. Das bringt jede Menge Zeitersparnis. Durch Antizipation.«

»Es könnte sein, dass sie später kommen. Viel später. Oder gleich gar nicht«, blieb Frau Heller skeptisch.

»Unsere Stammgäste finden sich immer pünktlich ein, Frau Chefin. Da gibt es keine Unregelmäßigkeiten«, beharrte Leopold. »Da ändert sich nichts über Tage, Wochen und Jahre. Und wenn einer unserer täglichen Besucher wirklich einmal ausfallen sollte, dann hat das einen schwerwiegenden Grund. Da muss er schon mindestens 39 Grad Fieber haben oder auf dem Operationstisch liegen.«

»Sie spinnen, Leopold.«

»Nein, ich antizipiere. Warum wir da nicht schon früher draufgekommen sind. Stellen Sie sich einmal vor, welche Vereinfachungen das mit sich bringt. Man muss nicht mehr warten, bis die Leute etwas bestellen, man kann gleich alles in der geeigneten Art vorbereiten. Das ist ja auch das Geheimnis der modernen Marktwirtschaft. Da wird nicht mehr auf einen Auftrag gewartet wie im Mittelalter, sondern das fertige Produkt ist zur Stelle, wenn der Kunde es wünscht.«

Wie zur Bestätigung von Leopolds Theorie kam Frau Sandner zur Tür herein. »Auf die Minute wie immer, gnä Frau«, säuselte er und brachte den Kaffee an ihren Tisch.

Trotzdem zeigte sich Frau Heller nicht gerade begeistert. »Was faseln Sie da zusammen, Leopold?«, fragte sie. »Wenn man Ihnen so zuhört, könnte man glauben, Sie wollen aus unserem Kaffeehaus eine Imbissstube machen und nicht dieser ungehobelte Kanadier.«

»Liegt mir fern, Frau Chefin. Aber eine kleine, zeitsparende Innovation wird doch erlaubt sein.«

»Innovation?«, empörte sich Frau Heller. »Wir sind ein Traditionsbetrieb, Leopold.«

Inzwischen war auch der pensionierte Kommerzialrat Lorenz eingetroffen. »So, da ist Ihr kühles Blondes, Herr Kommerzialrat«, sagte Leopold und stellte vor dem perplexen Lorenz, der sich gerade einmal eben eine Zeitung holen wollte, das Bier ab. Beim Zurückgehen bemerkte er: »Es hilft, Frau Chefin, Sie werden schon noch draufkommen. Es bringt uns die kleinen Zeitfenster, die wir in unserem Job brauchen. Ich müsste zum Beispiel jetzt gerade telefonieren.«

»Na, in solchen Fällen müssen unsere Gäste halt wie eh und je ein bisserl warten«, meinte Frau Heller nur.

»Da stehen die zwei Tee mit Milch, wenn die Studentinnen kommen«, erklärte ihr Leopold beiläufig, während er sein Handy nahm und eine Nummer wählte. »Und das Kipferl. Und der Gugelhupf. Sie brauchen es nur noch zu servieren.«

Mit einer eindeutigen, kreisenden Handbewegung, die sie in der Mitte ihrer Stirn ausführte, zog sich Frau Heller wieder hinter die Theke zurück. Leopold aber fühlte sich so wohl und beschwingt wie schon lange nicht mehr. Am liebsten hätte er schnell die zwei Händetrockner besorgt und selbst installiert. Jetzt musste er allerdings ein paar Worte mit Gerry Scheit reden.

»Hallo?« Die Stimme am anderen Ende der Leitung war weiblich und klang unausgeschlafen.

»Bettina?«

»Ja! Wer spricht da?«

»Hier ist Leopold, Sie wissen schon. Eigentlich wollte ich mit Gerry Scheit reden.«

»Ach«, seufzte Bettina. Leopold versuchte sich vorzustellen, wie sie sich dabei mit der Hand durchs Haar fuhr. »Er schläft noch. In der Nacht arbeitet er, und in der Früh … da schläft er eben.«

»Wecken Sie ihn auf.«

»Muss das sein?«

»Bettina! Wie oft soll ich Ihnen sagen, dass es hier nicht um mich geht«, ermahnte Leopold sie ungeduldig. »Sie beide sind verdächtig, Ihren Mann Wolfgang umgebracht zu haben. Ich will Ihnen nur helfen, aus dem Schlamassel rauszukommen. Muss ich noch deutlicher werden?«

»Na gut.« Jetzt hörte Leopold ihr Trippeln durch die Leitung, wie sie nervös zum Schlafzimmer ging, um ihren Gerry wachzukriegen.

»Ja?«, krächzte Gerry dann rascher als erwartet in sein Handy.

»Haben Sie schon etwas gefunden?«, erkundigte Leopold sich.

»Hören Sie«, grummelte Scheit. »Ich habe nach wie vor andere Dinge zu erledigen, Jobs, für die ich das Geld bekomme, von dem ich lebe. Ich werde mich schon zu gegebener Zeit ein wenig umsehen.«

»Nicht zu gegebener Zeit, sondern jetzt«, versuchte Leopold, ruhig zu bleiben. Der Kerl schien über Nacht wieder stur geworden zu sein. »Sie können nicht mehr zuwarten. Schön langsam wird es eng für Sie. Also bemühen Sie sich bitte um Resultate.«

»Das ist nicht so einfach«, gab Scheit zu bedenken. »Es ist viel zu unklar, wonach ich suchen soll. Das dauert Stunden, vielleicht Tage. So viel Zeit habe ich nicht.«

»Ich kann mir vorstellen, dass Ehrentraut gern fotografiert oder gefilmt hat. Suchen Sie nach Fotos und Videomaterial, mit dem er jemanden erpressen konnte. Sie kennen doch sicher Harry Leitner?«

»Den ständig betrunkenen ehemaligen Fußballspieler?«

»Genau. Vielleicht gibt es Material über das Spiel, bei dem er so schwer verletzt wurde, Margareten gegen Pötzleinsdorf vor etwa 15 Jahren. Vielleicht finden Sie sonst etwas über ihn. Verstehen Sie?«

»Das ist immerhin schon ein wenig konkreter«, brummte Scheit.

»Na also! Der Bursche, der das mörderische Foul begangen hat, hieß Zeleny. Der ist ein Jahr später in seiner Badewanne ertrunken. Ich glaube, dass es Mord war. Aber um da dahinterzukommen, brauche ich seine letzte Wohnadresse.«

»Sie wollen dort nachfragen, ob sich jemand erinnern kann? Und Sie glauben, dass das alles mit dem Mord an Ehrentraut zu tun hat?«

»Sie sind ein schlauer Bursche. Also los, und schauen Sie, dass Sie bis heute Nachmittag alles beisammen haben.«

Jetzt schien Scheit aus allen Wolken zu fallen. »Wie soll ich denn das machen?«, fragte er.

»Ihr Problem, aber stellen Sie sich nicht so dumm. Es

gibt das Meldeamt, das Internet und alte Telefonbücher. Es gibt Zeitungen von früher, in denen sicher etwas über Zelenys Tod gestanden ist. Es gibt die Vereine, bei denen er gespielt hat, zum Beispiel Pötzleinsdorf. Also fragen Sie nicht ständig herum, sondern beeilen Sie sich.«

»Ich werd's versuchen«, sagte Scheit, aber es klang nicht sehr überzeugend. Dann klickte es in der Leitung. Er hatte aufgelegt, ohne sich zu verabschieden. Leopold fürchtete, dass er sich wieder in seinem Bett verkriechen würde, anstatt nach Beweismaterial zu suchen.

*

»Hello, Boys!« Mit diesen Worten betrat Joe Brown kurz vor dem Schautraining die Kabine der Kampfmannschaft von Eintracht Floridsdorf. Klaus Stary, der mit ihm gekommen war, hielt derweil draußen Wache.

»I have no idea, ob ihr wisst, wer ich bin, Boys«, fabulierte Brown in seinem unverwechselbaren Akzent. »Ich war ja schon ein paar Mal hier und habe mir eure Spielwiese angesehen, aber das tut nichts zur Sache, das ist wirklich nicht important. Mein Name ist Joe Brown. Ich bin Präsident von euren Kollegen, den Floridsdorfer Kickers. Really nice club! Wir können tatsächlich Meister werden, und wenn wir Champions sind, haben wir große Ziele. Dann wollen wir den anderen einmal Feuer unterm Arsch machen, wie man hier bei euch so sagt. Aber dazu fehlt noch ein kleines Stück.

Ich weiß, wovon ich rede. Ich bin ja selbst aufgewachsen hier in Floridsdorf, und dann hinüber über den großen Teich nach Kanada. I had a dream, Boys, ich habe einen Traum gehabt. Da drüben gibt es nämlich viel Holz, und ich habe mir gedacht, es ist doch unnötig, wenn dieses ganze schöne Holz einfach im Wald stehen bleibt. Also habe ich die Ärmel aufgekrempelt. ›Des werd ma glei hob'n‹, habe ich gesagt, und was ist heute? Heute gehört mir eine der größten Möbelketten von Amerika, Boys, that's for sure.

Und jetzt habe ich noch so einen Traum. Ich möchte was erreichen mit dem Football hier in Floridsdorf. Hat mich schon etliche Mäuse gekostet. Aber warum sollen zwei Klubs jeder für sich allein dahinvegetieren, habe ich mir gedacht. Sind wir nicht gemeinsam stärker, die Kickers und ihr? Wir wollen to the Top. Wir können zusammenwachsen. Nur eins: Wir müssen raus aus dieser Scheißliga, sonst könnt ihr das Projekt vergessen. Ein weiteres Provinzjahr interessiert mich nicht.

Also, wie schaut's mit euren Träumen aus? Wollt ihr nicht auch mal ordentlich verdienen, anstatt für ein Butterbrot zu spielen?« Plötzlich wurde Brown durch einen dunkelhäutigen Spieler irritiert, der sich offenbar mehr für sein Handy interessierte als für seine Ausführungen. »He, du da«, rief er ihm zu. »He, schwarzer Mann. What are you doing? Du zuhören, kapiert?«

»Bis jetzt hab ich alles verstanden«, sagte der Dunkelhäutige in perfektem Deutsch.

»Wie heißen?«, wollte Brown wissen. »Wo kommst du her?«

Der Dunkelhäutige seufzte. »Ich heiße Said. Said Khairi. Aus Marokko.«

»Du schon lange hier?«

»Seit meiner Kindheit. Ich bin da aufgewachsen«, antwortete Khairi verärgert.

»Und Frau? Hast du Frau? Und Kinder? Viele Kinder?« Brown machte einige unmissverständliche Handbewegungen.

»Nein, aber was soll der Quatsch?«, fragte Khairi wütend.

»Immer mit der Ruhe, mein schwarzer Freund. Es ist besser, wenn man aufpasst, wenn ich was sage. Eines Tages wirst du nämlich Frau und Kinder haben, das ist bei euch so üblich. Statistik, you know? Und dann wirst du mit dem bisschen, das du hier bekommst, nicht weit kommen. Aber wenn du und alle anderen ordentlich mit dem Fußball abkassieren, dann seid ihr nicht abhängig von der Economy, ob ihr einen Job bekommt, mit dem ihr eure Family ernähren könnt.« Brown paffte ungeniert an einer großen Zigarre. Dabei stand er genau dort, wo ein Schild ›Rauchen verboten‹ angebracht war. »As I said, betrifft das euch alle hier«, fuhr er fort, nachdem er genüsslich den Rauch ausgeblasen hatte. »Money makes the world go around. Ich kann euch was bezahlen, ich kann euch Geld geben, Kohle, Pinkepinke. Aber jetzt hört zu: Meine Floridsdorfer Kickers müssen dazu Meister werden. Dann drehen wir die Lichter hier ab, gehen zusammen in ein neues Stadion vom Feinsten und schreiben Fußballgeschichte.«

»Die meisten von uns werden nach so einer Fusion gar nicht dableiben dürfen«, meldete sich Hermann König, der Kapitän der Mannschaft, zu Wort. »Da heißt es doch nur vielen Dank und tschüss.«

»He, junger Freund, bist du afraid? Natürlich wird ein wenig aussortiert, das ist so wie beim Obst oder beim Fleisch.« Brown begann lauthals zu lachen. »Die Guten bleiben, die anderen gehen. Das ist die Leistungsgesellschaft, do you understand? Aber es soll niemand seinen

Schaden daran haben. Beim letzten Händedruck wird sicher eine kleine Aufmerksamkeit für die Betroffenen mit dabei sein.«

Eine leichte Unruhe beschlich die Spieler, die bis jetzt ruhig dagesessen waren.

»Wie viel ist das?«, hörte man Einzelne fragen.

»Nur keine Panik«, sagte Brown zwischen Rauchwölkchen. »Es ist für alle genug da. Aber noch ist es nicht so weit. Der Tisch ist noch nicht gedeckt. Eine Kleinigkeit fehlt. Die Kickers müssen am Sonntag hier gewinnen.«

»Sie wollen, dass wir verlieren«, stellte König fest.

»Sagen wir es so: Eure Zukunft liegt in eurer Hand. Für einen Sieg bekommt ihr nur die paar Kröten, die ihr mit eurem Präsidenten ausgehandelt habt. Und sonst? Jeder 5.000 Euro, bar auf die Hand. Also: Zahlt es sich da aus, sich anzustrengen, wo es für euch praktisch um nichts mehr geht? Bei der Hitze? Am Ende einer anstrengenden Saison, wo sich doch keiner mehr weh tun möchte? Überlegt euch das doch mal, Jungs, just think about it.«

»Das möchten wir schriftlich haben«, kam es von den Spielern.

Brown schnippte nur kurz die Asche von seiner Zigarre und meinte: »Boys, ihr seid crazy. Über solche Dinge gibt es keinen Vertrag, you know? Aber ich halte mein Wort, darauf könnt ihr euch verlassen. Des werd ma scho moch'n. So, und nach dem Training kauft ihr euch jeder eine Tüte Eis.« Mit einem flotten Griff hatte Brown ein Bündel Hunderteuroscheine aus seiner Hosentasche gefischt, die er mit einem großzügigen Lächeln unter den Spielern verteilte.

Im selben Augenblick zischte Klaus Stary herein: »Es

wird Zeit, dass wir verschwinden. Sturm und Sonnleitner sind im Anmarsch!«

Aber da tauchten die beiden schon vor dem Kabinentrakt auf und sahen nicht so aus, als ob sie in friedlicher Absicht kämen. »Was tun Sie hier?«, rief Sturm mit erhobener Stimme in Richtung Brown. »Was haben Sie hier zu suchen?«

Brown zuckte nur mit den Achseln und verteilte den Rauch seiner Zigarre in die laue Mailuft. »Sorry, Trainer«, grinste er Sturm entgegen. »Aber es hatte bisher niemand Wert darauf gelegt, mich der Mannschaft vorzustellen. Und wenn ich schon heute als Sponsor für dieses Training auftrete, damit ein bisschen Schwung in die Bude kommt, habe ich mir gedacht …«

»Nichts da, nichts da«, unterbrach ihn Sturm. »Sie haben in dieser Richtung nicht zu denken. Wenn Sie hier auf Ihre eigenen Kosten ein Kasperltheater veranstalten, dann geht mich das nichts an. Aber die Mannschaft ist mein Revier. Machen Sie sich hier also nicht wichtig. Sie gehören ja nicht einmal zum Verein.«

»Immer dieser Kleingeist«, konstatierte Brown kopfschüttelnd. »Könnte es nicht sein, dass Sie bloß eifersüchtig sind, weil Sie hier bald alle miteinander nichts zu reden haben? Es fällt euch schwer, die neuen Verhältnisse zu akzeptieren, I see. Drum wollt ihr heute noch anschaffen, weil es morgen nicht mehr geht. There is no tomorrow for you, kapiert? Des werd ma scho moch'n.«

»Sie haben versucht, die Mannschaft zu bestechen«, attackierte ihn Sturm geradeheraus.

»Überlegen Sie sich, was Sie da sagen«, kam es jetzt lauernd und ein wenig drohend von Brown.

»Da brauche ich nicht viel zu überlegen, das ist ja offensichtlich«, donnerte Sturm wütend. »Da legt man eben ein bisschen Geld hin, damit am Sonntag ja nichts schief geht. Sie denken, mit Geld können Sie alles regeln, nicht wahr? Wie ich sehe, haben Sie schon ein neues Maskottchen gekauft, das Ihnen nicht von der Seite weicht.«

Stary brauchte lange, bis ihm dämmerte, dass er damit gemeint war, dann ging er aber sofort mit einem »Du pass auf« auf Sturm los. Sturm schien nur darauf gewartet zu haben, um die in ihm aufgestauten Aggressionen loszuwerden. Er parierte Starys ersten Angriff und wollte ihm nun seinerseits einen Denkzettel verpassen. Ehe sich aus dem Gerangel jedoch eine handfeste Rauferei entwickeln konnte, ging Sonnleitner dazwischen.

»Hört auf euch zu schlagen wie kleine Kinder!«, ordnete er an. »Man muss sich ja genieren. Überhaupt Sie, Stary. Wer sind Sie hier eigentlich wirklich? Nichts, außer vielleicht das Liebkind von Herrn Brown, und der ist ebenfalls nichts, wie wir gerade erfahren haben. Ich muss mich sehr über die Unverfrorenheit wundern, mit der Sie beide in die Kabine unserer Spieler eingedrungen sind. Ich muss Sie bitten, das in Zukunft zu unterlassen.«

»Ich habe nur versucht, der Mannschaft ihre Position klarzumachen«, sagte Brown. »Offenbar wissen Sie ja selbst nicht einmal, was los ist.«

»Oh doch, das weiß ich«, entgegnete Sonnleitner. »Glauben Sie, ich bin blind? Ich sehe schon seit Tagen, wie versucht wird, den Verein zu unterwandern. Nicht einmal Wolfgang Ehrentrauts Tod hat Sie und Ihre Leute davon abgehalten. Aber ein wenig werden Sie sich noch gedulden müssen. Noch bin ich da. Vielleicht haben Sie gehofft, dass ich freiwillig das Feld räume, aber ich habe es mir überlegt. Wenn die Leute wollen, dass ich bleibe, so bleibe ich. Schauen wir mal, was bei der Generalversammlung tatsächlich herauskommt.«

»Mal sehen«, hörte man undeutlich von Brown, der sich bereits umgedreht hatte. Er ließ den Stummel der Zigarre bei seinem Abgang achtlos zu Boden kullern. Stary folgte ihm nach wie ein treuer Soldat. Nach einigen Augenblicken machte sich auch Sonnleitner wieder auf den Weg.

Sturm schaute kurz zu seinen Spielern in die Kabine. Während andere so taten, als sei nichts geschehen, winkte ihm Hermann König mit dem Hunderteuroschein, den er soeben von Brown erhalten hatte.

»Kurz locker auf dem Trainingsplatz aufwärmen«, befahl Sturm. »In zehn Minuten gehen wir auf das Hauptfeld und lassen den ganzen Rummel über uns ergehen.« Dann stapfte er Richtung Kantine, vorbei an den Bierständen, wo sich die Leute drängten, um zu ihrem Freigetränk zu kommen, und wo Brown sichtbar seine Männer postiert hatte, um noch rasch Mitglieder zu werben.

Sein Kopf war voll von Dingen, die ihn sehr nachdenklich machten.

*

Thomas Korber und Leopold saßen in der halbleeren Kantine. Das große Treiben lief heute draußen im Schein der kräftigen Abendsonne ab, wo langsam so etwas wie Biergartenstimmung aufkam, eine Band zu spielen begann, und der Lautsprecher verkündete, dass die sportliche Zukunft Floridsdorfs in diesen Minuten beginnen würde. Alles lief ohne gröbere Zwischenfälle ab. Die ›Freunde der Eintracht‹ schienen sich mit ihrem Aufstand zurückzuhalten, um in aller Stille den großen, entscheidenden Schlag vorzubereiten.

Leopold war gerade dabei, Korber zu beruhigen, der Klaus Stary draußen vorbeihuschen gesehen hatte. »Glaubst du, der hat jetzt Zeit für einen Wickel mit dir? Der hat im Moment andere Sorgen«, sagte er.

»Meinst du?«

»Sicher. Der muss sich doch bei Brown wichtig machen und überhaupt allen zeigen, was für ein Wunderwuzzi er ist, damit er den Job, auf den er aus ist, auch bekommt. Du kannst dich also entspannen. Das heißt, einen kleinen Gefallen könntest du mir vorher tun.«

»Kommt nicht infrage«, wehrte Korber gereizt ab.

»Du weißt doch gar nicht, was ich von dir will.«

»Das ist nicht schwer zu erraten. Irgendeine Schnüffelei wird's wohl sein.«

Tatsächlich war Leopold bei seinen Versuchen, herauszufinden, wer Harry Leitners Angie war, nicht weit gekommen, und das wurmte ihn. Selbst ›Fips‹ Ziegler, sonst verlässlicher Eintracht-Chronist, hatte sich an keine Frau dieses Namens in Zusammenhang mit Harry erinnern können. »Harry hat zu seiner Zeit bei uns eine Menge Frauen gehabt«, hatte er nur gemeint. »Er war da nicht sehr wählerisch. In seiner stärksten Phase jede Woche eine andere. Da hat es immer jede Menge Gerüchte gegeben. Aber eine Angie oder wofür der Name auch stehen könnte war sicher nicht dabei.«

Leopold deutete kurz Richtung Theke. »Schau mal nach vorn«, forderte er Korber sanft auf. »Wer steht dort einsam und verlassen und versaut unserer Gretl Posch den Tag? Richtig, unser Freund Harry. Er sieht noch relativ nüchtern aus. Geh und ziehe ihn in ein vertrauliches Gespräch. Vielleicht sagt er dir heute mehr als mir gestern.«

»Geh doch selber hin«, blieb Korber stur.

»Ich kann nicht. Mich kennt er schon. Ich bringe aus ihm nichts mehr raus.«

Korber schüttelte den Kopf und deutete auf sein Fruchtsaftgetränk: »Ich kann auch nicht. Ich bin heute alkoholfrei unterwegs.«

»Das hält bei dir ohnehin nicht lange an«, meinte Leopold. »Hab doch ein Einsehen. Ich muss unbedingt wissen, was das für eine Angie war. Du als geschulter Pädagoge bist meine letzte Hoffnung. Harry wirkt auf mich wie ein kleiner Junge, der Angst vor einer Schularbeit hat und sich ein wenig Mut antrinkt. Bei so jemandem erreichst du am ehesten etwas.«

»Ich weiß nicht so recht. Das ist doch gefährlich. Du hast selbst gesagt, dass du Harry für den Mörder hältst.«

»Ach was«, versuchte Leopold ihn zu beruhigen. »Wenn er zu viel hat, schreit er herum, ist aber im Grunde harmlos. Außerdem bin ich ja auch noch da.«

Korber zögerte, stand dann aber doch auf und ging nach vorn. Leopold hörte, wie er bei Gretl Posch zwei kleine Bier und einen Weinbrand bestellte.

Im selben Augenblick stürzte Helmut Sturm, aufgewühlt von den Ereignissen vorher, zur Tür herein. »Eine Flasche Mineralwasser«, rief er Gretl hastig zu. Dann stieß er plötzlich Thomas Korber an. »Was tun Sie da?«, empörte er sich. »Warum zahlen Sie Harry ein Bier und einen Schnaps? Wollen Sie, dass er sich zu Tode säuft? Ihr dürft ihm nichts mehr geben, ein für allemal«, beschuldigte er Gretl.

Die schien nur darauf gewartet zu haben, ihre schlechte Laune an jemandem auszulassen. »Was heißt, wir dürfen ihm nichts mehr geben«, fauchte sie entrüstet. »Willst du mir etwa vorschreiben, was ich an wen zu verkaufen habe? Heute nehmen sie mir mit dem Freibier sowieso schon das ganze Geschäft weg. Und den Bertl halten sie auf dem Kommissariat fest.«

»Ach so?«, fragte Sturm. Auch Leopold wurde gleich hellhörig.

»Ja, jetzt verdächtigen sie ihn auch schon wegen dem Mord. Und dann kommst du, und möchtest mir Befehle erteilen. Ich glaube, ich sperre den Laden demnächst zu. Heute ist kein guter Tag.«

»An Betrunkene darf kein Alkohol ausgeschenkt werden, so einfach ist das«, erklärte Sturm.

»Jetzt willst du mir auf meine alten Tage erklären, wer betrunken ist«, sagte Gretl Posch und kippte in ihrer Aufregung wieder einmal einen Klaren hinunter. »Weißt du was? Geh lieber zu deiner Mannschaft, solange du noch eine hast.«

Sturm nahm sein Mineralwasser und ein Glas und stellte sich wortlos an einen der Stehtische.

»Entschuldigung«, redete Leopold ihn an und stellte sich neben ihn. »Ich möchte mich da nicht einmischen, aber vor zwei Tagen habe ich gesehen, wie Sie selbst Harry ein Bier und einen Schnaps spendiert haben. Was ist so schlimm daran, wenn ihm heute mein Freund was bezahlt?«

Sturm wirkte nervös. Seine Hände, die jetzt eine Zigarette hielten, zitterten leicht. »Ach wissen Sie«, erklärte er. »Vielleicht bin ich momentan etwas schief gewickelt, weil ich gerade Ärger hatte. Aber man kann es nicht zulassen, dass sich dieser Mensch jeden Tag volllaufen lässt. Das richtet ihn ja zugrunde. Ich als sein Freund habe es vielleicht auch lange Zeit zu gut mit ihm gemeint. Damit ist jetzt Schluss.«

»Ist alles mit dem Foul gekommen, nicht wahr?«, sinnierte Leopold. »Schon tragisch, wie so etwas einen Menschen verändern kann.«

»Ja, furchtbar«, pflichtete Sturm ihm gedankenverloren bei. Er trank hastig von seinem Mineralwasser und schaute auf die Uhr.

»Sie waren doch damals Harrys Trainer. Wie ist es eigentlich zu diesem schweren Foul gekommen?«, wollte Leopold wissen. »Hat es vorher vielleicht eine Auseinandersetzung zwischen Harry und diesem Robert Zeleny gegeben?«

»Roman Zeleny, nicht Robert«, korrigierte Sturm. »Nein, nein, was denken Sie. Früher wurde in der Landesliga einfach wahnsinnig hart gespielt. Man wollte es den Großen in der Bundesliga nachmachen, aber Kraft und Kondition dazu haben gefehlt. Da hat es dann schon böse Attacken gegeben, wenn der Ehrgeiz größer als das Können war. Und jetzt stellen Sie sich diesen Roman Zeleny vor, ein Bär von einem Mann, ein Riese. Allerdings hat er es schon ziemlich schwer gehabt, mit dem Tempo mitzuhalten. Harry, schnell wie ein Pfeil, war an ihm vorbei, und dann kam die böse Blutgrätsche.«

»Also keine Absicht?«

Sturm zuckte mit den Achseln. »Sicher nicht so, wie Sie denken. Es ist eben passiert. Wer weiß denn, wie alles wirklich war, nach so vielen Jahren. Das Training, Sie wissen schon.« Er stürzte den Rest von seinem Glas hinunter und machte eine entschuldigende Handbewegung.

»Vielleicht können Sie mir eine letzte Frage beantworten«, blieb Leopold hartnäckig. »Hatte Harry damals eine Freundin, die Angie hieß?«

»Das kann ich Ihnen beim besten Willen nicht sagen«, meinte Sturm im Gehen. »Harry hat es nämlich mit seinem weiblichen Bekanntenkreis ein wenig übertrieben. Dadurch hat er sich hier zeitweise nicht gerade beliebt gemacht. Das war auch ein Grund, warum er dann mit mir als Trainer zu Margareten gewechselt ist.«

»Angie könnte eine Freundin von Zeleny gewesen sein.«

»Vielleicht. Möglich. Sehen Sie, auf diese Idee bin ich gar nicht gekommen. Aber wie gesagt, es ist alles schon lange her. Und ich muss jetzt wirklich zum Training.« Sturm öffnete die Kantinentür, drehte sich aber noch einmal in Richtung Theke und rief, drohend mit dem Zeigefinger winkend: »Schenk Harry nichts mehr ein, Gretl. Ich meine das ernst.«

*

Leopold verließ die Kantine ebenfalls, um ein wenig frische Luft zu schnappen. Der Lautsprecher plärrte nach wie vor, die Fußballer der Eintracht Floridsdorf schossen sich zum Gaudium der Umstehenden aus allen Positionen ein, und unter den immer zahlreicher werdenden Zuschauern floss das Freibier in Strömen. Es fehlte offenbar nicht mehr viel zur allgemeinen Glückseligkeit. Von der Unruhe, die am Dienstag vor der Ermordung Ehrentrauts geherrscht hatte, war nichts zu merken. Natürlich gab es lebhafte Diskussionen, aber was für die Zukunft am besten sein würde, darüber war man sich nicht einig.

Ein Sieg der Eintracht am Sonntag? Dann hätte man den Floridsdorfer Kickers zwar ordentlich den Tag versaut, würde sich aber auf Jahre damit begnügen müssen, in der Landesliga zu spielen, wenn, ja, wenn es überhaupt mit der Eintracht weiterging. Und eine Niederlage? Dann durfte man so gut wie sicher am Erfolg der Kickers mitnaschen, aber um den Preis, wohl auf immer mit dem ungeliebten Bezirksrivalen verbunden zu sein und langsam in ihm aufzugehen. Die meisten taten das, was man in Wien in solchen Situationen üblicherweise tut: Sie hofften auf den lieben Herrgott, und dass schon alles gut ausgehen würde.

Leopold schritt den Platz ab, auf dem er als Kind und Jugendlicher so oft, zuletzt aber so selten gewesen war. Dabei überkam ihn ob der ungewissen Zukunft ein bisschen Wehmut, gleichzeitig dachte er angestrengt nach. Von seiner frühmorgendlichen Hochstimmung war nur wenig übrig geblieben. Er hatte wieder das Gefühl, auf der Stelle zu treten. Kein Wunder, es tat sich ja nichts. Keine Spur von Angie und von denjenigen, die Antwort auf seine offenen Fragen finden sollten.

Da läutete sein Handy. Endlich.

»Hallo«, schnarrte Gerry Scheit hinein.

»Was gibt's?«

»Sie werden's kaum glauben, aber ich habe die Adresse. Vierter Bezirk, Argentinierstraße 50.«

»Wie haben Sie es denn herausgefunden?«, wurde Leopold neugierig.

»Fragen Sie mich nicht.« Scheit klang ein wenig erschöpft. »Es war nicht einfach, aber schließlich hat's geklappt. Ich habe mich dort auch ein wenig umgehört. Und ich habe Glück gehabt.«

»Inwiefern?« Leopold konnte sich kaum mehr zurückhalten.

»Beim Bazi-Wirt hat sich der Inhaber erinnern können. Zeleny war an dem Abend, wo er starb, in seinem Lokal. Mit zwei anderen Männern.«

»Tatsächlich? Hat er einen der beiden gekannt?«

»Nein. Zeleny war dort Stammgast, aber die beiden anderen waren zum ersten Mal dort. Ohne Foto war da nichts zu machen.«

»Ist dem Wirt vielleicht etwas Besonderes aufgefallen?«

»Langsam, langsam«, beschwichtigte Scheit. »Die drei haben an diesem Abend ordentlich gebechert. Zuerst waren sie ganz lustig, dann sind sie ziemlich anstrengend geworden. Sie haben zu streiten begonnen, der Wirt weiß aber nicht mehr, worüber. Er wollte schon eingreifen, aber dann haben sie sich wieder beruhigt. Schließlich sind sie gegangen.«

»Zusammen?«

»Ja. Zeleny war angeblich stockbesoffen. Niemand hat sich gewundert, dass ihm das in der Badewanne passiert ist, so wie der drauf war. Noch etwas: Einer von seinen Begleitern hat am Anfang ständig fotografiert.«

»Ehrentraut?«

»Vielleicht. Na, was sagen Sie? Das ist immerhin etwas. Und wie gesagt, mit Fotos von verdächtigen Personen kann man vielleicht mehr aus dem Wirten herauslocken«, sagte Scheit zufrieden. Man konnte förmlich hören, wie stolz er auf sich war. »Bettina und ich sind doch jetzt aus der Sache draußen?«, fragte er selbstsicher.

»Das liegt nicht in meiner Hand«, schränkte Leopold

ein. »Es sieht zumindest einmal nicht schlecht aus. Haben Sie in der Wohnung etwas gefunden?«

»Ich kann nicht überall gleichzeitig sein«, wurde Scheit jetzt wieder aufmüpfiger. »Bettina hat ein wenig nachgeschaut, aber ohne Ergebnis. Außerdem: Wenn Ehrentraut seinen Mörder wirklich erpresst hat, ist es da nicht wahrscheinlicher, dass das entsprechende Material mittlerweile beim Täter ist?«

Das war natürlich nicht von der Hand zu weisen. »Ist möglich«, gab Leopold zu. »Halten Sie sich auf jeden Fall zu unserer Verfügung«, ordnete er dann an, als ob er schon offiziell mit der Lösung des Falles betraut wäre.

»Sie können versuchen, mich anzurufen. Ich habe auf jeden Fall zu tun. Eine Observierung«, legte Scheit nach. Dann beendete er das Gespräch wieder grußlos.

Leopold hatte sich an dieses ungeschliffene Benehmen bereits gewöhnt. Er dachte kurz nach. Irgendetwas störte ihn zwar an Scheits Bericht, aber er wusste nicht so richtig, was. Jedenfalls gab es einen Zeugen, der sich gut an damals erinnern konnte. Und dass Zeleny von einem seiner beiden Begleiter ermordet worden war, stand für ihn so gut wie fest. Er war also doch einen Schritt weitergekommen.

Vielleicht hatte Thomas Korber in der Zwischenzeit etwas von Harry Leitner herausbekommen. Er ging wieder in die Kantine. Aber der Platz vorne an der Theke war, wie mittlerweile der gesamte übrige Raum, leer. Gretl Posch wusch Gläser ab und schaute nicht sehr glücklich drein.

»Was ist mit den beiden?«, fragte Leopold.

»Ich hab sie fortgeschickt«, sagte Gretl gleichgültig. »Ich möchte wegen Harry keine Schwierigkeiten bekommen. Ich sperr jetzt endgültig zu. Hier herinnen ist ohnedies nichts los, und der Rummel draußen geht mir auf die Nerven. Außerdem ist mein Mann immer noch auf dem Kommissariat.«

Thomas Korber war also mit Harry auf Tour, irgendwo, wo es etwas zu trinken gab und man nicht so knauserig war wie Gretl Posch. Er war jetzt ganz auf sich allein gestellt. Leopold konnte sich nicht helfen, aber das gefiel ihm überhaupt nicht.

*

Leopold überlegte. Sollte er Thomas Korber anrufen, suchen, oder überhaupt nichts dergleichen tun? Ergab es Sinn, sich während des Trainings ein wenig in der Menge umzuhören? Da fanden seine Augen Oberinspektor Juricek, der soeben den Fußballplatz betrat. Leopold winkte ihm und bekam den Gruß zurück.

»Da bist du ja«, stellte Juricek fest, während er kurz seinen Sombrero lüftete und sich mit der Hand übers Haar fuhr. »Na, was gibt es Neues?«

»Das müsste ich eigentlich dich fragen, Richard«, entgegnete Leopold. »Ihr haltet den Bertl Posch am Kommissariat fest?«

»Stimmt«, kam die knappe Antwort.

»Du glaubst, dass er der Mörder ist?«, fragte Leopold ungläubig. »Hast du Beweise?«

»Er war auf jeden Fall dort. Er ist durch das Loch im Maschendrahtzaun auf den Platz gekommen. Dabei ist er mit seinem Hemd hängen geblieben. Wir haben einen winzig kleinen Stofffetzen gefunden. Der passt zu ihm, keine Frage«, klärte Juricek ihn auf.

»Hat er schon etwas zugegeben?«

»Ja, dass er bereits vom Platz weggefahren war, aber noch einmal zurück wollte, um Ehrentraut zur Rede zu stellen. Die Geschichte mit der Kantine. Er behauptet jetzt aber, dass Ehrentraut schon tot war, als er hinkam. Angeblich hat er dann so schnell Reißaus genommen, dass die Sache mit dem Hemd passiert ist.«

»Du glaubst ihm?«

Juricek seufzte: »Nehmen wir einmal an, ich tue das. Das wirft dann einige offene Fragen auf. Erstens: War Ehrentraut mit Posch verabredet? Wenn ja, wie kam sein späterer Mörder dazu? Zweitens: Wenn Posch nicht mit ihm verabredet war, weshalb wusste er dann, wo er ihn finden würde? Drittens: Muss Bertl Posch dem Täter nicht irgendwie über den Weg gelaufen sein?«

»Du glaubst ihm also nicht?«

»Irgendetwas stimmt da nicht, verstehst du? Entweder hat Posch es getan, oder er verheimlicht uns etwas.«

Juricek wartete kurz, welchen Eindruck diese Worte auf Leopold machten.

Der fragte nur kurz: »Du glaubst mir und meiner Theorie also auch nicht?«

Ein Lächeln huschte über Juriceks Gesicht. »Das habe ich nicht gesagt. Aber dazu müsstest du mir jetzt endlich mitteilen, was es bei dir Neues gibt.«

Leopold erzählte ihm, was er soeben von Scheit erfahren hatte.

»Du weißt, dass Scheit ebenfalls der Tat verdächtig ist«, gab Juricek zu bedenken. »Und gerade mit dem machst du gemeinsame Sache?«

»Ich kann tun, was ich will«, verteidigte sich Leopold. »Ständig kritisierst du meine Vorgangsweise, aber wenn ich wirklich etwas von Bedeutung herausfinde, interessiert es dich nicht. So kommen wir natürlich nicht weiter.«

»Mag sein«, schmunzelte Juricek. »In einem Punkt hast du ja recht. Ehrentraut hat dieses ominöse Spiel damals wirklich mit einer Videokamera aufgenommen. Wir haben es auf seinem Computer gefunden.«

»Tatsächlich?«, strahlte Leopold triumphierend.

»Ja«, sagte Juricek. »Da kommt gerade Bollek mit seinem Laptop. Du wirst es nicht glauben, Leopold: Ich möchte, dass du dir die Szene mit dem Foul anschaust.«

Bollek murmelte einen kurzen Gruß in Richtung Leopold, sodass dieser aus dem Staunen gleich gar nicht mehr herauskam. Dann marschierten alle drei in Richtung Kantine, wo Gretl Posch gerade dabei war, alle Luken dicht zu machen.

»Wir schließen«, rief sie ihnen zu.

»Ein wenig werden Sie sich noch gedulden müssen, Frau Posch«, ordnete Juricek an. »Wir möchten uns hier kurz etwas ansehen. In der Zwischenzeit können Sie Ihren Mann anrufen und ihm klarmachen, dass es besser für ihn ist, wenn er uns die Wahrheit erzählt.«

Sie setzten sich an einen Tisch. Bollek öffnete den Computer und schaltete ihn ein. Mit ein paar Mal Klicken kam er zu dem gewünschten Filmdokument. Gespannt sahen drei Paar Augen auf den Bildschirm. Das Spiel zwischen Margareten und Pötzleinsdorf begann noch einmal vor ihnen abzulaufen, wenn auch nicht gerade in bester Bildqualität.

»Schau dir einmal die Kameraperspektive an«, sagte Juricek zu Leopold. Leopold brauchte kurze Zeit, bis er begriff, was sein Freund meinte, dann nickte er. Er begann zu verstehen, was da vor seinen Augen ablief.

Juricek bedeutete Bollek, vorzuspulen. Jetzt kam die Szene mit dem Foul. »Schau bitte genau hin«, bat Juricek. »Ich bin gespannt, ob du das denkst, was ich auch denke.«

Harry Leitner lief mit dem Ball an der linken Seitenoutlinie entlang. Es war ein anderer Harry Leitner als der der Gegenwart, einer, an den sich Leopold erst langsam wieder zurückerinnerte: schnell, jung, dynamisch, ohne äußere Zeichen eines vielleicht schon sündhaften Lebenswandels. Er zog zur Mitte, Richtung Strafraum, wo zwei Pötzleinsdorfer Spieler postiert waren. Plötzlich kam Zeleny von hinten mit mächtigem Antritt geradewegs auf Leitner zu. Eins war deutlich: Es gab dafür keine wie immer geartete sportliche oder spielerische Motivation. Umso schwerwiegender war dann der Zusammenstoß, das Krachen Bein auf Bein, der Aufschrei …

»So ein Schwein«, entfuhr es Bollek. »Das war volle Absicht.« Aber damit schien sich sein mechanisch operierender Geist auch schon wieder zufriedenzugeben. Er bemerkte nicht, dass da noch etwas war.

Juricek schaute an ihm vorbei zu Leopold, als suche er eine Bestätigung für all seine Ahnungen und Vermutungen.

Leopolds Augen blieben in freudiger Erregung an den Bildschirm gefesselt. »Natürlich, Richard«, sagte er. »Natürlich. Die Faust! Mein Gott!«

Juricek klopfte ihm kurz anerkennend auf die Schulter. »Sie können jetzt zusperren, Frau Posch«, rief er dann in Richtung Gretl. »Und wenn Sie fertig sind, darf ich Sie bitten, uns zu Ihrem Mann aufs Kommissariat zu begleiten.«

12

Menschen wie Harry Leitner sind oft wie Kinder: nicht dumm, aber bockig; nicht schlimm, aber mit kleinen Verhaltensstörungen behaftet; nicht sehr mitteilungsfreudig, aber man kann ihnen doch etwas herauslocken. Meistens ist alles mehr oder minder eine Sache des Vertrauens. Und Thomas Korber war es gelungen, ein solches Vertrauen aufzubauen und die Tür zu Harry Leitners Welt stets um ein Stück weiter aufzumachen. Doch gerade als Harry etwas gesprächiger geworden war, hatte Gretl Posch jede weitere Getränkezufuhr verweigert und die beiden mit ihrem erdigen Charme aus der Kantine hinauskomplimentiert. So waren sie ein Stück weitergezogen, in ein kleines Eckcafé namens Zur Christl. Leitners Verstand wurde dort bei einem Bier und einem Weinbrand klarer, als man befürchten musste. Doch Korber wusste, dass dieser Zustand nicht lange anhalten würde. Wenn er von Harry etwas herausbekommen wollte, dann jetzt.

»Wissen Sie, dass ich auch einmal Fußball gespielt habe?«, bemerkte er beiläufig.

»So?« Harry Leitner schien tatsächlich an Korbers Ausführungen interessiert.

»Ja, aber nur bis zu meinem 17. Lebensjahr«, erinnerte Korber sich. »Und komischerweise bei den Kickers und nicht hier, obwohl mein Herz immer für die Eintracht geschlagen hat. Ich hatte einen Freund dort.«

»Welche Position?«

»Rechtes Mittelfeld, eher defensiv. Aber bei Freistößen und Eckbällen war ich immer vorne.« Korber deutete auf seinen Kopf. »Mit dem da war ich ganz schön stark.«

»Kopfballspezialist, ha? Und warum hast du dann aufgehört?« Leitner ging ganz formlos zum Du über.

»Ich weiß nicht mehr so recht. Wahrscheinlich hat es mich irgendwann angezipft*, jedes Wochenende auf dem Fußballplatz zu stehen, oder, noch schlimmer, auf der Ersatzbank zu sitzen.«

Harry Leitner nickte: » Ja, das macht einem irgendwann zu schaffen, wenn man jung ist. Da hat man genug andere Sachen im Kopf. Und wahrscheinlich hast du da auch gerade deine ersten Mädchen gehabt.«

»Nicht unbedingt.« Korber hatte sich erst relativ spät für das weibliche Geschlecht interessiert, das war ihm jetzt komischerweise peinlich. »Und du?«, fragte er.

Leitner sah ihn an wie ein Wesen von einer anderen Welt. »Ich war ständig mit einer anderen unterwegs. Das musst du doch wissen. Das hat sich herumgesprochen.«

»Ja, ich weiß«, spielte Korber den Eingeweihten. »Und deine Lieblingsfrau hat dann Angie geheißen.«

Aus Harrys Körper rang sich ein tiefer Seufzer ins Freie. »Angie«, sagte er, und seine Augen bekamen einen seltsam glasigen Blick. »Ja, Angie war toll. Das war nicht nur so ein Mädchen. Das war eine Frau … für immer.« Er bestellte noch ein Bier. »Weißt du, dass ich sie hier kennengelernt habe?«, vertraute er Korber dann an.

»Nein.«

»Ja, genau hier. Komisch, was? Sie war schlecht drauf. Sie hatte Streit mit ihrem Freund.«

»Wie hat sie eigentlich wirklich geheißen? Angelika? Oder Angelina?«

---

* war es mir zuwider

Wieder schaute Harry Leitner irritiert drein. »Nein, warum? Barbara. Barbara war ihr Name. Warum soll sie denn anders geheißen haben?«

›Barbara‹, dachte Korber. ›Alles klar. Ein Name wie aus einer dieser ständigen Quizsendungen im Fernsehen: Frauenname mit drei ›A‹.‹ Er erwiderte: »Ganz einfach, weil du sie Angie nennst.«

Leitner lächelte traurig in sich hinein. »Du hast keine Ahnung. Sie haben damals hier in der Musikbox das Lied gespielt. Ich habe mit ihr zu tanzen begonnen, zu dieser Zeit konnte ich das ja noch. Ich hab ihr kurz mal an die richtige Stelle gegriffen, und die Sache war geritzt. ›Angie‹, hab ich ihr ins Ohr geflüstert, ›Angie‹. Und dann ist mir der Name nicht mehr aus dem Kopf gegangen.« Er begann das Lied zu summen, erst leise, dann immer lauter, bis er »Angie« herausschrie und sich dafür einen bösen Blick vom Serviermädchen einfing.

»Schon gut, schon gut«, versuchte Korber, ihn wieder zu beruhigen. »Es ist ja nicht üblich, dass man seine Mädchen nach Songtiteln benennt.«

»Nicht üblich? Was soll das heißen? Bei mir ist das so, verstanden?«, polterte Leitner. Es trat das ein, was Korber befürchtet hatte: Leitner verlor zusehends die Kontrolle über sich selbst. »Man wird zu einer Frau ja wohl Angie sagen dürfen. Und man wird doch Frauen haben dürfen, so viel man will. Ist das verboten? Warum regen sich dann alle darüber auf?«

»Ruhig, Harry. Hat es Probleme gegeben?«, fragte Korber vorsichtig.

»Probleme? Ja, ja, natürlich. Drum bin ich weg von diesem … diesem Scheißverein damals. Und Helmut tut das jetzt auch. Der hat auch die Nase voll. Und er hat versprochen, dass er mich mitnimmt.« Leitner begann, ›We are the champions‹ zu grölen.

»Komm, Harry, lass das«, mahnte Korber.

»Lass mich in Ruh«, pfauchte Leitner und versetzte ihm ohne Vorwarnung einen Stoß, dass er ein paar Schritte nach hinten taumelte.

Die Kellnerin war sofort zur Stelle. »Du gehst jetzt«, sagte sie streng. »Du hast schon wieder zu viel. Dein Freund hat ohnedies vorhin angerufen und sich erkundigt, ob du da bist. Er macht sich Sorgen um dich. Er muss gleich da sein.«

Leitner fixierte sie mit einem angriffslustigen Blick. Seine Augen ermatteten aber in Bruchteilen von Sekunden. »Komm, geh«, forderte ihn die Kellnerin erneut auf. »Draußen ist es warm genug. Da kannst du singen, soviel du willst, bis dein Freund kommt.«

Leitner nahm sich einen Anlauf, etwas zu sagen, drehte sich dann aber einfach um und verschwand zur Tür hinaus. Korber, der seinen Abgang vorsichtig beobachtet hatte, wagte sich nun wieder zur Theke vor.

»Seien Sie bitte nicht böse«, entschuldigte sich die Kellnerin bei ihm. »Ich kenne ihn noch nicht lange, aber so ist er immer, wenn er einen über den Durst getrunken hat. Ich mache mir dann nur Sorgen, ob er gut nach Hause kommt. Gott sei Dank holt ihn manchmal sein Freund mit dem Auto ab.«

»Und wer ist dieser Freund?«, erkundigte sich Korber.

»Ein Trainer vom Fußballplatz drüben. Ich glaube, er ist so ziemlich der Einzige, der sich um ihn kümmert.«

»Na, dann ist ja alles in Ordnung«, meinte Korber gedankenverloren.

»Nicht ganz«, erinnerte ihn die Kellnerin. »Gezahlt

hat der gute Mann nämlich nichts, wie Sie selbst gesehen haben. Ich bekomme genau 14 Euro und 80 Cent.«

*

»Sag einmal, wo steckst du?«

»Dasselbe wollte ich dich auch gerade fragen.«

»Komm, sei nicht so komisch.« Leopolds Stimme klang verärgert. »Plötzlich warst du mit Harry verschwunden. Also, was ist? Ich habe mir schon Sorgen gemacht.«

»So ist's recht«, sagte Korber. »Du willst, dass ich deinen mutmaßlichen Mörder aushorche, und dann machst du dir Sorgen. Aber beruhige dich, ich lebe. Wir haben von der Posch Gretl nichts mehr bekommen, da bin ich mit Harry in dieses kleine Eckcafé Zur Christl gegangen.«

»Schon gut, schon gut. Auf dem Eintracht-Platz ist mehr oder minder tote Hose. Das Training ist aus, und die Gretl hat ihre Kantine zugesperrt. Ich wollte gerade aufbrechen, um dich zu suchen. Hast du was herausgefunden?«

»Ja! Stell dir vor, unsere Angie heißt gar nicht Angie. Harry hat sie einfach nur so genannt, weil sie sich bei dem Lied näher kennengelernt haben. Sie heißt Barbara. Ich habe dir ja gesagt, der Name, den ich neulich aufgeschnappt habe, erinnert mich an diese Dauerquizsendungen im Fernsehen. Frauenname mit drei ›A‹: Barbara.«

»Das hab ich mir so vorgestellt. Jetzt wird mir einiges klarer. Hat er sonst noch was gesagt?«

»Nichts von Bedeutung. Er ist dann wieder in sein Delirium verfallen und hat herumgeschrien. Du hast behauptet, dass er in diesem Zustand nicht gefährlich ist. Das sehe ich anders. Gestoßen hat er mich, dass ich beinahe auf der Erde gelegen wäre. Das ist ein ziemlich aggressiver Typ, ich halte ihn jetzt auch für den Hauptverdächtigen. Schließlich hat ihn die Kellnerin hinausgeworfen. Ein Freund soll ihn dann mit dem Auto aufgelesen und nach Hause gebracht haben.«

»Welcher Freund?«, fragte Leopold misstrauisch.

»Ich habe ihn nicht gesehen, aber der Beschreibung nach waren es Helmut Sturm oder Robert Moser.«

Einen Moment lang war es ruhig in der Leitung. »Ja, das könnte hinkommen«, stimmte Leopold dann zu. »Wo bist du jetzt?«

»Ich trinke hier noch gemütlich ein Achtel Wein. Ich habe ohnehin die ganze Zeche bezahlen müssen, und da habe ich mir gedacht …«

»Am besten, du denkst jetzt einmal überhaupt nichts«, unterbrach Leopold seinen Freund. »Gott sei Dank haben wir heute das Auto genommen. Ich hole dich ab. Wir müssen den beiden nach. Ich habe da so ein ungutes Gefühl.«

»Warum? Es ist doch alles im Lot. Wenn du möchtest, kannst du deinem Freund Richard deine neuen Erkenntnisse mitteilen und morgen …«

»Nicht morgen, jetzt. Richard rufe ich von unterwegs an. Trink aus, ich erkläre dir alles später. Ich denke, ich weiß, wo Harry Leitner wohnt. Hoffentlich sind sie dorthin gefahren. Wenn wir uns nicht beeilen, passiert vielleicht tatsächlich ein Unglück.«

Für Thomas Korber war alles ein Rätsel. Allerdings wusste er, dass wirklich Feuer am Dach sein musste, wenn Leopold plötzlich so aufgeregt war.

*

Die kleine Wohnung war einfach, aber zumindest zum Teil neu eingerichtet. Sie wirkte leer wie ein Ort, dem nach und nach das Leben abhanden gekommen ist. Harry Leitner benutzte sie wahrscheinlich nur zum Schlafen, Aufstehen und wieder Fortgehen. Sie war ein Dach über seinem Kopf, eine Bleibe. Im Grunde bedeutete sie ihm nichts.

Er ließ sich in einen Sessel fallen, die Arme hingen schlaff herab. In keiner der müden und abgehackten Bewegungen ließ sich die frühere sportliche Eleganz und Wendigkeit erahnen. Der Alkohol hatte das Feuer in ihm gelöscht, nur ab und zu leuchtete es noch in seinen Augen.

»Du hast schon wieder zu viel getrunken. Jeden Tag trinkst du zu viel. Du trinkst, bis du dich nicht mehr auskennst.« Helmut Sturm sagte es vorwurfsvoll, gereizt.

»Lass mich! Bring mir lieber ein Bier«, kam es aus Harry Leitner heraus.

Sturm hörte gar nicht hin. »Du vermasselst alles«, redete er weiter. »Du denkst überhaupt nicht nach, was du sagst. Du schwafelst irgendeinen Unfug und plauderst damit alles aus. Diesem Lehrer hast du sicher wieder einiges erzählt, ich seh dir's an. Wahrscheinlich von deiner geliebten Angie.«

Harry Leitner wischte sich mit der Hand über die Stirn. »Ja, Angie«, murmelte er.

»Hör zu«, sagte Sturm. »Das ist vielleicht meine letzte Chance, vom Amateurfußball wegzukommen und in die erste Liga zu gehen. Da kann ich keine großartigen Schwierigkeiten brauchen, kapierst du?«

»Nimmst du mich mit?«, fragte Leitner. »Du hast gesagt, du nimmst mich mit.«

Sturm schüttelte den Kopf. »Ich kann dich nicht mitnehmen. Schau dich doch an. Schau, was der Alkohol aus dir gemacht hat. Ich habe am Anfang nicht gewusst, wie sehr du das Zeug brauchst. Aber jetzt? Wo soll ich dich denn bei einem Profiverein unterbringen? Die nehmen dich nicht einmal als Zeugwart.«

»Du musst mich mitnehmen«, beharrte Leitner.

»Es geht nicht«, versuchte Sturm ihm klarzumachen. »Ich habe das hier mit der Wohnung für dich erledigt, habe ein paar schicke Möbel organisiert. Ich zahle die Hälfte von deiner Miete. Was soll ich denn noch machen?«

»Ich bin dein Freund.«

»Mein Freund? Was weißt du denn von Freundschaft? Ja, du warst überall mit dabei, und auf dem Spielfeld haben wir uns geschworen: Einer für alle, alle für einen. Aber wenn du ein Mädchen gesehen hast, und es hat dir gefallen, dann war es dir egal, ob sie einem deiner Freunde gehört hat oder nicht. Dann hast du sie vernascht.«

»Angie hat mich geliebt und nicht dich.«

»Das ist doch jetzt egal.«

»Es ist nicht egal«, polterte Leitner. »Und du nimmst mich mit.« Er versuchte aufzustehen, plumpste aber sofort wieder in seinen Sessel zurück.

»Na gut, du willst es nicht anders.« Sturm stieß es leise heraus, gefährlich. »Du möchtest etwas trinken? Von mir aus.« Er nahm eine Flasche Weinbrand aus einer kleinen Tragtasche und stellte sie auf den Tisch. »Aber wenn schon, dann ordentlich. Schauen wir einmal, wie viel du verträgst.« Er holte ein Glas aus dem Schrank, gab es Leitner in die unsichere Hand und schenkte ein. »Prost«, sagte er dann. »Prost darauf, dass dich deine Angie, oder Barbara – oder Barbie, wie ich zu ihr gesagt habe, bevor du sie mir weggeschnappt hast – so sehr geliebt hat.«

Leitner kippte den großzügig bemessenen Inhalt des Glases hinunter, Sturm schenkte nach. »Trink auf all deine Eroberungen aus früheren Zeiten. Und auf die Freundschaft. Und merk dir eins, Harry: Man haut einen Freund nicht in die Pfanne – wegen einem Mädchen.«

»Was … was soll das denn werden?«, lallte Harry Leitner.

»Das wirst du schon sehen. Aber zuerst trinkst du das aus«, herrschte Sturm ihn an.

»Ich mag nicht mehr.«

»So, du magst nicht mehr? Auf einmal?«, fragte Sturm. »Du willst mich wohl ärgern, was? Das kommt überhaupt nicht infrage. Du bist doch sonst nicht so kleinkariert. Diese schöne Flasche habe ich für dich gekauft, und du wirst sie austrinken – du ganz allein.«

Leitner machte eine abwehrende Bewegung, aber Sturm führte ihm die Hand mit dem Glas an die Lippen, bis er es beinahe widerstandslos leerte. Dann goss er sofort wieder nach. »Du hättest nie wieder nach Wien kommen sollen, Harry«, stellte er dabei fest. »Das war ein Fehler. Und mein Fehler war es, dass ich mich deiner angenommen habe. Ich hätte das nicht tun sollen. Du hast mir leid getan. Dabei war es das Leben, das dich bestraft hat, jawohl, das Leben. Es hat alles so kommen müssen, Harry. Trink!« Er reichte ihm das Glas.

Leitner schüttelte nur mehr den Kopf, zu keiner anderen Gegenwehr mehr fähig. Er versuchte, die Lippen zusammenzupressen, doch Sturm war schneller. Er schüttete ihm den Weinbrand in den Mund, und in einer gewohnheitsmäßigen Reaktion schluckte Leitner ihn hinunter.

»So ist es brav, Harry. Und es ist doch auch eine schöne Art zu sterben, oder?«, meinte Sturm beinahe beiläufig. »Du wirst sterben, wie du gelebt hast. Denn ich kann dich leider nicht am Leben lassen. Zuerst habe ich geglaubt, ich kann dir eine Chance geben. Aber du trinkst und trinkst und weißt gar nicht mehr, was du redest. Es wird jeden Tag schlimmer. Du erzählst schon jedem von deiner Angie und plauderst weiß Gott was für Zeug aus. Was hast du denn mit dem Lehrer gesprochen? Ich sehe es schon kommen, Harry. Irgendwann bildest du dir ein, ich sei schuld an deinem ganzen Unglück. Dann wirst du davon schwafeln, ich hätte Zeleny zu dem Foul angestiftet. Dabei ist das doch gar nicht wahr. Ich habe immer versucht, dein Freund zu bleiben, trotz allem.«

Leitner hörte die Worte, aber er verstand sie kaum mehr. Wieder nahm Sturm die Flasche. Diesmal schob er Leitner den Hals in den Mund. Er hob die Flasche an und drückte gleichzeitig sein Gesicht nach hinten. Leitner schluckte und kotzte einen Teil wieder heraus. Sturm setzte die Flasche ab.

»Ich wollte dein Freund sein, aber du hast mich angekotzt, genau so«, redete er auf den willen- und praktisch besinnungslosen Leitner ein. »Und irgendwann wirst du alles auskotzen, wenn du so weitermachst, alles, deine ganzen Fantasiegebilde. Du bist kein Freund, Harry, du bist ein kleines Kind. Ich muss jetzt auch ein wenig an mich denken. Das verstehst du doch, oder?«

Erneut setzte Sturm die Flasche an. Leitners Schluckbewegungen kamen automatisch, ebenso wie die vergeblichen Versuche seines Körpers, sich zur Wehr zu setzen. Wieder kam ein Teil der Flüssigkeit hoch, dazu Röcheln, bellendes Husten, Angst vor dem Ersticken. Auf Leitners Hose bildete sich ein großer, nasser Fleck. Auch dort war alle Beherrschung verloren gegangen.

Sturm redete weiter, redete nur mehr zu sich selbst. »Und dann der Ekel, den ich ständig in deiner Nähe empfinde. Du bist verfallen, verdreckt, verwahrlost. So wie du jetzt bist, das ist dein wahres Ich. Wenn ich daran denke, dass du mir einmal die Barbie ausgespannt hast, muss ich direkt lachen. Und dass ich mir bis vor Kurzem Sorgen um dich gemacht habe, ist auch lächerlich. Ich muss das alles vergessen. Ich muss die Sache zu einem Ende bringen.« Zufrieden nahm er die Flasche und hob sie in die Höhe. »Wenigstens hast du beinahe ausgetrunken, Harry«, nickte er anerkennend. »Eine große Leistung, die einzige, zu der du noch fähig bist. Dafür hast du einen wunderbaren Tod, glaube mir, einen, von dem du nichts mitbekommen wirst. Das heißt, eine kleine Unsicherheit bleibt. Du verträgst verdammt viel. Vielleicht bist du gar nicht gleich tot. Vielleicht kommst du morgen wieder zu dir, als ob nichts gewesen wäre. Und das wollen wir doch nicht, Harry. Nehmen wir die Badewanne, wie bei Zeleny? Nein, das würde auffallen. Aber ein Zigarettchen in Ehren wird niemanden stören. Du wirst leider auch ersticken und verbrennen, Harry. Gleich wirst du hier ein hübsches Feuerchen haben.«

Sturm nahm eine Zigarette und zündete sie genüsslich an. Dann wischte er den Filter mit einem Taschentuch ab, ehe er sie Leitner in den Mundwinkel steckte. Er brauchte jetzt nur noch eine Zeitung und den Polster von der Couch, den er ein wenig mit dem übriggebliebenen Weinbrand tränkte und ihm in die Hand drückte.

Von alledem merkte Harry Leitner nichts mehr. Seine kleine Angie war gekommen und hatte ihn besucht. Sie gehörte jetzt ihm allein. Alles andere zählte nicht mehr.

Er hörte auch nicht, dass es an seiner Tür plötzlich heftig klingelte und klopfte.

*

»Aufmachen!«, rief Leopold, so laut er konnte. »Hören Sie mich, Harry? Aufmachen! – Er hört nicht«, stellte er dann verzweifelt fest.

»Warum auch? Er schläft seinen Rausch aus«, bremste Korber seinen Freund.

»Wie kannst du nur so begriffsstützig sein. Ich habe dir doch gesagt, dass Sturm so gut wie sicher der gesuchte Mörder ist. Es fehlt nur der letzte Beweis.« Leopold war am Explodieren.

»Und wer oder was, zum Teufel, sagt dir, dass Sturm jetzt da drinnen ist und Harry etwas antun will? Er kann ihn ganz normal abgeliefert haben und nach Hause gefahren sein.«

»Mein Gefühl sagt mir das, verstehst du? Für solche Sachen habe ich einen Riecher. Es war heute schon auf dem Fußballplatz so eine komische Situation, als du mit Harry an der Theke gestanden bist. Und nach dem Training hat sich Sturm sofort wieder nach Harry erkundigt und ihn sogar mit dem Auto abgeholt. Da ist doch was faul. Richard kommt zwar hoffentlich gleich, aber jede Minute ist kostbar.« Er klopfte und läutete erneut. »Aufmachen, Polizei!«, schrie er dabei.

»Dürfen wir uns eigentlich als Polizei ausgeben?«, wollte Korber wissen.

»Wer lange fragt, bleibt über«, erklärte Leopold ungeduldig. »Es rührt sich nichts. Wir müssen die Tür aufbrechen.«

»Das geht doch erst recht nicht«, protestierte Korber.

»Freilich geht's«, beharrte Leopold.

»Da ist er«, rief Korber jäh.

»Wer? Wo?«

»Sturm. Draußen!«

»Die Wohnung liegt im Erdgeschoss. Er muss durch das Fenster entkommen sein.«

»Sollen wir ihm nach?«

Leopold schüttelte den Kopf. »Der kommt nicht weit. Wir müssen durch das Fenster zu Harry in die Wohnung. Komm, schnell.«

Tatsächlich stand ein Fenster offen, aus dem leichter Rauch kam. »Mach mir die Räuberleiter. Ich gehe hinein und öffne dir dann die Tür«, befahl Leopold.

Korber erkannte endgültig den Ernst der Lage. Eilig formte er seine Hände zu einem Steigbügel, über den Leopold hinauf zum Fenster gelangte und in Leitners Parterrewohnung einsteigen konnte. Ein Feuer brannte, aber Gott sei Dank so schwach, dass Leopold keine Schwierigkeiten hatte, die Flammen mit einer Decke zu ersticken. Die brennende Zeitung war ebenso wie der Polster zu Boden gefallen, ohne größeren Schaden anzurichten. Offenbar war Sturm in letzter Sekunde durch Leopold und Korber gestört worden.

Für Harry Leitner sah es freilich auf den ersten Blick nicht gut aus. Er reagierte auf keinen der Versuche Leopolds, ihn aus seinem Dämmerzustand ungewissen Grades herauszuholen. Sturm und der Weinbrand hatten ganze Arbeit geleistet. Als er sah, dass er hier nicht helfen konnte, ging Leopold rasch, um seinem Freund die Tür aufzumachen.

Durch das offene Fenster hörte man auch schon die Polizeisirene. Augenblicke später standen die Beamten in der Wohnung.

»Natürlich, es kann ja nicht anders sein. Der Herr Ober ist wieder einmal als Erster am Tatort«, kam es unwirsch von Bollek. Ein genauer Beobachter hätte diesmal freilich erkennen können, dass sich hinter der strengen Fassade des beinahe purpurroten Gesichtes eine Spur der Erleichterung verbarg.

»Ah, Leopold, da bist du ja. Wie sieht es aus?«, fragte Juricek. »Wie es scheint, seid ihr gerade noch zur rechten Zeit gekommen.« Nach einem kurzen Blick auf Leitner bedeutete er einem seiner Männer, einen Krankenwagen zu verständigen.

»Es war Sturm. Er ist durch das Fenster abgehauen«, berichtete Leopold.

»Den kriegen wir schon«, sagte Juricek. »Es ist zu dumm! Ich hatte ohnehin einen Beamten auf ihn angesetzt, um kein Risiko einzugehen, aber der hat ihn im entscheidenden Moment aus den Augen verloren. Sturm muss geahnt haben, dass er von uns beobachtet wird und hat ihn ausgetrickst. Hoffentlich geht die Sache mit Leitner halbwegs gut aus.« Er nahm Leopold auf die Seite. »Endlich hat der Posch Bertl den Mund aufgemacht und geredet«, teilte er ihm mit. »Natürlich hat er Sturm nach dem Mord vom Tatort wegrennen gesehen. Aber er hat es nicht übers Herz gebracht, ihn zu verraten, weil er ihm eigentlich einen Gefallen getan hat. Gemeinsam mit seiner Frau haben wir ihn schließlich zur Vernunft gebracht.«

Leopold nickte. »Eigentlich haben wir's uns ja auch so gedacht«, meinte er.

»Ja, aber uns haben die Beweise gefehlt. Die Videoaufzeichnung allein war zu wenig.« Juricek kratzte sich an der Stirn, während er zu Leitner hinüberschaute. »Weißt du, das sind die Augenblicke, wo es mir dann wieder schlecht geht«, sagte er. »Da liegt ein Mensch, und man fragt sich, ob man auch alles richtig gemacht hat. Man macht sich Vorwürfe. Vielleicht hätte man diesen letzten Auswuchs verhindern können.«

»Aber wenn du sagst, dass Sturm euch abgetäuscht hat …«

Juricek machte eine wegwerfende Handbewegung. »Ich hätte ihn gleich aufs Kommissariat mitnehmen und Bertl Posch gegenüberstellen müssen. Dann wäre das da nicht passiert.«

»Ich glaube, du hast richtig gehandelt«, tröstete Leopold ihn. »Von den beiden wäre keiner mit der Wahrheit herausgerückt, das hätte gar nichts gebracht. Gretl war da schon das schwache Glied, bei dem man ansetzen musste. Und ich glaube, Thomas und ich sind gerade noch rechtzeitig gekommen.«

»Das sagt sich alles so leicht«, sinnierte Juricek. »Was ist, wenn's für den hier doch zu spät war? Oder wenn ihm was bleibt? Da kann man nicht so einfach mit der Hand drüberwischen und sagen: Ist halt so. Das verfolgt einen. Da träumt man davon.«

Rettung und Spurensicherung trafen nacheinander ein. Mitten in den Abtransport Leitners hinein läutete Juricks Handy. Er lauschte kurz. »Gut«, sprach er dann in den Apparat hinein. »Sehr gut.«

»Haben sie ihn?«, wollte Leopold wissen.

Juricek nickte. »Er war in seiner Wohnung. Er hat sich widerstandslos festnehmen lassen. Er hat gewusst, dass es aus ist.« Mit starr zum Fenster hinaus gerichtetem Blick fügte er kaum hörbar hinzu: »Wenigstens etwas.«

13

Es war spät geworden. »Glaubst du, hat unser Kaffeehaus noch offen?«, fragte Leopold, als er wieder mit Korber im Auto saß.

»Warum nicht?«, stellte Korber die Gegenfrage. »Aber eigentlich müsstest du das besser wissen.«

»Wenn es ihn nicht freut, ist der Waldi recht schnell beim Zusperren«, erklärte Leopold. »Da jagt er die letzten Gäste gnadenlos hinaus.«

»Sag, wieso willst du eigentlich hin? Ich habe geglaubt, es gehört sich für einen Ober nicht, außerhalb der Dienstzeit mit einem Freund an seiner Arbeitsstätte aufzukreuzen«, wunderte Korber sich.

»Vergiss es. Ich brauche jetzt unbedingt einen Schluck zu trinken. Und seelenlose Kneipen habe ich in letzter Zeit genug gesehen.«

So hielt Leopold den Wagen vor dem Café Heller an, das entgegen seinen Befürchtungen hell erleuchtet war. Als er gemeinsam mit Korber zur Tür hineinkam, glaubte er freilich, seinen Augen nicht zu trauen. Ähnlich wie drei Tage zuvor hatte sich der hintere Teil des Lokals wieder in eine Art Fußballfanklub verwandelt, diesmal allerdings ohne das äußere Zeremoniell einer Versammlung. Alle waren sie da: Hamm, Wittmann, Wotruba und wie sie alle hießen. Es schien, als hätten die ›Freunde der Eintracht‹ den Fußballplatz an diesem Abend einfach gemieden und sich hier zusammengefunden, um ihre Pläne zur Rettung der Eintracht noch einmal in aller Ruhe zu besprechen. Herr Heller genoss es sichtlich, in ihrer Mitte als zukünftiger Geldgeber gefeiert zu werden und war gerade dabei, eine Runde zu spendieren. Die Stimmung war offensichtlich blendend.

»Ah, die Detektive sind auch schon da«, begrüßte Frau Heller die Neuankömmlinge jovial. »Na, was treibt Sie beide denn zu dieser Stunde her? Wollen Sie vielleicht auch etwas spendieren?«

»Nein, danke! Ein Glas Bier nach einem anstrengenden Tag reicht uns«, wehrte Leopold ab.

»Wir werden immer mehr«, raunte Frau Heller ihm ins Ohr. »Zweimal haben wir die Hymne heute schon spielen müssen.«

»Ach, darum sind keine Stammgäste mehr da. Ich möchte wissen, wann dieser Unfug endlich aufhört«, ereiferte sich Leopold. »Wann der Herr Kreuzer wieder zum Billard und der Herr Sedlacek wieder zum Schachspielen kommt. Und überhaupt unsere Tarockpartie, nach der man früher die Uhr hat stellen können. Das sind ja keine Zustände.«

»Hören Sie auf, den Miesepeter zu spielen, Leopold. Der Tapezierer Manhardt hat auch schon zugesagt, uns zu unterstützen. Bald sind wir nicht mehr aufzuhalten.« Das gesagt, kehrte ihm Frau Heller den Rücken zu und kümmerte sich wieder um ihre neuen Klientelen.

Korber stieß Leopold an. »Sollen wir denen sagen, dass wir mittlerweile auch keinen Trainer mehr haben?«, wollte er wissen.

Leopold winkte sofort ab. »Nein, auf gar keinen Fall. Ich bin heute nicht mehr zum Diskutieren aufgelegt. Lass ihnen ihre Freude und uns unsere Ruhe. Vielleicht gehen sie ja beizeiten ihrer Wege.«

»Schaut mir nicht so aus«, meinte Korber, während Waldemar ›Waldi‹ Waldbauer mit einem lustlosen

»Wohl bekomm's« zwei Krügel Bier vor die beiden auf die Theke stellte. »Was soll's. Erzähl mir jetzt lieber einmal, wie du plötzlich auf Sturm als Täter gekommen bist. Zuerst hattest du doch lange Harry Leitner in Verdacht.«

Leopold nahm einen Schluck von seinem Bier. Er genoss die kühle Labung sichtlich, während in seinem Kopf der ganze Fall noch einmal ablief. »Sagen wir so: Ich wusste, dass der Fall mit ihm zu tun haben musste«, erklärte er. »Die Telefonnummer in Ehrentrauts Koffer war dafür ein sicheres Indiz. Ich habe ihn auch kurze Zeit verdächtigt, das gebe ich zu. Aber dann bin ich wieder daran gegangen, die wesentlichen von den unwesentlichen Fakten zu trennen. Ich habe mich gefragt, ob Harry wirklich einen solchen Mord begehen und nachher einfach so weiterleben könnte, als ob nichts geschehen wäre. Die Antwort war nein.

Heute ist mir aufgefallen, wie Sturm plötzlich grob wurde, als du in der Kantine versucht hast, mit Leitner ins Gespräch zu kommen. Er tat so, als ob er Angst um seine Gesundheit hätte. In Wirklichkeit hatte er Angst, dass Leitner sich verplappern würde, weil er gemerkt hat, dass wir ihn ausfratscheln wollten. Leitner dürfte zwar nie ganz mitbekommen haben, was mit ihm geschehen ist, aber was, wenn wir ihn damit konfrontierten? Und was, wenn er von seiner Angie zu schwärmen begann und ihm dabei herausrutschte, dass er sie Sturm weggeschnappt hatte?

Mir kam die Sache jedenfalls komisch vor, ich hatte das Gefühl, dass Sturm der Reis ging*. Also habe ich absichtlich einen falschen, ähnlich klingenden Vornamen

* dass er Angst hatte

erfunden, als ich mich bei ihm nach Zeleny erkundigte. Sturm hat mich prompt und ohne mit der Wimper zu zucken ausgebessert, dabei war einigen Fans nicht einmal der Familienname in seiner richtigen Form geläufig, wenn du dich erinnern kannst. Damit war mir klar, dass sich Sturm und Zeleny näher gekannt hatten. Schön langsam ging mir ein Licht auf: Sturm hatte sich mit ihm gegen Leitner verschworen. Motiv: Angie.

Dann kam Gerry Scheits Beschreibung von den zwei Typen, die mit Zeleny an seinem Todestag beim Bazi-Wirten aufgetaucht waren. Besser gesagt: Der Wirt konnte keine genaue Beschreibung mehr von ihnen geben. Nicht ungewöhnlich, nach so vielen Jahren. Aber wenn Leitner dabei gewesen wäre, wäre er gehinkt, und das hätte sich der Wirt hundertprozentig gemerkt. Wer war also dort? Ehrentraut, der hat die Fotos gemacht. Und wer noch? Vielleicht Moser, vielleicht Sturm, aber es sah mir alles schon sehr nach Sturm aus.

Schließlich das Video von dem Foul. Die Polizei hat es auf Ehrentrauts Computer gefunden, das war also ein sehr guter Tipp von dir. Ehrentraut hat das Spiel mit seiner Videokamera aufgenommen. Er hatte es offensichtlich mit dem Filmen und Fotografieren. Dabei hat er die Kamera so postiert, dass er mit einem kleinen Schwenk jederzeit die Margaretner Betreuerbank ins Bild bekam. Er muss von der Absprache zwischen Sturm und Zeleny gewusst haben, vielleicht hat er Sturm sogar auf die Idee gebracht. Jedenfalls war Sturm im Augenblick des Fouls an Leitner deutlich zu sehen. Und weißt du, was seine Reaktion war? Er hat die Faust nach oben gereckt, wie es Spieler tun, wenn sie ein Tor geschossen haben. Es war eine Geste des Triumphs, ganz kurz nur, aber unmissverständlich. Erst dann ist die gespielte Empörung und Bestürzung gekommen.«

»Weißt du, was ich komisch finde?«, sagte Korber. »Wenn man Leitner Glauben schenken darf, hat es Sturm gar nicht sonderlich getroffen, dass seine Barbara zu ihm gewechselt ist.«

»Vergiss nicht, dass sie damals an das Freundschaftsband glaubten, das sie miteinander verbinden sollte. Vielleicht war es also weniger eine Frage der Liebe als eine Frage der Ehre«, mutmaßte Leopold. »Mit demselben leichten Mädchen ins Bett zu gehen, wie sie es früher offensichtlich getan haben, war ein Spaß. Aber einem Kameraden die Freundin auszuspannen, das war eine Todsünde. Leitner hatte gegen dieses Gesetz verstoßen, und was noch schlimmer war: Er und Barbara blieben zusammen, es war offensichtlich wirklich mehr als nur ein Abenteuer. Da hat es in Sturm gearbeitet, da ist er dann auf diesen teuflischen Plan gekommen, und damit es nicht so auffällt, hat er Leitner gegenüber nichts von seiner inneren Wut gezeigt und ihn zu seinem neuen Verein gelockt.«

Korber schüttelte verständnislos den Kopf. »Dass ein Spieler wie Zeleny darauf eingestiegen ist.«

Leopold seufzte: »Ich glaube, es hätte letztendlich nicht mehr als eine schmerzhafte Abreibung sein sollen, dass Leitner einen lebenslangen Schaden davonträgt, wollte keiner. Aber es ist eben dazu gekommen, und das dürfte zumindest Zeleny zu schaffen gemacht haben. Darum das Treffen bei diesem Wirten, wo es offensichtlich zum Streit gekommen ist. Wahrscheinlich hat Zeleny gedroht, die Geschichte öffentlich zu machen, und damit war sein Schicksal besiegelt.«

»Und Ehrentraut hat Sturm damit erpresst. Gut. Aber erstens war er doch selbst in die Sache verwickelt, und zweitens wundert mich, dass er so lange damit gewartet hat.«

»Ehrentraut hat sicher einiges gewusst, vielleicht war er auch der Drahtzieher in der Sache mit Zeleny. Aber er ist immer im Hintergrund geblieben und hat alles fein säuberlich dokumentiert, das heißt, das Beweismaterial war in seiner Hand. Und Zeleny ist nun einmal von Sturm ganz allein umgebracht worden. Was den Zeitpunkt der Erpressung betrifft: Jetzt war es doch für Ehrentraut ideal. Erstens brauchte er auf die Schnelle Geld, zweitens konnte er von Sturm als ›Draufgabe‹ eine Eintracht-Niederlage beim sonntäglichen Spiel einfordern. Drittens war Harry Leitner wieder aufgetaucht, und dass er alles erfahren würde, davor hat Sturm wahrscheinlich die meiste Angst gehabt.«

Korber dachte kurz nach. »Ich frage mich, ob Moser Sturm auch erpressen wollte«, warf er dann ein. »Warum sonst hätte er Barbara in dem Gespräch mit ihm vor der Kantine erwähnen sollen?«

Jetzt lächelte Leopold verschmitzt. »Das hast du gestern gehört, gestern, als du wieder einmal in deiner berühmten melancholischen Gemütsverfassung gesteckt bist, nicht wahr? Du bist vom Tennisplatz gekommen und hast 1.000 verschiedene Gedanken in deinem Kopf gehabt. Plötzlich siehst du Moser und Sturm, versuchst angestrengt, einen Gesprächsfetzen aufzuschnappen. Kann es da nicht sein, dass du dich verhört hast? Im Gedächtnis sind dir Frauennamen mit einigen ›A‹ geblieben. Fips hat mir erzählt, dass Sturms derzeitige polnische Lebensgefährtin Anastasia heißt. Viermal ›A‹. Das könnte es doch gewesen sein, oder?«

»Du bist unfair«, schmunzelte Korber. »Du glaubst also nicht, dass Moser etwas mit der Sache zu tun hat?«

»Vielleicht hat er was von der Verschwörung gegen Leitner geahnt oder gewusst. Aber ich habe eine andere interessante Theorie, die ich leider nicht beweisen kann: Ich denke, die Nacktfotos in Ehrentrauts Koffer waren für Moser bestimmt. Das würde irgendwie zu den beiden passen. Der eine brauchte Geld, der andere hat offensichtlich ein problematisches Verhältnis zu heranwachsenden Jünglingen.«

Leopold und Korber schwiegen kurz und lauschten dem angenehmen Kaffeehauslärm, der diesmal freilich ein wenig lauter als sonst war. Da setzte wieder die Musik ein.

Leopold spürte sogleich einen Stich im Rücken, und seine Hand krampfte sich um sein Bierglas. »Was ist denn jetzt schon wieder los«, stöhnte er. »Dieser Ohrenausputzer ist wirklich ein Angriff auf meine allgemeine Verfassung.«

»Es ist diese Fußballhymne, das Lied von Freundschaft und Kameradschaft«, dozierte Korber. »Das musst du doch kennen, damit haben die deutschen Fußballanhänger bei der WM 2006 ihre Mannschaft angefeuert. ›You'll never walk alone‹, du gehst niemals allein, bei Wind, Wetter und Sturm, denn du trägst die Hoffnung im Herzen, und die anderen mit dir.«

»Hoffnung, Freundschaft, Kameradschaft, pah!« Leopold versuchte verzweifelt, seinen vom Rhythmus gepeitschten Körper geradezubiegen. »Du hast doch gesehen, wohin das in unserem Fall geführt hat. Die haben alle geglaubt, sie sind Freunde. Einer für alle, alle für einen! Aber wie sagt Hermann Hesse so schön am Anfang eines Gedichtes:

›Seltsam, im Nebel zu wandern!
Einsam ist jeder Busch und Stein,
kein Baum sieht den andern,
jeder ist allein.

Voll von Freunden war mir die Welt,
als noch mein Leben licht war;
nun, da der Nebel fällt,
ist keiner mehr sichtbar.‹*

Das hättest du übrigens auch deiner Manuela vortragen können. Da wärt ihr wenigstens auf keine dummen Gedanken gekommen.«

Da ging die Tür auf und ein junger, sichtlich aufgeregter Eintracht-Anhänger stürmte herein. »So ein Scheiß«, rief er durchs Lokal und bemühte sich dabei, die Musik und seine gut gelaunten Kameraden zu übertönen. »Sturm ist verhaftet worden, angeblich hat er Ehrentraut ermordet. Jetzt haben wir auch keinen Trainer mehr.«

Sofort wurde die Musik abgedreht.

»Nun haben sie es doch erfahren«, seufzte Korber. »Es ist immer dasselbe. Egal, was vorfällt, es spricht sich gleich herum.«

»Was für eine Erleichterung«, sagte Leopold mit Genugtuung.

»Ich finde, dass jetzt alles noch um einiges schwieriger wird«, korrigierte Korber ihn. »Wer soll denn die Eintracht am Sonntag betreuen?«

»Das habe ich nicht gemeint. Es ist auf einmal so ange-

---

* Hesse, Hermann: Im Nebel. Zitiert nach: Reiners, Ludwig: Der ewige Brunnen. C.H. Beck, München 2000, S. 692.

nehm ruhig im Lokal«, stellte Leopold fest. Tatsächlich saß der momentane Schock tief.

Es war Frau Heller, die sich als Erste ein Herz fasste. »Unsere Lage ist verzweifelt, aber nicht hoffnungslos«, verkündete sie mit fester Stimme. »In dieser verheerenden Situation müssen wir alle noch enger zusammenrücken. Ich kann mir schon vorstellen, dass Sie es waren, der uns diese Suppe eingebrockt hat, Leopold. Weil Sie angeblich der Gerechtigkeit zum Siege verhelfen und einen Mörder stellen wollten. In Wahrheit darf sich jemand, der wie Herr Ehrentraut vorhatte, ein Herzstück unseres Bezirkes auseinanderzureißen, nicht wundern, wenn er mit einem Messer im Rücken hinter dem Tor liegen bleibt. Was aber ist jetzt mit uns? Was tun in dieser schwierigen Stunde?« Sie schöpfte einmal tief Luft. »Sie müssen am Sonntag auf den Platz, Leopold. Es bleibt uns nichts anderes übrig.«

»Jetzt auf einmal doch, Frau Chefin?«, fragte Leopold verwundert.

»Ja. Sie und Herr Korber müssen die Mannschaft natürlich anfeuern, und noch etwas: Zur Stärkung werden Sie den Spielern in der Früh zwei Gugelhupf von uns mitbringen, damit sie mit voller Kraft agieren können.«

Leopold verzog leicht das Gesicht: »Das soll was nutzen?«

»Erlaubtes Doping. Es geht um alles, Leopold. Stellen Sie deshalb keine dummen Fragen, schließlich sind Sie an der Misere mitschuldig. Bügeln Sie die Sache lieber aus.«

»Sei doch froh, dass sie dich gehen lässt«, raunte Korber Leopold zu, »und lass den Gugelhupf Gugelhupf sein. Ich habe nämlich ganz vergessen, dir zu sagen, dass ich dir zur Sicherheit im Vorverkauf eine Karte für das Spiel mitgenommen habe.«

Der stöhnte: »So ist's brav. Kann ich mir das Debakel gleich vor Ort anschauen.«

»Noch eins, Leopold«, meldete sich Frau Heller ein letztes Mal zu Wort. »Sorgen Sie dafür, dass unsere kleine Spende über den Lautsprecher verkündet wird: vor dem Spiel, nach dem Spiel und in der Pause. Dafür sind Sie mir verantwortlich.«

*

Der Himmel meinte es gut mit Spielern und Fans. Nur ein paar kleine Wölkchen zeigten sich, und die Sonne lachte auf den Eintracht-Platz hinunter. Dazu war es angenehm kühl. Die erwartete Hitze ließ sich ein wenig Zeit.

Nachdem Leopold seine beiden Gugelhupfs mit ein paar erklärenden Worten dem verduzten Alfred Sonnleitner in die Hand gedrückt hatte, beobachtete er gemeinsam mit Thomas Korber, wie sich die Reihen langsam füllten und die Spannung von Minute zu Minute stieg. Sie standen in dem Raum zwischen Eingang und Kantine, wo sich viele aufhielten, um die verbliebene Zeit zu letzten Fachsimpeleien zu nutzen.

»Wer heute alles da ist«, schüttelte Leopold den Kopf. »Das ist ja der halbe Bezirk, wenn nicht mehr. Sogar die Bauer Geli ist mit ihren Freundinnen gekommen.«

Korber riss es herum. »Wo ist sie?«, fragte er nervös.

»Gerade vorbeigegangen«, erteilte Leopold schmunzelnd Auskunft.

»Gott sei Dank! Sie darf mich auf keinen Fall sehen.« Korber fuhr sich kurz mit der Hand über die Stirn. »Ich war doch mit ihr für Dienstag auf ein Eis verabredet. Das habe ich mit den Nachhilfestunden total vergessen. Die wird schön angefressen sein.«

»Das kommt davon, wenn man aus Prinzip nur den Frauen nachrennt, bei denen man ohnedies keine Chance hat. Aber dir ist eben nicht zu helfen.« Leopold stieß seinen Freund an. »Versuch's eben noch einmal. Ich glaub, sie ist eher der verzeihende Typ.«

Während Korber sich leicht irritiert am Kopf kratzte, grüßte Leopold bereits jovial den auf sie zukommenden Richard Juricek. »Na, bist du heute privat oder dienstlich hier, Richard?«, wollte er wissen.

»So halb und halb. Eigentlich privat, aber ein bisschen Dienst ist immer dabei«, lächelte Juricek. »Übrigens, Sturm hat gestern alles gestanden.«

Leopold spitzte neugierig seine Ohren.

»Ich glaube, er ist jetzt irgendwie froh, dass alles vorüber ist«, setzte Juricek fort. »Zuerst kommt eine Geschichte, dann die nächste – so etwas lässt einen nicht mehr los. Begonnen hat alles mit diesem dummen Foul, wo keiner, weder Sturm noch Zeleny, ahnte, wie tragisch es ausgehen würde. Und dann hat Zeleny auf einmal Skrupel bekommen.«

»Deshalb die Sache mit der Badewanne«, ergänzte Leopold.

Juricek nickte. »Genau. Das Ganze hat sich richtig hochgeschaukelt. Zelenys Ruf als Spieler war endgültig beim Teufel, er wollte plötzlich nichts mehr mit der Sache zu tun haben. Er hat an eine Art Wiedergutmachung für Leitner gedacht und hatte vor, ihn über alles aufzuklären. Sturm und Ehrentraut wollten ihn bei dieser Zusammenkunft im Wirtshaus davon abbringen. Es floss viel Alkohol, und die Stimmung wurde immer schlechter. Der Rest ist bekannt. Sturm behauptet, dass ihm die Idee mit der Badewanne erst in Zelenys Wohnung gekommen sei. Jedenfalls hatte er Glück, dass die Sache damals ausgesprochen schlampig untersucht worden ist, weil alle von einem Unfall ausgegangen sind.«

»Und Ehrentraut hat alles mit seinem Fotoapparat dokumentiert.«

»Ja, er hat alles aufgenommen: das Foul, Sturms Reaktion darauf, das Treffen mit Zeleny. Und jetzt sah er sich offensichtlich gezwungen, Sturm damit zu erpressen. Das ist es ja, was Sturm so geärgert hat. Er hat Ehrentraut immer für seinen Berater und Freund gehalten, und auf einmal muss er erkennen, dass der Kerl versucht, ihn zu erpressen. Er hat dann kurz entschlossen am Dienstagabend das Messer aus der Kantine entwendet, als gerade der große Wirbel war, und ist damit zum Treffpunkt mit Ehrentraut hinter dem Tor gegangen. Nach dem Mord ist er dann Bertl Posch begegnet, der noch einmal zurückgekommen war, weil er Ehrentraut wegen der neuen Sportplatzkantine zur Rede stellen wollte und über das Loch im Zaun eingestiegen war, um sich nach Möglichkeit nicht mehr vorne in der Kantine blicken lassen zu müssen. Er hat Sturm lange Zeit gedeckt.«

»Am Schluss sollte es dann dem armen Harry Leitner an den Kragen gehen.«

»Bei Leitner war es einerseits die Angst, dass man bei einer genaueren Befragung die Zusammenhänge herausbekommen würde, dass er vielleicht selbst die ganze Wahrheit entdecken könnte. Andererseits war Leitner seit seiner Rückkehr so etwas wie das lebende Abbild von Sturms Schuld. Das Trinken, der körperliche und geistige Verfall wären in dieser Form wohl nicht aufgetreten. Sturm wollte sein Gewissen reinigen, indem er Leitner mit der Wohnung half und sich auch sonst um ihn kümmerte, aber dann hat der Ekel vor dem, was aus ihm geworden war, gesiegt. Er musste ihn aus der Welt schaffen, um wieder alles verdrängen zu können.«

Leopold stellte eine letzte Frage: »War Moser eigentlich in die ganze Sache involviert?«

»Dazu hat Sturm nichts gesagt, wir gehen aber eher davon aus, dass er bloß an den Fotos interessiert war. Seine Tage als Jugendtrainer hier dürften jedenfalls gezählt sein, so oder so. Ich habe vorhin mit Sonnleitner gesprochen. Es gibt eine Menge Beschwerden.«

Sie wurden mittlerweile immer öfter von den Leuten angestoßen, die auf den Platz hereindrängten. Der Anpfiff des Bezirksderbys stand unmittelbar bevor.

»Wir sind schön blöd. Eigentlich haben wir den Kickers ja jetzt das Bett gemacht«, bemerkte Leopold ein wenig traurig. »Lassen den Trainer im ungünstigsten Augenblick verhaften. Und bestochen wurde die Mannschaft sicher auch.«

»Abwarten«, sagte Juricek. »Ich würde das Spiel noch nicht ganz aufgeben. Der Polizei ist ein mit einem Handy aufgenommenes Video zugespielt worden. Bild und Ton sind nicht optimal, aber es ist deutlich herauszuhören, dass Brown der Eintracht ein unanständiges Angebot gemacht hat. Den Spielern wird heute sicher genau auf die Füße geschaut. Wenn sich die Eintracht herunterlässt*, gibt's auf jeden Fall ein Nachspiel, in dem es für Brown gar nicht gut aussehen wird. Darum war ich auch bei Sonnleitner.«

---

* Wenn die Eintracht absichtlich verliert

»Ist ja nicht möglich«, entfuhr es dem sichtlich überraschten Leopold.

»Doch, doch. Die ganze Sache kommt von dem marokkanischen Spieler, Said irgendwas. Brown hat sich wohl wieder einmal im Ton vergriffen. Außerdem dürfte die Mannschaft noch Moral besitzen.« Juricek fuhr sich mit dem Taschentuch über die Stirn. Es war eine Spur wärmer geworden. »Auf der Bank sitzt Co-Trainer Glanz«, fügte er dann hinzu. »Aber in Wirklichkeit lenkt König, der Kapitän, das Team auf dem Feld. Und noch etwas.« Er deutete in Richtung Eckfahne, wo ein gereizter Klaus Stary herumtrabte. »Der da hat wohl vorläufig auch nicht viel zu reden. Wollte mit zum Eintracht-Betreuerstab, aber da haben sie ihn kaltblütig hinausgeschmissen. Vorsicht, Leute! In solchen Situationen ist Herr Stary äußerst schlechter Laune.«

»Weich ihm ja aus«, meinte Leopold deshalb warnend zu Korber. »Wir müssen jetzt aber schauen, dass wir einen halbwegs brauchbaren Platz bekommen, es fängt gleich an. Hinter dem Tor, wie früher in den alten Zeiten.«

»Dann werde ich mich verabschieden, meine Herren. Ich wünsche viel Spaß – und uns allen viel Erfolg«, grüßte Juricek noch einmal und lüftete dabei kurz seinen Sombrero.

»Warte! Sag mir bitte, wie unser Match ausgegangen ist, Richard«, forderte Leopold.

»Unentschieden, wie immer«, hörte er von Juricek, der sich bereits umgedreht hatte und in der Menge verschwand.

*

Lange Zeit erfüllte das Spiel die hohen Erwartungen nicht. Die Eintracht ging sehr vorsichtig ans Werk, wohl mit dem Hintergedanken, nur ja keinen Fehler zu begehen, der alle bösen Gerüchte sofort bestätigt hätte. Die Kickers wiederum spürten den Zwang des Gewinnenmüssens, der ihre Beine schwer machte. Ein Abtasten war es, eine Pattstellung. Auch die zuerst begeisterten Zuschauer gingen rasch in eine abwartende Haltung über.

Halbzeit, Spielstand 0:0, kein Tor.

»Der Gugelhupf wirkt noch nicht«, scherzte Korber nervös, und handelte sich damit Leopolds verachtenden Blick ein.

Zweite Spielhälfte. Es ging zwar jetzt ein wenig lebhafter zu, dennoch ließen beide Teams das letzte Risiko nach wie vor vermissen. Irgendwie überkam langsam alle das Gefühl, das Spiel könne nur durch einen Geistesblitz oder eine Laune des Schicksals entschieden werden. Wie so oft meldete sich daraufhin Fortuna in Gestalt des Schiedsrichters. Kickers-Stürmer Sokoup stolperte mehr recht als schlecht in den Strafraum und fiel hin. Der Referee deutete unmissverständlich auf den Elfmeterpunkt. Den Eintracht-Fans blieb das Herz stehen, die Spieler protestierten wütend.

Auch Joe Brown hielt es auf seinem Tribünenplatz vor lauter Aufregung nicht aus. Wild gestikulierend lief er zur Betreuerbank seiner Kickers hinunter. »Nicht der Bimbo! Nicht den Bimbo schießen lassen, der trifft nie im Leben«, rief er, als ein dunkelhäutiger Spieler sich anschickte, den Strafstoß auszuführen. Diskussionen, ein paar Augenblicke großes Durcheinander, dann wurde der gefoulte Sokoup von seinem Trainer zur Exekution beordert. Einige wenige Schritte Anlauf, der Eintracht-Torwart flog in die falsche Ecke, das Unglück schien unvermeidbar – da klatschte der Ball von der Stange ins Feld zurück.

Enttäuschung hier, Aufatmen dort. Die Kickers gaben nicht auf, setzten sich in der Hälfte der Eintracht fest, die mit enormem Kampfgeist dagegen hielt. Dann ein Entlastungsangriff der Eintracht Floridsdorf. Ein weiter Pass, der noch frisch wirkende Said Khairi zog damit auf und davon und konnte nur mehr durch ein Foul gestoppt werden. Im Strafraum, oder doch außerhalb? Diesmal entschied der Schiedsrichter jedenfalls nur auf Freistoß. Proteste, Reibereien, noch einmal Hektik und Nervosität. Die Kickers richteten eine Mauer ein. Aber irgendwo in dieser Mauer befand sich eine undichte Stelle, und genau durch dieses Loch jagte Eintracht-Kapitän und quasi Spielertrainer Mario König den Ball zum 1:0 ins Netz.

Jubel auf dem Spielfeld und bei einem Großteil der Zuschauer. Einige bange Minuten Zittern, endlich der Schlusspfiff. Nur sehr langsam schienen die Spieler der Eintracht Floridsdorf ihr Glück zu begreifen, ließen sich dann aber von ihren Fans ausgiebig feiern. Die geschlagenen Kickers trabten missmutig vom Feld. Joe Brown schimpfte wie ein Rohrspatz auf seinen Trainer ein, musste sich aber gleichzeitig gegen jenen Unglücksraben wehren, den er quasi vom Elferpunkt weggemobbt hatte. Schließlich sprach sich schnell herum, dass Viktoria Landstraße ihr letztes Spiel souverän mit 3:0 gewonnen hatte und somit Meister der Wiener Landesliga geworden war. Es schien also ganz so, als würde die Eintracht Floridsdorf samt ihrem Platz dem Bezirk erhalten bleiben, wenngleich man auf hochkarätigen Fußball wohl noch längere Zeit verzichten würde müssen.

»Das war ein Spiel«, jubelte Korber.

»Herzinfarktpartie«, konstatierte Leopold knapp.

»Der Brown ist wohl morgen schon wieder in Kanada, so wütend wie der war. Das muss gefeiert werden. Kommst du auf ein Getränk mit in die Kantine?«

»Du weißt, dass ich in die Arbeit muss. Der Gugelhupf hat die Sache aufgeschoben, aber nicht aufgehoben. Und dir würde ich vorschlagen, mitzukommen, da sehe ich wenigstens, was du anstellst«, warnte Leopold.

»Tut mir leid, aber ich kann jetzt einfach nicht«, entschuldigte Korber sich. »Ich muss noch ein wenig das Ambiente genießen, die Stimmung, die Diskussionen, verstehst du? Das ist doch etwas Einmaliges.«

»Na gut, wenn dir das ›Ambiente‹ hier lieber ist als in unserem Kaffeehaus«, meinte Leopold nur kopfschüttelnd. Er schaute Korber nach, der sich kurz nicht entscheiden konnte, ob er sich zu einer Traube im Freien dazustellen oder seine Schritte in die Kantine setzen sollte. Schließlich siegte die Kantine.

Als Korber die Tür öffnete, taumelte ihm ein weibliches Wesen entgegen: Beate.

»Ah, der Herr Lehrer«, gluckste sie in bester Laune. »Wo warst du denn die ganze Zeit? Na, ist ja egal. Nur herein in die gute Stube. Trinkst du einen Spritzer?« Dabei kniff sie ihn liebevoll in die Wange. »Wir müssen aber nicht ewig bleiben, bei mir zu Hause ist's auch gemütlich. Schließlich wolltest du mir ja eine Stunde geben. Und ich möchte sooo viel lernen.«

Dann verschluckte das Halbdunkel der Sportplatzkantine Thomas Korber und Beate auf unbestimmte Zeit.

*

Als Leopold die zwei Stufen hinaufstieg, die jeder Gast des Café Heller vor seinem Eintreten überwinden musste, verkrampfte sich sein Körper ruckartig. Er dachte daran, was er in den kommenden Stunden wohl mitmachen würde. Immer wieder würde die Fußballhymne erklingen, zehn-, fünfzehn- oder gar zwanzigmal. Schlachtgesänge würde er sich anhören müssen, und anstatt seinen freien Sonntag zu genießen, würde er wildfremde, laute Menschen bedienen. Anstatt die Menge zurechtzuweisen, würden Herr und Frau Heller siegestrunken mit den Fans feiern. Und sein Freund Thomas, der Einzige, mit dem er in dieser Situation vielleicht ein vernünftiges Wort hätte reden können, hatte ihn schmählich verlassen.

Einmal mehr fühlte Leopold sich alt. Was war das für eine Zeit, in der es im Kaffeehaus zuging wie in einem Biergarten? Zaghaft öffnete er die Tür. Schwerhörig war er offenbar auch schon. Denn es umgab ihn eine seltsame Ruhe.

Dann bemerkte er die Billardpartie am ersten Tisch, die Tarockpartie im hinteren Teil des Lokales. Und schön langsam nahm er auch das ehrwürdige Rascheln der Zeitungen wahr. Wie in einer Fata Morgana saß Herr Heller, anstatt sich zum neuen Helden der Eintracht Floridsdorf ausrufen zu lassen, mit Herrn Sedlacek bei einer Partie Schach.

»Ah, da sind Sie ja, Leopold«, turtelte ihm Frau Heller von hinter der Theke entgegen. »Wir haben gewonnen, nicht wahr? Das ist fein. Ziehen Sie sich jetzt nur bitte rasch um, damit Herr Waldbauer gehen kann. Ich möchte mit dem Herausbacken der Schnitzel anfangen.«

Die Stimme klang bestimmt wie immer, dennoch war eine größere Portion Freundlichkeit als sonst deutlich herauszuhören. Nachdenklich legte Leopold seine Livree an und band sich das Mascherl um. Was war geschehen?

»Sind denn gar keine Fußballanhänger gekommen?«, fragte er seine Chefin, als er zurück in den Gastraum kam.

»Doch, doch«, erwiderte sie, während sie die Schnitzel in der Pfanne umdrehte. »Da in der Loge sitzen einige und unterhalten sich. Und hinten spielt eine Partie Tarock, eine andere Preference.«

Tatsächlich erkannte Leopold Lukas Hamm und den Anwalt Stamberger in einer gut gelaunten Runde, deren Lautstärke allerdings angenehm gedämpft blieb. Leopold putzte sich das Ohr aus. Nein, er täuschte sich nicht: keine Musik. Jetzt sah er auch, dass sich die Lautsprecher, die für einige Tage bedrohlich von der Wand heruntergeschaut hatten, nicht mehr an ihrem Platz befanden. »Gar keine Hymne?«, erkundigte er sich. »Keine Siegesfeier?«

»Dass Sie das nicht wissen, Leopold«, tönte es aus der kleinen Küche. »Wir sind ein Kaffeehaus und kein Fanklub. Wenn sich die Leute austoben wollen, müssen sie woanders hingehen. Wir haben eine Schlacht geschlagen, um unseren traditionsreichen Bezirksverein zu retten. Wir haben Opfer gebracht. Aber jetzt, nach diesem tollen Erfolg, wo die Eigenständigkeit der Eintracht Floridsdorf für die nächste Zeit hoffentlich gesichert ist, muss wieder Ruhe einkehren. Es ist doch nicht zu viel verlangt, wenn die Herrschaften ein bisschen kultiviertes Benehmen an den Tag legen, oder?«

Leopold wunderte gar nichts mehr. Er brachte eine Melange zu Frau Jahn ans Fenster.

»Schach«, hörte man Herrn Heller brummen.

»Wir haben um den Sieg gekämpft, Leopold, das wissen Sie genauso gut wie ich«, redete Frau Heller munter weiter. »Wir sind natürlich auch bereit, dem Verein finanziell unter die Arme zu greifen, wie wir das versprochen haben. Aber wenn einige Anhänger jetzt öfter zu uns als Gäste kommen, sollten sie sich rasch an die herrschenden Sitten und Gebräuche gewöhnen. Wir können unserem Stammpublikum diese ständigen lautstarken Diskussionen einfach nicht zumuten. Einige waren froh, dass sie während des Spieles in Ruhe hierherkommen konnten. Und Musik vom Lautsprecher in einem Kaffeehaus? Seien Sie ehrlich, Leopold: Das passt nicht.«

›Wie wahr‹, dachte Leopold. Schön langsam schien seine Chefin ihren Hausverstand wiederzugewinnen. Er holte die ersten mittäglichen Portionen Wiener Schnitzel mit gemischtem Salat und brachte sie mit einem »Mahlzeit, schönen Sonntag zu wünschen« an die Tische.

Alles nahm wieder seinen gewohnten Gang. Nur der kleine, stämmige, nach Schweiß riechende Mann im blauen Overall, der plötzlich vor der Theke stand, passte nicht ins sonntägliche Bild.

Frau Heller nahm Leopold zur Seite. »Sehen Sie, was ich meine?«, raunte sie ihm zu. »So jemanden wie diesen Menschen sollten wir gleich wieder nach Hause schicken. Wahrscheinlich einer der schlimmsten Gröler. Ab in die Badewanne. Was sagen Sie?«

Leopold lächelte verlegen. Das hatte er total vergessen! »Lassen Sie ihn da, Frau Chefin«, sagte er händeringend. »Sie wissen doch, was ich Ihnen unlängst vorgeschlagen habe … Das ist der Mann mit den Händetrocknern. Ich hab ihn herbestellt. Er macht das praktisch umsonst, also quasi inoffiziell. Und das geht nur an einem Sonntag.«

Dabei hielt er sich seinen wieder leicht rebellierenden Rücken, denn er wusste: Mit der Sonntagsruhe war es jetzt vorbei.

ENDE

Weitere Krimis finden Sie auf den folgenden Seiten und im Internet: www.gmeiner-verlag.de